L'OROLOGIO CON LE ALI

Marco Strazzi

EDITORE
Pressision S.A. - Via Speranza, 5
6900 Lugano (Svizzera)
pressision@bluewin.ch

ISBN-13: 978-2-9700519-3-0

A chi c'era
A chi ci sarà sempre

INTRODUZIONE

Questa è un'opera di fantasia ispirata a eventi storici. I nomi sono fittizi perché sarebbe scorretto attribuire azioni e parole inventate, per quanto plausibili, a persone vere. Ma il Nono Battaglione e i suoi eroi sono realmente esistiti. Autentici come la gratitudine di chi visita i caduti nel cimitero di Ranville e ogni anno, il 6 giugno, celebra il ritorno dei Veterani in Normandia. Come le testimonianze e le ricostruzioni che il lettore vedrà citate nell'appendice bibliografica. Forse qualcuno troverà il tempo di servirsene per approfondire i temi trattati nelle prossime pagine e arriverà alla stessa conclusione di chi le ha scritte: a volte la verità è troppo grande per confinarla in un libro o in un sito internet, così grande che viene la tentazione di lasciarle varcare i limiti della storia, libera di diventare una favola.

1. 6 GIUGNO 2014, ORE 0:02

Bip-bip... clic!

Due secondi per picchiare il tasto. Veloce come Sam-Sam Youny sul parquet, palleggio, entrata e canestro. Troppo perché qualcuno abbia sentito. Non pensavo di riaddormentarmi, non questa notte, invece... Ricordo "in bocca al lupo", il bacio della buona notte, la mano sotto il cuscino per controllare se c'era il sacchetto, poi più niente. Che sveglia ridicola, le braccia di Winnie Pooh al posto delle lancette, è roba da bambini ed io ho sette anni; anzi, da due minuti sono otto. Meno male che è l'ultima volta. Da domani userò la radiosveglia nuova, quella che sembra un pallone da basket. Me la regaleranno alla festa, lo so perché ho guardato dentro l'armadio di mamma e papà. Così non dovrò più ricordarmi di nascondere questo giocattolo ogni volta che vengono a trovarmi Malik e Yves. Sono i miei amici, ma scommetto che se lo vedessero lo racconterebbero a tutta la scuola: "Lo sai che Théo dorme con Winnie Pooh come quando aveva cinque anni?"

Nessun rumore, posso muovermi. In silenzio perché se la mamma si sveglia è un guaio. Due giorni che ce l'ha con me e non posso difendermi né raccontare, anzi se ci provo si arrabbia. È diversa da noi, meglio che non ne sappia niente, non dobbiamo farle correre rischi inutili... Papà avrà ragione, ma intanto ci vado di mezzo io e lui non può accompagnarmi perché è troppo tardi per convincere Pierre. Quando spiegava la missione, sembrava che non si accorgesse di nulla, come l'autista del bus la volta che ha saltato la fermata anche se io e la mamma avevamo la mano alzata: "Stai attento, devi fare così e così, non dimenticare niente, mi raccomando la puntualità"; uguale alla maestra, solo che lei chiede se abbiamo capito gli esercizi e, quando qualcuno risponde di no, li spiega un'altra volta, invece Pierre non mi lasciava aprire bocca. Ho dovuto aspettare che finisse per dirgli che forse era meglio aspettare papà.

"Non sappiamo nemmeno a che ora torna. E poi sarebbe inutile."

"Perché?"

"Lo sai perché."

Cosa potevo rispondergli? Fino a ieri aveva ragione ma adesso no, papà ha capito. Merito dell'orologio, dice. Mica vero. Secondo me non vuole ammettere che aveva ancora il buio dentro. Sarebbe bastato che ci arrivasse due giorni prima e ora potrebbe venire con me, scusarsi, dirgli che gli dispiace così saremmo contenti tutti, io più degli altri perché non dovrei vedermela con il corridoio da solo. Invece...

Paura. A Pierre non l'ho confessato perché mi vergogno, ma l'ha capito lo stesso dalla faccia oppure dal fatto che non parlavo più. Ne sono sicuro perché ha cambiato discorso. Mi ha chiesto della partita anche se non gli interessa il basket, anzi non ne sa nulla. Stava attento, però. Quando ha sentito che non m'importava perché avevo altro per la testa, si è arrabbiato: "Cosa penserebbero i tuoi compagni se lo sapessero? E i miei, se gli dicessi che non m'interessa la missione? Devi prendere tutto sul serio. La scuola, il basket, le promesse, gli appuntamenti. Altrimenti come posso fidarmi di te?"

Che significava? Che si sarebbe fatto aiutare da un altro perché sono troppo piccolo? Questo non lo sopporterei. Se lo dico io che sono piccolo va bene, a volte serve per evitare una sgridata, ma non mi piace sentirlo dagli altri. E poi cos'è questa storia della fiducia? È chiaro che si fida, altrimenti non mi avrebbe dato i suoi amici da preparare per la missione. Ci ho messo due ore e non ho neanche finito il compito di francese, però sono perfetti. Adesso glieli porto e voglio vedere se ha ancora qualcosa da dire sulla fiducia. Credo proprio di no. Anzi, secondo me se n'è già dimenticato perché gli adulti sono così, a volte non si sa cosa gli passa per la testa e magari non lo sanno nemmeno loro, così girano intorno alle cose, s'inventano delle storie.

Lui la fiducia, mamma e papà la crisi epilettica, quando eravamo al centro commerciale. Sarebbe bastato dire che non mi compravano il videogame della Galassia Perduta perché costa troppo, punto e basta. Invece hanno tirato fuori una lagna che non finiva più, sembrava una lezione di grammatica: non si può stare tanto tempo davanti al computer, fa male agli occhi e ai nervi, un bambino della mia età è stato ricoverato in ospedale per una crisi epilettica dopo aver giocato tre ore senza fermarsi, e poi non mi hanno nemmeno spiegato cos'è una crisi epilettica, però hanno messo su la faccia preoccupata e così hanno risolto il problema, ed io cosa potevo rispondere se non sapevo di che parlavano? Appena tornati a casa, ho acceso il computer per controllare se mi avevano raccontato delle balle. C'erano delle parole difficili, ma la più importante l'ho capita perché era spiegata bene. Convulsioni: è quando uno si rotola per terra. Non so quanto fa male, però sembra brutto. Chissà se fa venire le convulsioni anche la paura.

Ancora il corridoio, di notte. Come l'estate scorsa.

Certo che il tempo è strano. Perché ci sono cose che sembrano vicine anche se sono passati mesi o anni? La bicicletta della lotteria, per esempio. Potrei giurare che l'ho vinta ieri perché ricordo tutto, anzi vedo e sento tutto: il colore del biglietto, che era rosa e non lo volevo poi mamma e papà mi hanno convinto, la gente che parlava forte per farsi sentire da un tavolo all'altro, l'odore delle patatine fritte, il tovagliolo di carta che tenevo sul ginocchio perché non si accorgessero della macchia di ketchup sui pantaloncini, Vincent e Melissa che litigavano perché volevano lo stesso biglietto, il direttore della scuola che leggeva i numeri, l'urlo della mamma, la lattina d'aranciata che ha rovesciato mentre alzava la mano e meno male che era quasi vuota, la gente che applaudiva, la nonna che rideva come se avesse vinto lei, il papà che mi sollevava per mettermi sulla sella, il fotografo che mi raccomandava di sorridere. Per convincermi che sono passati due anni devo sedermi sulla bici e provare a pedalare; non ci riesco perché è diventata troppo piccola, anzi sono le mie gambe a essere troppo lunghe. Fa lo stesso: ho deciso che quello è il giorno più bello della mia vita e che non lo dimenticherò mai. Invece l'altra cosa avrei voluto cancellarla subito, ma non ci riesco nemmeno adesso. Quando l'ho detto alla mamma, ha risposto che passerà. Sarà vero? E se invece mi rimanesse in testa per sempre, come la lotteria?

Sarebbe stato meglio il buio, così non mi sarei accorto di nulla. Invece di notte lasciamo la porta del bagno socchiusa e la luce accesa, così chi ha bisogno trova la strada. Faceva caldo ed ero sudato anche se avevamo le finestre aperte dappertutto. Sono andato in bagno, ho fatto la pipì, mi sono lavato le mani, ma appena tornato nel corridoio ho sentito qualcosa che si muoveva sopra la mia testa. Allora ho rimesso la mano dentro per cercare l'interruttore e accendere la luce. Ho alzato gli occhi e le ho viste: due cose nere che giravano in cerchio, sembravano le pale di un ventilatore come quello che c'è sul soffitto della pizzeria dove ci hanno portati i genitori di Yves quando ha compiuto gli anni. Ma noi non abbiamo ventilatori, non ne abbiamo mai avuti. Tutt'a un tratto ho avuto l'impressione che il cuore perdesse un colpo e mi sono sentito tremare le gambe. Pipistrelli! Uguali a quelli del documentario in tv, quando avevo cambiato canale perché mi facevano paura. Non mi piacciono nemmeno quelli finti del carro di Carnevale. Quando passano i Ratapignata, guardo da un'altra parte anche se papà dice che sono un simbolo della città e che non possono farmi del male perché sono di cartapesta, ma a me sembra che siano pronti per attaccare, con quelle ali aperte.

Non riuscivo a muovermi, li guardavo e avevo l'impressione che qualcosa mi stesse gonfiando come quando tira un vento forte e se si tiene la bocca aperta sembra di avere troppa aria dentro. Forse i pipistrelli lo sapevano e aspettavano che esplodessi come i cattivi dei videogame, così avrebbero avuto dei pezzi più piccoli da mangiare e avrebbero leccato il mio sangue attaccato dappertutto, sui muri e sul pavimento. Ho urlato con tutta la forza che avevo, poi sono scappato in bagno e mi sono chiuso dentro a chiave. Per fortuna l'anno scorso non sapevo delle convulsioni, altrimenti mi sarebbero venute di sicuro.

"Che succede? Dove sei?"; la mamma, sentivo i passi che si avvicinavano.

"I pipistrelli! Non li voglio, mandali via!"

"Fammi entrare."

"No! Se apro vengono anche loro. Chiama la polizia!"

Stava dietro la porta e parlava, parlava… Diceva che non si può chiamare la polizia per i pipistrelli, che in casa c'erano solo i due del corridoio, che erano entrati perché avevamo le finestre aperte, che volano così perché non ci vedono, che non è vero che bevono il sangue e si attaccano ai capelli, anzi sono utili perché mangiano le zanzare. Ma io piangevo e correvo su e giù per il bagno, e quando mi sono guardato allo specchio mi sono spaventato ancora di più. Non riuscivo a riconoscermi, ero rosso rosso, con gli occhi gonfi e un taglietto sulla guancia. Temevo che un pipistrello mi avesse graffiato mentre dormivo per assaggiare il mio sangue, invece mi ero fatto male da solo, con un'unghia, stropicciando forte per asciugare le lacrime. Questo me l'ha spiegato la mamma: più tardi, però. Lì per lì sapevo solo che ero in trappola e che nemmeno la finestra chiusa mi avrebbe salvato. I pipistrelli che stavano assediando la casa avrebbero sfondato il vetro da un momento all'altro e per me non ci sarebbe stato scampo, soprattutto se fossi rimasto solo. Così ho girato la chiave nella serratura e la mamma è saltata dentro, mi ha abbracciato e mi ha fatto sedere sul bordo della vasca, accanto a lei. Ho smesso di piangere, ma poi ho ricominciato perché si sentivano dei colpi nel corridoio. Ne stavano arrivando altri, ho pensato, grandi come quelli di Carnevale o come Batman, cattivi e assetati. "È papà: sta provando a spingerli fuori con la scopa."

Dopo un po' abbiamo sentito la sua voce: "Potete uscire, sono scappati."

"E se tornano? Io rimango qui." Ci hanno messo mezzora per convincermi, e solo dopo avermi promesso che avrei dormito nel loro letto.

Ci sono rimasto una settimana poi sono tornato in camera, però per tutta l'estate abbiamo tenuto le finestre chiuse di notte. Si lamentavano del caldo, ma io mi mettevo a urlare appena sentivo parlare di socchiuderne una, anche se papà diceva che sarebbe rimasto lì accanto per impedire ai pipistrelli di entrare e che sarebbe andato a dormire solo dopo aver chiuso. È andata a finire che in primavera, brontolando perché costavano molto, hanno fatto montare due condizionatori, uno in camera loro e uno nella mia, così se teniamo le porte aperte il fresco va anche nel corridoio, nel bagno e un po' nel piano di sotto. Ma io nel corridoio non ci vado lo stesso. Non ne ho più bisogno: da quella volta non mi scappa la pipì fino alla mattina.

Adesso invece devo percorrerlo tutto fino alla scala, scendere, attraversare la cucina, aprire la porta in fondo ed entrare in garage. Dieci volte più di quello che avevo paura di fare fino a ieri. Però è la mia missione, ha detto, non posso tirarmi indietro: "Ricorda che sei un soldato coraggioso." Non sapevo cosa rispondere. "Lo sai cos'è il coraggio?"

"È quando uno non ha paura…"

"Sbagliato."

"Ma…"

"Tutti hanno paura, anch'io e i miei compagni. Però la guardiamo in faccia perché se la vediamo sembra meno brutta e diventiamo coraggiosi. Proprio come te e domenica lo dimostrerai. Capito?" Ho risposto di sì, ma non era proprio vero. "E poi devi essere come tuo padre."

Papà non me ne aveva mai parlato; anzi, prima sembrava sorpreso che lo sapessi, è anche diventato bianco in faccia. Era stanco per il viaggio, ha detto. Ma una volta la mamma mi ha spiegato che fa così quando è emozionato. Secondo me aveva ragione di esserlo: è una bella storia e lui è stato coraggioso perché non sapeva che in realtà non aveva nulla da temere, a parte il buio dentro. Sul momento l'ho capita meglio di quella faccenda che se uno sa com'è fatta la paura è meno spaventato. A quella ho pensato dopo. Anche a scuola, ieri mattina, infatti la maestra mi ha sgridato perché non stavo attento. Forse è come le convulsioni. Mi spaventano però le conosco. Se mi verranno perché ho paura saprò che dopo un po' andranno via. Se invece non avessi trovato niente su internet, sarei convinto che durino per sempre e forse durerebbero davvero per sempre. Poi c'è la canzone. Penserò a quella, se la paura è troppo brutta. A Pierre non l'ho detto, ma secondo papà può funzionare.

Meglio che mi muova, altrimenti arrivo in ritardo e chissà come si arrabbia.

Si sente qualcosa, le voci di mamma e papà. La luce nello studio è accesa, si vede tra la porta e il pavimento. Perché sono lì dentro a quest'ora? Mi piacerebbe ascoltare cosa dicono. A volte lo faccio: mi metto dietro la porta e trattengo il respiro per sentire meglio, forse hanno dei segreti e a me piace scoprire i segreti. Una sera, prima che capitasse la storia dei pipistrelli, se ne sono accorti e si sono arrabbiati, ma non erano in cucina, erano in camera e sospiravano, gemevano, non capivo cosa stava succedendo e sono entrato, loro si sono tirati il lenzuolo addosso in fretta e hanno detto che non si fa così, che...

Crac!

Il pezzo di parquet mezzo scollato! Dovevo camminare lungo il muro, come ho fatto a dimenticarlo?

"Cos'è stato?"

La mamma. Se salta fuori e mi vede cosa le dico? Che sto andando in bagno? E dopo? Che faccio se mi aspetta fuori? Papà ha promesso che se c'è bisogno ci pensa lui...

Forse è riuscito a distrarla: continuano a parlare. Mi sento un po' come Pierre. Cammino in silenzio, nel buio, sperando che nessuno se ne accorga. Però lui e i suoi amici corrono rischi veri. A me che può capitare? Al massimo la mamma mi tiene in casa tutta la mattina; non credo che annullerebbe la festa dopo la fatica che ha fatto per preparare tutto.

La porta del garage! Strano: ci sono arrivato senza accorgermene. Ero così preoccupato della mamma che ho dimenticato i pipistrelli. Forse le cose brutte esistono solo quando le hai in testa. Se non ci pensi più, spariscono. Questa sì che è una scoperta.

"Sei in orario." Eccolo che spunta da dietro l'armadietto degli attrezzi. Dovrei esserci abituato, ma continua a farmi un po' impressione. È così alto, più di papà e degli altri adulti che conosco. "Hai avuto paura?"

"No."

"Lo sai che non mi piacciono le bugie, vero?"

"Sì..."

"Dunque?"

"Un po'..."

"Un po' quanto?"

"Abbastanza..."

"E allora? Come hai fatto?"

Difficile stargli dietro quando spara tutte quelle domande

una dietro l'altra. Spesso non ci riesco, allora sto zitto e aspetto che mi faccia capire lui cosa devo rispondere perché temo di dire una stupidaggine e di farlo arrabbiare. Adesso no, voglio raccontargli subito dell'arma segreta: "Ho capito che c'è un altro modo."

"Di fare cosa?"

"Di cacciare via la paura."

"Quale sarebbe?"

"Non c'è bisogno di guardarla in faccia. Basta dimenticarla."

"Ottima idea, potrebbe servire anche a noi. Tutto qui?"

"Cosa...?"

"È solo per questo che sei venuto? Perché hai dimenticato la paura?"

"No, no: è la mia missione."

"Bravo", quando sorride è simpatico, peccato che non lo faccia più spesso. E più a lungo; ora mi guarda strano: "Mettiti sotto la luce."

"Perché?"

"Voglio vedere una cosa... Che hai sulle guance?"

"Niente..."; se n'è accorto, eppure la mamma ha strofinato forte e in garage è quasi buio perché quando si è fulminata la lampadina del soffitto papà ci ha attaccato la prima che gli è capitata sotto mano, ed è troppo debole.

"Siamo noi a partire, non tu", ride; come fa a essere così tranquillo? "Domani mattina lavati, altrimenti farai una figuraccia con gli invitati."

Meglio cambiare discorso, ne ho abbastanza di quella storia: "Sai... adesso si ricorda di te."

"Non mi ha mai dimenticato. Tu riusciresti a dimenticare uno come me?"

"E l'orologio... c'è riuscito."

"Ci *siete* riusciti. Sei stato bravo anche tu. Li hai portati?"

"Qui, nel sacchetto"

"Vuotalo sul pavimento."

"Vanno bene così?"

"Perfetto. Mettili in piedi e attento a non toccarli sulla faccia: ricordi il disegno per la scuola?" Come no, ho dovuto rifarlo perché ci avevo appoggiato la mano sopra e dopo sembravano le impronte digitali dei telefilm. "Vicini, in fila per due. Non così: devono guardarsi. Ecco... Grazie. E buon compleanno."

"Ti lascio una fetta di torta, così se fai in tempo..."

"Mi piacerebbe, ma sarò lontano. Ti divertirai lo stesso: avrete la casa piena di gente."

"Compi gli anni anche tu..."

"Gli amici mi faranno gli auguri sull'aereo e mangeremo qualcosa insieme. Ora vai."

"Posso fermarmi ancora un po'? Fino a quando partite."

"No. È tardi e devi riposarti."

"È domenica..."

"Non ci tieni a essere in forma per la festa?"

"Sì, ma..."

"Che c'è? Lo sai che gli ordini non si discutono."

"No. Cioè sì. Però volevo chiederti..." Si vede dalla faccia che le mie domande cominciano a stancarlo. È la stessa di mamma e papà quando dicono "ne parliamo più tardi" e "ora non posso, devo concentrarmi." Concentrarsi... Anch'io mi concentro quando faccio un problema di aritmetica, però non mi sembra così complicato. Forse per gli adulti è più difficile. Lo so che dovrei lasciarlo in pace perché rimane poco tempo, ma non me ne vado se prima non risponde: "Quando torni?"

2. 6 GIUGNO 1944, ORE 0:02

Tenevo lo sguardo fisso nella penombra per catturare quei bagliori minuscoli e convincermi che gli altri erano davvero seduti a due passi da noi. Dopo il decollo non avevo più visto i loro volti, solo sagome, le sigarette accese unico indizio della loro presenza, anomalie intermittenti che sembravano fluttuare nell'oscurità come se pendessero da fili invisibili e non dalle dita dei miei compagni. Tacevano tutti a parte il capitano Kadwell, che aveva deciso di attaccare discorso proprio con me. Questa volta non gli bastava punzecchiarmi per ingannare il tempo come in mensa. Voleva costringermi a reagire, capire se ero pronto. Quando mi allungò il sandwich non scossi nemmeno la testa; sperai di fargli credere che il rombo dei motori m'impedisse di sentirlo, ma tornò alla carica parlando più forte, quasi urlando: "Se sei diventato sordo, mi dispiace per te, Roger. Troppo tardi per darti malato."

Non potevo rispondere di lasciarmi in pace né tanto meno mandarlo al diavolo. Per via del grado, anzitutto. Ma dubito che l'avrei fatto anche se l'avessi incontrato da civile, allo stadio, senza conoscerlo. Naso schiacciato, fisico da mediomassimo, quel modo di piantare gli occhi in faccia a chi gli stava di fronte... L'aveva imparato sul ring, diceva, per battere l'avversario prima di colpirlo. "La sento, signore."

"Allora non hai giustificazioni: chi rifiuta la torta di un ufficiale finisce davanti alla corte marziale. Che c'è, non ti piace la festa? Eppure siamo in tanti."

"Sì signore."

"Mangia e fammi gli auguri. È un ordine."

"Buon compleanno."

"Così va meglio", disse mentre mi sforzavo di deglutire, "Un invitato scorbutico non mi serve. E nemmeno un soldato che sviene per la fame."

Se ne sarebbe rimasto zitto per un po', ora che l'avevo accontentato? Volevo riflettere, cercare un modo per dimenticare quel peso tra il petto e lo stomaco, la sensazione di un corpo estraneo che non mi lasciava da quando il capitano ci aveva schierati sulla pista, accanto alla fusoliera, in fila e girati verso il fondo, lui in testa perché sarebbe stato l'ultimo a entrare e il primo a saltare. "Venti OK!", "Diciannove OK!", ripetemmo come facevamo prima dei lanci d'addestramento mentre controllavamo il paracadute del compagno che ci precedeva, fino al "Tutti OK!" del capitano.

Il primo a salire i gradini della scaletta cominciò a cantare e gli altri lo seguirono, anche il capitano. Non potevo stare zitto solo io, così feci la mia parte e quando mi sistemai sulla panca di metallo provai a convincermi che non avevamo in comune solo mesi d'addestramento, l'uniforme e la missione. Sentivamo tutti quel clandestino voluminoso seduto sulla pancia e tutti cercavamo di allontanarlo con le parole di un inno alla birra e alle donnacce.

Però stavamo meglio noi di Ted. Non l'avevo mai visto piangere, nemmeno quando si era beccato una pallottola nella tibia alla prima esercitazione con le munizioni vere. Imprecava come un ubriacone buttato fuori a calci dal gestore di un pub, ma niente lacrime e rifiutò pure la morfina. Troppo furioso per avvertire il dolore. La sua strada finiva lì e l'aveva capito subito. Un altro si sarebbe lasciato rispedire a casa senza storie. Lui no, volle rimanere anche se zoppicava e non poteva fare altro che dare una mano in mensa o in armeria. Quando lo vidi alla guida del camion che ci avrebbe portati sulla pista, mi fece piacere: un amico, il migliore che avevo nel plotone, da salutare per ultimo al momento di partire. Cambiai idea mentre ci stringevamo la mano, alla luce dei fanali. Ora sì che piangeva. Senza urlare, anzi senza dire nulla, a parte quattro parole bisbigliate a fatica: "Dovrei essere con voi." Scherzai, dissi che era fortunato perché avevo dimenticato l'armadietto aperto e dentro c'erano degli spiccioli, li avrebbe spesi al posto mio per bere un paio di birre. Servì a poco. Non era l'arrivederci che avrei voluto.

Quando la canzone finì ammutolirono, qualcuno si accese una sigaretta. Erano riusciti a cacciare via il clandestino o era ancora lì e tentavano di bruciarlo insieme con il tabacco nella luce rossastra della cenere? A me il coro non era bastato. Ci voleva altro. Una prova di memoria, perché no? La lista completa di ciò che avevo addosso, decine di oggetti da elencare per far passare un minuto e dimenticare il resto. Meglio scoprire di aver lasciato qualcosa al campo che farsi schiacciare da quel peso senza nome.

Camicia dell'uniforme sopra la canottiera traforata e la maglia portafortuna. Pantaloni con la razione per un giorno e due granate Mills nel tascone sopra il ginocchio sinistro, pugnale e siringa di morfina nei taschini di destra, compresse per la medicazione nelle tasche posteriori. Giacca Denison con la mappa di seta cucita sulla fodera; kit d'evasione, pillole vitaminizzate e banconote nella tasca interna; cuffia di lana, basco e revolver nelle tasche esterne. Fune avvolta intorno alle spalle e alla vita. Velo mimetico al collo. Corpetto senza maniche per il lancio. Giubbotto salvagente. Sten e caricatori fissati al petto dalle cinghie del paracadute. Elmetto con rete mimetica e scarponi. Guanti e calzettoni di lana. Tutto il resto stipato nello zaino e nelle giberne che tenevo all'interno della sacca fissata alla gamba destra: granate Gammon e al fosforo, munizioni per i Bren del plotone, baionetta, biancheria di ricambio, pullover, cerata, scarpe di tela, salvietta, razione supplementare per un giorno, gavetta, tazza, borraccia, pala smontata in due parti, cesoie per il filo spinato, maschera antigas, torcia, rotolo con coltello, forchetta, cucchiaio, rasoio, spazzolino da denti, specchietto, pettine, lacci da scarpe, bustina con ago, filo e bottoni. E poi il libro paga, le targhette d'identificazione appese al collo e i passanti rossi del Battaglione, fissati alle spalline all'ultimo momento perché uno dei ragazzi della mensa mi aveva fatto notare che non li avevo: "Se il comandante se ne accorge, sono guai."

Tutto a posto, circa cento libbre. Anzi, cento libbre e tre once. Dimenticavo il libriccino, forse perché era finito nella sacca per primo, talmente fuori posto da precedere l'equipaggiamento vero. Dovevamo studiarlo bene, avevano raccomandato, eppure le prime parole sembravano uno scherzo: "Questo libro non ha nulla a che fare con le operazioni militari." Leggere mi era sempre piaciuto poco, a parte i fumetti e le notizie sportive sui quotidiani, ma non ero l'unico a trovare incomprensibile che ci facessero perdere tempo con un manuale di comportamento. Non sarebbe bastata qualche istruzione al campo, una mezzoretta e via giusto per ricordarci di non chiamarli Mangiarane?

Il tipo in borghese – uno del Ministero, dissero – fece un discorso solenne, senza mai sorridere, e volle assistere alla distribuzione come se non si fidasse e temesse che qualcuno rimanesse senza. Quando cominciai a leggere, mi incuriosirono la storia, la geografia, le abitudini, le frasi da imparare a memoria. Ma le raccomandazioni… Ci trattavano come deficienti: salutare, rispettare tutti e in particolare le donne, mostrare comprensione per le sofferenze patite e apprezzamento per il contributo della Resistenza, tentare di esprimersi in francese facendo il possibile per capire ed essere capiti, se necessario facendosi mettere per iscritto ciò che non comprendevamo. E i divieti, tanti che sembravano le prediche di mia madre quando ero un bambino. Non criticare l'esercito sconfitto nel 1940, non discutere di religione e di politica, non accettare cibo dai civili perché ne avevano troppo poco per poterlo regalare, non mettere a soqquadro nemmeno gli alloggi abbandonati, non ubriacarsi, non regalare né tantomeno vendere parti dell'equipaggiamento o delle razioni...

"Prima delle partite mangiavi qualcosa, no?", ancora lui.

"Partite?"

"Con la tua squadretta."

"Il Tottenham non è una squadretta, signore. Ha vinto due Coppe della Football Association."

"Me l'hai detto mille volte. Ma è successo nel Medio Evo. Invece il Liverpool continua a vincere. Campione 1943, ricordi?"

"Della Lega Nord. E il Tottenham a Sud, qualche settimana fa."

"Questo non lo sapevo. Vuoi dire che gli è bastato liberarsi di te per diventare forti?"

"Io ho giocato solo quattro volte..."

"... Poi hanno capito che era meglio mettere in campo il primo arrivato o rimanere in dieci."

"Non è vero", mi aveva punto sul vivo e, nella foga, dimenticai di aggiungere "signore"; "È colpa del pubblico. Fischiavano appena sentivano il nome in formazione perché avevo sedici anni e non mi conosceva nessuno. Volevano professionisti, gente famosa..."

"Mi sembra logico."

"Se fossero stati dei nostri sì, ma venivano da fuori. Chiedevano il permesso ai loro club, giocavano per incassare i trenta scellini della partita e poi tornavano da dov'erano venuti. Quando se ne presentava uno all'ultimo momento, mi spedivano tra il pubblico anche se ero già pronto per andare in campo. Ma fa lo stesso: quelli erano campionati strani, anzi lo sono ancora. Squadre che vincono 9-0 e la settimana dopo perdono 6-0 con lo stesso avversario..."

"Strani? Tra poco ricominceranno quelli normali e vedremo quanto vali. Se sei bravo come dici, ti auguro di passare al Liverpool."

Evitai di replicare. Dopo tutto gli dovevo qualcosa. Quando gli avevo chiesto il permesso di indossare la maglia degli Spurs sotto l'uniforme aveva sbuffato un "sì" da fratello maggiore annoiato cui i genitori hanno affidato il piccolo di casa da tenere d'occhio durante la loro assenza. Non mi ascoltava nemmeno, mentre spiegavo che avrebbe portato fortuna perché il galletto dello stemma ricorda la Francia ed era lì che ci stavano mandando. E adesso ero certo che in realtà del calcio non gli importava nulla. Voleva distrarmi e intanto si chiedeva, come faceva da mesi, se sarei stato all'altezza. Per lui ero un ragazzino, eppure avevo diciassette anni e mezzo e durante l'addestramento ero sempre stato tra i migliori del plotone. Solo il primo lancio dall'aereo era andato maluccio. Un atterraggio goffo, una gran botta, però mi ero rialzato subito, stordito, ammaccato ma senza un lamento, muto come un pesce. "Più sono giovani più vogliono fare gli eroi", aveva borbottato senza guardarmi dopo aver assistito alla scena, a voce abbastanza alta perché lo sentissi.

Provai a spiargli i lineamenti per indovinare cos'altro avrebbe tirato fuori per farmi parlare, ma il viso annerito si confondeva con l'elmetto e solo gli occhi sembravano bucare l'oscurità. Eroi... Non c'è bisogno di eroi, aveva ripetuto anche sul camion. Bastava fare la propria parte, recitare la lezione come avevamo fatto fino alla noia nelle settimane precedenti. Senza improvvisare e, soprattutto, senza sbagliare. L'obiettivo era identico alla riproduzione che ce ne avevano fatto al campo, in ogni dettaglio: al posto del cemento armato c'erano impalcature di ferro, legno e tela, però le postazioni delle mitragliatrici e dell'antiaerea, le casematte con i cannoni, il reticolato, il campo minato, il fossato anticarro erano tali e quali alle foto. Tutto ricostruito fedelmente, compresa l'ultima parte del tragitto per arrivare sul posto, e nel rispetto delle distanze: le cento yarde che percorrevamo a West Woodhay sarebbero state cento anche nei pressi dell'obiettivo, non ottantacinque o centoventi. Sarebbe andata come nelle simulazioni, garantiva il capitano: perché non avrebbe dovuto? Voleva apparire sicuro ma secondo me qualche dubbio l'aveva. Pochissimi di noi, uno su venti al massimo, avevano partecipato ad azioni vere. Ed eravamo tutti giovani, io più degli altri, la maggior parte tra i diciannove e i ventidue anni. Come avremmo reagito vedendo i nostri compagni cadere, sentendo gli spari, le urla dei feriti?

Nemmeno lui era un veterano. Era nell'esercito da quattro anni, ma non si era mosso dalla sua caserma di Liverpool per i primi tre e il nemico non l'aveva mai visto. Il grado se l'era guadagnato nella Territorial Army, poi si era offerto volontario perché era stufo di starsene con le mani in mano, disse quando lo incontrai la prima volta. Non fu difficile credergli perché mi trovavo lì per lo stesso motivo. Qualche settimana dopo, invece, pensai che scherzasse. Per essere coraggiosi bisogna conoscere la paura e guardarla dritta in faccia, giurò; anzi, è indispensabile *avere* paura. Mi sembrò una teoria strana per un pugile, ma lui insistette, serio serio: al contrario, era l'arma perfetta. Aggressività e prudenza, la ricetta gli aveva permesso di vincere molti match senza correre rischi inutili e - giurava, forse esagerando come gli capitava spesso - l'avrebbe portato alle Olimpiadi del 1944 se Hitler non avesse deciso di conquistare il mondo. Non importa, aggiunse, i Crauti sono spacciati, gli diamo il colpo di grazia poi torno sul ring. E da Jane.

Si erano sposati due settimane prima della partenza per l'addestramento, era stato lui a insistere. Si conoscevano da una vita, vicini di casa, allievi della stessa scuola poi fidanzati. Non c'era motivo di attendere, mi diceva come se non gli fosse bastato convincere lei e volesse persuadere anche me. La guerra sarebbe finita presto e lui sarebbe tornato a casa tutto intero. Zoppicante per il peso delle medaglie, tutt'al più. Una delle battute che preferiva. Solo lui. Da quanto avevo capito, Jane non la trovava divertente. Mi aveva mostrato una foto: capelli chiari sciolti sulle spalle ("rossi", aveva specificato, "ma sottili e lucidi; non come il gomitolo di lana che hai in testa tu"), sul volto punteggiato dalle lentiggini un sorriso forzato e gli occhi aperti rivolti oltre l'obiettivo della macchina che davano l'impressione di scrutare lontano, nel futuro. In quello sguardo mi era sembrato di cogliere fragilità, inquietudine, ma sbagliavo. Un giorno avrei imparato che Jane era più forte di me.

Quanti di noi sarebbero tornati indietro? Ricordai un frammento di conversazione rubato in mensa qualche giorno prima. Due ufficiali medici parlavano della postazione da allestire per i primi soccorsi: al più presto perché si attendevano un numero molto alto di feriti. Quando si resero conto che li stavo ascoltando, si alzarono e uscirono. Non sarebbe stato necessario. Da tempo si discuteva di percentuali. Qualcuno diceva che saremmo morti quasi tutti, altri che sarebbe stata una passeggiata perché i Crauti si sarebbero arresi. Io mi ero schierato per il cinquanta per cento. In pratica, se all'operazione avessimo partecipato solo io e il capitano, uno di noi non avrebbe visto l'alba del giorno dopo. Chi dei due?

L'avrei saputo presto, pensai mentre mi rifilava una gomitata sul fianco. Aveva la mano sinistra nel tascone dei pantaloni e pareva che cercasse qualcosa. Avrei voluto fare lo spiritoso, dirgli che se aveva dimenticato lo spazzolino era tardi per rimediare, ma non ne ebbi il coraggio e tornai alle mie riflessioni. Avevo paura, quella pressione insistente sulla bocca dello stomaco, ma non di morire. Temevo di tornare a casa invalido, un peso per me stesso e per gli altri, e soprattutto che il capitano avesse ragione a dubitare di me, che avrei deluso i compagni, che se avessi fatto una sciocchezza avrei causato la morte di ragazzi con cui avevo condiviso mesi di fatiche, scherzi e imprecazioni contro i superiori durante le marce notturne.

Intravidi un lampo con la coda dell'occhio e mi girai: il capitano si stava puntando la torcia elettrica sul polso sinistro.

"Che c'è, signore?"

"Accendo l'orologio."

3. 31 MAGGIO 2014, ORE 15:12

Il cielo è una diga plumbea che sta per cedere. Seduto in sella allo scooter, un piede appoggiato sull'asfalto, Cédric Roussel ascolta il toc-toc dei primi goccioloni sul casco e spia il semaforo rosso, una ventina di metri più avanti, oltre le auto in coda. Invadere la corsia sinistra per aggirare la fila e piazzarsi davanti a tutti prima che scatti il verde? Rischioso, se c'è un poliziotto di cattivo umore appostato oltre l'incrocio. Ma se la fa franca Cédric guadagna qualche secondo e, forse, riesce a mettersi in salvo prima del nubifragio. Mentre si avvia, non ha bisogno di spiare attraverso i finestrini per sentirsi addosso lo sguardo di chi assiste alla manovra. Dev'essere ostile come il suo quando le parti s'invertono e un imbecille su due ruote gli urta lo specchietto per insinuarsi tra la portiera e lo spartitraffico.

Non importa. È disposto a incassare un colpo di clacson e qualche insulto, perfino a rischiare una multa e un punto in meno sulla patente, pur di non tornare a casa inzuppato fino alle ossa come venti giorni fa. La mattina dopo, mentre compiva il tragitto inverso in autobus e starnutiva cinque volte al minuto, ha memorizzato i possibili rifugi lungo la strada per farsi trovare pronto nel caso la minaccia si ripresentasse. E in serata, per essere certo di averli localizzati tutti, ha studiato il percorso anche al monitor, su Streetview. Ora è costretto ad ammettere che, se proprio doveva trovarsi nella stessa situazione, ha avuto fortuna: la salvezza è duecento metri più avanti. Nella luce livida che sembra annunciare un'eclisse, Cédric completa il sorpasso con uno scarto a destra piazzandosi con entrambe le ruote sulle strisce pedonali, come ad accertarsi di violare tutte le norme possibili del codice. La farmacia di fronte, al piano terreno dell'immobile tra Pessicart, Arène e Domaine du Piol, accende l'insegna. Toc toc toc, il ritmo dei goccioloni aumenta.

Verde! Cédric si tuffa nella semicurva che normalmente segnala il confine tra il traffico del centro e l'inizio del percorso in salita verso casa. Oggi no: la meta è un immobile recente di cinque piani, parallelepipedo grigio con verande vetrate e balconi rossi incastonato fra un condominio più basso e una casetta con il tetto spiovente. Accostamento discutibile, ma a Cédric interessa il tunnel d'accesso all'autorimessa, non le contraddizioni del piano regolatore cittadino. L'asfalto già inumidito gli consiglia prudenza, mentre raggiunge il centro della strada e attraversa. Percorsa la rampa fino al portone basculante, inverte la marcia e si piazza con il fanale acceso rivolto verso l'entrata. Al sicuro, al coperto e quasi asciutto: un miracolo, mentre poco più in là si abbatte una scarica fragorosa, gocce lucide e pesanti come biglie che se non fosse per gli schizzi si direbbero chicchi di grandine.

La prima riflessione è la più scontata della sua vita recente: chi gliel'ha fatto fare? Perché lasciare il comodo appartamento in centro dal quale nessuno l'avrebbe sloggiato, con la scuola a dieci minuti di cammino, per inseguire il miraggio della villetta indipendente, esporsi alle incognite del tempo due volte al giorno e indebitarsi fino all'età della pensione? Domanda oziosa, poco più di un espediente per convincersi che le motivazioni rimangono valide a due anni di distanza. Il giardino minuscolo ma tutto per lui, Sylvie e Théo; il garage, l'aria pulita, la trentina di metri quadri in più. E il prezzo: ragionevole, perfino allettante. I proprietari avevano fretta di concludere perché si trasferivano in Canada, sembrava un'occasione da non perdere. Metà dell'acquisto finanziato con i risparmi, il resto con un mutuo che non appariva proibitivo: possono contare su quasi due stipendi, il suo tempo più che pieno - benedetta la riforma del liceo con i tutoraggi e gli stage che gli consentono di arrotondare - e l'ottanta per cento di Sylvie. Se non cambia nulla nei prossimi diciotto anni ce la faranno. *Se.*

Quando ci s'innamora si perde la testa e di quella casa si erano innamorati a prima vista. I trasferimenti? Dettaglio trascurabile, avevano pensato. Sbagliando. Il budget familiare, già provato, non è compatibile con l'acquisto di una seconda auto. Così hanno dovuto accontentarsi di uno scooter usato, che tocca quasi invariabilmente a Cédric perché il compito di passare a prendere Théo da scuola si adatta meglio agli orari di Sylvie.

Un tuono più vicino degli altri scatena l'antifurto della berlina parcheggiata, in divieto di sosta, dalla parte opposta della strada, frangiflutti del torrentello che si è formato tra il marciapiede e la carreggiata. Cédric spegne il motore, si toglie il casco e lo appende al manubrio. Per ammazzare il tempo ha a disposizione la pubblicità che spunta dalle buche delle lettere nel vano alla sua destra, accanto al pannello con i pulsanti e il citofono, e il portatile con gli auricolari. Meglio la musica. In casi come questo la scelta è sempre la stessa: Glasgow 1976 o Birmingham 2006, trent'anni di distanza e la medesima energia, decisione ardua se Cédric non l'avesse affidata da tempo al principio dell'alternanza. Oggi tocca al concerto del quarantenario. Status Quo dal vivo, antidoto di provata efficacia e strettamente personale contro la noia o il malumore da imprevisto. Nessun altro, nella sua cerchia di conoscenti, trova rilassanti - o sopportabili, per usare un termine più appropriato - pezzi come "Caroline" o "Down down." Quando i familiari sono in auto con lui, si sente in dovere di scegliere qualcosa di meno aggressivo - Adele, Coldplay, Dido, i sempreverdi Abba - anche perché ricorda ancora la domanda che gli rivolse tanti anni fa Sylvie, sfiorando l'incidente diplomatico quando il rapporto era ancora giovane: "Riesci davvero a distinguere una canzone dalle altre?" Per gli amici e i colleghi ci sono Alizée, Celine Dion, i Superbus, Mylène Farmer. Pop più o meno indigeno, tanto per scansare le battute: Cédric l'anglofilo, quello che la sua capitale è Londra, anzi Liverpool. Già: se abitasse nel Merseyside e dovesse spostarsi con lo scooter, a evitargli di cadere nella tentazione della villa fuori città sarebbe stato il clima.

D'un tratto pare che qualcuno, fuori, abbia acceso una lampadina. Cédric si dà una spinta con le gambe per accostarsi all'uscita. Il nubifragio ha ceduto il posto a una spruzzata sottile, goccioline fitte e leggere che brillano su uno sfondo cui il sole, spuntato da qualche parte a ovest della città, dona una tonalità grigio perla abbastanza incoraggiante benché estranea alla gamma cromatica della Costa Azzurra quanto il coperchio cupo di pochi minuti prima. Si direbbe piuttosto uno di quei pomeriggi inglesi che non si sa se indossare una polo a maniche corte o un impermeabile. Mentre arretra - troppo presto per ripartire - Cédric si lascia sfuggire un sorriso, il primo da quando il preside gli ha concesso il via libera per il fine settimana, e sfiora il display per zittire la Fender Telecaster di Francis Rossi perché ha l'impressione di udire qualcosa dietro il fruscio della pioggerella e negli intervalli fra i latrati della berlina, un coro che rimbalza su migliaia di braccia alzate e di sciarpe tese. Falso allarme, è uno scherzo della memoria.

***

Ventisei anni fa, un'altra vita e un altro mondo. Il tunnel sotto la Manica non esisteva, i voli low cost nemmeno. All'epoca si chiamavano charter, costavano meno degli aerei di linea ma rimanevano abbastanza cari da mettere in crisi le casse di uno studente diciottenne al punto da rendergli inavvicinabile anche il più scalcinato degli alberghi londinesi. Però al viaggio per festeggiare la maturità con gli amici - "Quattro Moschettieri" li chiamavano i compagni di classe in omaggio alla solidità granitica del gruppo - non aveva voluto rinunciare. Ostello della gioventù, dunque, e fish & chips tutti i giorni, per lo sconforto di Olivier, Damien, Wilfred. Che un po' scherzando e un po' no sfruttavano ogni inconveniente per rinfacciargli la scelta della destinazione. Clima infame, alloggio da baraccati, cibo deprimente: più che una vacanza-premio sembrava un castigo; immeritato, dal momento che il diploma l'avevano portato a casa. Con Damien parla ancora, di tanto in tanto. È il gestore del supermarket dove Cédric e Sylvie vanno a fare la spesa di sabato, lasciando Théo nell'area sorvegliata per i bambini, dotata di giochi, televisore, tavoli per disegnare, qualche volta di animatore vestito da clown o da prestigiatore. A ogni incontro Damien gli ricorda come ha guastato la festa a tutti con quel soggiorno da incubo. Al diavolo l'Inghilterra, impreca: non ci sono più tornato.

Lui sì, una volta, breve soggiorno di studio parzialmente rimborsato dalla scuola, ma l'avventura da ricordare è quella con gli amici. Che nonostante il dissenso di fondo non si erano ammutinati, riconoscendogli un'autorità fondata su argomenti inoppugnabili: i risultati nei test d'inglese e le conoscenze enciclopediche sul rock e il calcio, pietre angolari della cultura britannica per qualunque diciottenne. La sua leadership uscì indenne perfino dalle iniziative più discutibili delle due settimane. Il concerto all'Apollo di Hammersmith, brutale aggressione ai timpani ordita da un improbabile reduce dell'era punk e dalla sua band nella nebbiolina e nell'aroma acre esalati da centinaia di spinelli. E la trasferta in treno a Liverpool, prima giornata di campionato, un pomeriggio di metà agosto che sembrava novembre, umido, freddo, grigio, un incubo per i compagni di viaggio e il coronamento di un sogno per

Cédric, la meta agognata da quando, alla porta della sua camera, aveva affisso una rudimentale copia disegnata in casa del pannello che accoglie i giocatori mentre scendono le scale degli spogliatoi, il cormorano rosso in campo bianco con la scritta "This is Anfield." Anfield Road, la tana del Liverpool Football Club. Un monito per gli ospiti, un promemoria per i padroni di casa, un mito per i fanatici del pallone.

This is Anfield. E lui c'era. Stava per guardare la partita dai gradoni di cemento del Kop - il settore dei supporter locali, dove all'epoca si stava in piedi - e, adesso che ci pensa, non ricorda nemmeno chi erano gli avversari. Roba da poco, altrimenti non sarebbe riuscito a trovare i biglietti per centellinare l'attesa nel cuore della passione, contemplando il prato ancora vuoto e mormorando che non esiste un verde più verde dell'erba di uno stadio inglese, mentre Wilfred, accanto a lui, lo ascoltava con l'aria mesta di chi deve arrendersi all'evidenza: il suo migliore amico aveva raggiunto lo stadio in cui l'ospedale psichiatrico non è più un'opzione ma una dolorosa necessità. Poco dopo aveva cominciato a piovere - la stessa aspersione lenta e regolare, ma con dieci gradi in meno, che sta depositando un velo leggero sul tettuccio della berlina ululante - e la folla aveva intonato You'll Never Walk Alone, il successo di Gerry and the Pacemakers diventato inno dei Reds negli Anni 60.

Cédric ne conosceva e ne conosce a memoria il testo, stranamente in armonia con la mutazione in atto oltre la soglia dell'autorimessa: *Mentre cammini nella tempesta / Tieni alta la testa / E non avere paura del buio / Alla fine della tempesta / C'è un cielo dorato / E il dolce canto argenteo dell'allodola / Continua a camminare attraverso il vento / Continua a camminare attraverso la pioggia / Anche se i tuoi sogni sono stati spazzati via / Continua a camminare con la speranza nel cuore / E non camminerai mai solo.* L'occasione di cantare con i 50.000 di Anfield Road era lì, pronta da cogliere, ma Cédric non riusciva ad andare oltre un fremito muto delle labbra. Immobile, con la pelle d'oca, gli occhi lucidi e un groppo alla gola, sopraffatto, si chiedeva come Wilfred e gli altri potessero ridere e scambiarsi battute sul bestione calvo con il torso nudo tappezzato di tatuaggi che si sgolava tre gradini più in basso. Poi aveva trovato una spiegazione: loro si divertivano o tentavano di farlo perché erano allo stadio, mentre lui era in chiesa, e in chiesa non sta bene ridere. Come avrebbe giustificato il sacrilegio se fosse stato chiamato a farlo dai custodi della fede che li circondavano? Meglio non pensarci: tre anni dopo l'Heysel la reputazione dei tifosi del Liverpool rimaneva pessima a dispetto delle rassicurazioni con cui aveva convinto gli altri Moschettieri a seguirlo.

***

La prima volta aveva sette anni. E ora, a diciotto, si stupiva della facilità con cui recuperava l'immagine di se stesso seduto nel soggiorno, la lettura del giornalino aperto sul tavolo da pranzo interrotta da un suono insolito, lo sguardo calamitato dal televisore rimasto acceso dopo il notiziario, la voce del cronista che faticava a imporsi sul clamore delle tribune, quel canto lento, solenne, struggente. Liverpool-St.Etienne, Coppa dei Campioni 1977: da almanacco vivente qual era diventato, Cédric non aveva difficoltà a collocare i frammenti in un contesto preciso, però il ricordo più vivo era il disagio avvertito quando la mamma gli spiegò che bisognava fare il tifo per i verdi perché erano francesi. Non sono meglio i rossi e il coro dei loro tifosi, si domandò? Chiuse i fumetti, si sedette sul divano - da solo perché la mamma aveva da fare e papà non c'era più - e per la prima volta guardò una partita fino al termine. Tre a uno per i rossi: aveva ragione lui, erano più forti e a renderli invincibili non poteva che essere la canzone.

Non ci pensò più fino a quando, anni più tardi, udì i compagni di scuola scambiarsi commenti eccitati sulla notizia, o leggenda urbana, di un'imminente tournée in Francia dei Pink Floyd. Chi sono i Pink Floyd?, si chiese con l'angoscia di chi, emarginato dai coetanei, contempla per la prima volta l'abisso della propria ignoranza. Eppure il nome gli diceva qualcosa... Ma certo! L'aveva visto su uno degli scatoloni che la mamma aveva portato con sé quando si erano trasferiti a Nizza. La visita in cantina glielo confermò: tre album, si vede che a papà piacevano, l'occasione di un corso accelerato che gli avrebbe permesso di partecipare al dibattito. Musica strana, si disse mentre ascoltava le prime tracce di "Meddle", fino a quando un brivido rimpiazzò la perplessità: il coro dei rossi, come nella partita in tv! Pochi secondi alla fine della terza canzone, seguiti da un incitamento ritmato, "Li-ver-pool! Li-ver-pool!" Che c'entrava con i Pink Floyd? Il giorno dopo, a scuola, avvicinò i compagni che si vantavano di conoscere vita e miracoli di tutte le band, troppo ansioso di conoscere per lasciarsi frenare dal timore di apparire uno sprovveduto, ma i sedicenti esperti lo delusero. Nessuna informazione utile, a parte il significato del titolo della canzone: "Fearless" vuole dire "Senza paura." Logico, pensò: chi ascolta il coro non può temere nessuno e quindi vince sempre.

La scoperta successiva, captata una sera al termine del telegornale, lo fece sobbalzare anche più del disco. Il Liverpool a Parigi! Contro il Real Madrid, per la finale della Coppa dei Campioni, un mese più tardi. Non c'era tempo da perdere, occorreva informarsi, farsi trovare pronti quando il televisore avrebbe diffuso il canto degli invincibili. Per quale motivo? Non lo conosceva né gli interessava scoprirlo. Doveva farlo e basta. Avrebbe cercato una spiegazione più tardi, raggiunta l'età in cui ci si chiede come sono nate le proprie manie, e l'avrebbe trovata nel ripetersi, a distanza di quattro anni - intervallo vicino all'eternità per chi viaggia tra l'infanzia e l'adolescenza -, della stessa sovrapposizione tra musica e calcio, coincidenza cui l'imminente arrivo del Liverpool in Francia dava il senso di una profezia.

Per prima cosa rinunciò ai fumetti e destinò l'intera paghetta settimanale a France Football, bibbia del calcio francese e internazionale. Ma la partita era troppo lontana per trovarvi una presentazione delle squadre. Che fare? La soluzione gliela fornì la mamma. Nel ristorante dove lavorava, arrivavano tutti i giorni un paio di quotidiani inglesi, espediente semplice ed efficace per adescare i turisti d'oltremanica. Le sarebbe bastato chiedere al barman di conservarli invece di gettarli nella spazzatura alla fine della serata, così li avrebbe portati a Cédric. Con quasi quarantotto ore di ritardo sull'uscita, ma che importava? Quattro o cinque pagine di sport tutti i giorni, di cui almeno un paio dedicate al calcio: una miniera d'oro. In teoria, perché per sondare il giacimento occorrevano attrezzi di cui Cédric non disponeva.

I giornali inglesi, constatò con orrore, sono scritti in inglese. Come avrebbe fatto a leggerli? Le competenze acquisite a scuola nei mesi precedenti, due ore settimanali sopportate di malavoglia, gli consentivano al massimo di spuntare la sufficienza nelle prove scritte. Come poteva immaginare, prevedere?, si chiese per alcuni giorni, mentre le pagine stropicciate si accumulavano sulla scrivania, indecifrabili, castigo crudele e - dovette riconoscerlo - meritato per la sua pigrizia. Poi un titolo attirò la sua attenzione, e non solo perché era dedicato a un giocatore del Liverpool. Riusciva a capirlo, il poco che sapeva era bastato per una riga di cinque parole! Lo sconforto svanì, spazzato via dalla speranza e dalla scoperta di una verità universale: nulla può arrestare un undicenne motivato che si batte per una causa giusta. Grammatica e dizionario, dizionario e grammatica. Una sera dopo l'altra, Cédric scandagliò ogni sillaba degli articoli contenenti il nome "Liverpool", ore d'impegno forsennato per abbattere la barriera di geroglifici che si frapponeva tra la sua sete e la fonte della Conoscenza.

Nel giro di quattro settimane, giusto il tempo che mancava alla finale, i suoi sforzi produssero due risultati memorabili. In ordine crescente d'importanza: il massimo dei voti nel penultimo test dell'anno - l'insegnante sembrava sospettosa, cosa poteva nascondersi dietro quell'impresa se non un espediente disonesto? - e la soluzione del mistero "hat trick", letteralmente "colpo del cappello." Lo tormentò a lungo, quell'espressione, fino a quando gli riuscì di associarla con un prodigio di "King" Kenny Dalglish: tre gol in una partita sola! Chissà perché la mamma sembrava più interessata al voto che a Dalglish, si chiese mentre attendeva l'inizio della finale di Parigi, seduto davanti alla Tv; eppure era un'adulta, quindi doveva avere chiaro in testa ciò che conta nella vita.

La partita fu brutta e incerta ma Cédric, che drizzava le orecchie a ogni accenno di coro, non era preoccupato: i rossi sono invincibili. Infatti la spuntarono loro e tre anni più tardi, quando Cédric era ormai un malato incurabile, ridiventarono campioni d'Europa. Fu in quella circostanza, durante l'ispezione serale dei quotidiani d'oltremanica, che Cédric trovò il Graal: il titolo e il testo della colonna sonora del Kop, a pochi giorni da un nuovo trionfo europeo dei Reds. Finalmente le note diventavano parole.

Nonostante il minaccioso test di matematica che lo attendeva il mattino seguente, Cédric non esitò a prolungare la veglia per tradurle e scoprire cosa si nascondeva dietro l'invincibilità dei Reds. Quando ebbe terminato, sull'orgoglio per la padronanza della lingua che gli aveva permesso di cavarsela in mezzora prevalse la perplessità. Ciò che aveva scritto lo stupiva e, un po', lo deludeva: malinconia e speranza al posto della gioia incondizionata e delle certezze, una tempesta di pioggia e di vento dove dovrebbe sempre regnare la luce accecante del successo.

Dodici mesi dopo comprese. Mentre si trascinava verso la scuola, un mattino di fine maggio, al termine di una notte popolata d'incubi, il volto terreo, negli occhi le immagini dell'orrore, quaranta morti allo stadio schiacciati da un muretto e dal furore alcolizzato degli hooligans del Liverpool, si sentiva in balia di un uragano. Al suo arrivo, il meno sensibile tra i compagni lo accolse con una battuta - "Visto cos'hanno combinato i tuoi amici inglesi?" - alla quale non ebbe la forza di rispondere, poi gli altri Moschettieri intervennero per fargli quadrato intorno e chiarire che non avrebbero tollerato altre provocazioni. Dopo tutto la canzone dice la verità, si consolò: finché avrò degli amici non camminerò mai solo. E se valeva per gli sfottò di un coetaneo perché non credere che l'avrebbe aiutato nella lotta contro i brutti ricordi? Mentre la passione per il Liverpool, sfregiata dall'Heysel, declinava bruscamente - ci sarebbero voluti mesi perché rinascesse diversa, più matura, assicurava lui, benché gli altri Moschettieri, al riguardo, nutrissero dubbi che il viaggio in Inghilterra avrebbe legittimato - il rapporto con il coro del Kop diventava profondo, personale, definitivo. Li ascoltava spesso, quei pochi secondi al termine di "Fearless", e dopo si sentiva meglio, più forte, pronto a sfidare la tempesta. *Continua a camminare con la speranza nel cuore / e non camminerai mai solo*: il messaggio era per lui, l'annuncio di un futuro che avrebbe riempito il vuoto lasciato dal suo dolore più grande.

***

Tre anni più tardi, in piedi sul cemento del Kop, Cédric ascoltava dal vivo quella promessa e strizzava gli occhi per sciogliere il velo che gli annebbiava lo sguardo puntato sull'imbocco del tunnel da dove sbucavano i guerrieri vestiti di rosso, anch'essi - come lui - messi alla prova dal destino, ma determinati a riprendersi l'innocenza, la vittoria, la felicità. Le risate degli amici si spensero, soffocate dalla folla che rumoreggiava e s'increspava come uno specchio d'acqua spazzato dal vento. Resisterle non sarebbe stato consigliabile né possibile, occorreva assecondare la corrente e lasciarsi trasportare, ma l'inesperienza li aveva spinti a prendere posto dietro una sbarra di metallo che, da punto d'appoggio per i gomiti, si era trasformata in uno scoglio su cui le onde dei tifosi si abbattevano per poi ritirarsi e precipitare di nuovo giù. Per mettere al sicuro le costole avevano dovuto spostarsi ciascuno per conto suo, sfruttando gli spazi creati qui e là dal riflusso della marea e guadagnando qualche gradino verso l'alto. Ma non erano più uno accanto all'altro come all'inizio e Cédric, scorgendo tra le sciarpe rosse alla propria destra il volto pallido di Olivier, il timido della compagnia, per un attimo si era sentito in colpa.

Poi si era abbandonato anche lui alle onde, che diventavano cascate a ogni gol dei Reds, cateratte umane che rotolavano verso i cartelloni pubblicitari come per scavalcarli e tracimare sull'erba. Tre o quattro volte, era capitato. Il Liverpool aveva vinto facilmente e Cédric era raggiante, malgrado qualche botta rimediata quando non aveva ancora capito come muoversi tra i flutti. Al ritorno, sul treno, aveva commesso l'errore di confessare che non era riuscito a cantare con il resto dello stadio, troppo emozionato, e gli amici non si erano lasciati sfuggire l'occasione: "In pratica ti sei portato a letto la ragazza più bella della scuola e hai fatto cilecca." Dicessero ciò che volevano, non gli importava. Anzi, aveva riso con loro. Nulla avrebbe potuto offuscare la soddisfazione piena, perfetta, di aver scritto la pagina più esaltante dei suoi primi diciotto anni.

4. 6 GIUGNO 1944, ORE 0:23

... Intravidi un lampo con la coda dell'occhio e mi girai: il capitano si stava puntando la torcia elettrica sul polso sinistro.

"Che c'è, signore?"

"Accendo l'orologio."

"L'orologio?"

"Dopo il lancio mi servirà, non credi?"

"Sì, ma..."

"Non potrò usare la torcia tutte le volte: i Crauti mi vedrebbero. Quindi lo faccio adesso."

"Non capisco..."

"Sulle lancette e sui numeri c'è una vernice fosforescente, così si vedono al buio. Se li metti sotto la luce, l'effetto dura più a lungo. Tutta la notte, spero. Credevo lo sapessi."

"No... Il mio non si legge al buio."

"Che roba è?", mi prese il polso e lo illuminò con la torcia, "L'orologio dei boy scout?"

"Me l'ha regalato mia madre. È preciso."

"Ma di notte non serve. Dovevi chiederne uno in magazzino. Oppure a me. Ti avrei dato il mio."

"Il suo?"

"Quello che portavo prima. L'ho lasciato alla base."

"Ne ha due?"

"Già. Questo è nuovo", spense la torcia e mi piazzò il polso a pochi centimetri dal naso con un movimento così brusco che non potei fare a meno di ritrarmi, urtando con l'elmetto la barra incastrata alle mie spalle, tra due montanti della fusoliera, dove mi sarei aggrappato per alzarmi. Le lancette, il 12 e tutti gli altri numeri si distinguevano nitidamente, parevano frammenti di marmo chiaro dentro un secchio di carbone. "Visto che la luce ha funzionato?"

"Sì..."

"Scommetto che ti piacerebbe sapere chi me l'ha dato."

"Non so... Come preferisce, signore."

"È un regalo."

"Di Jane?"

"Del Ministero della Guerra. Un premio per la mia missione."

"Quale missione?"

"In Svizzera. Hanno scelto me perché dovevo lanciarmi di notte, nella zona dove parlano francese. La lingua me l'ha insegnata mia madre: è nata a Lione, ma questo lo sapevi."

"In Svizzera? Quando...?"

"In marzo."

"Lei era al campo, in marzo..."

"A parte il ricovero in ospedale."

"Certo, ma..."

"Niente appendicite. Se la sono inventata per farmi sparire qualche giorno. Ho viaggiato in incognito e in borghese fingendo di essere svizzero. Nessuno doveva capire che sono inglese."

"Perché? La Svizzera sta con i Crauti?"

"È neutrale."

"Neutrale?"

"Non sta con nessuno. E fa affari con tutti, mi hanno detto: noi, gli Yankee, soprattutto i Crauti. Quindi dovevo fare attenzione a tutto, compresi i dettagli. Indossare solo gli abiti che mi avevano fornito perché se li erano fatti spedire dalla Svizzera, evitare espressioni che usano solo in Francia, ordinare vino invece della birra... Il giorno dell'appuntamento mi sono ritrovato davanti a una fabbrica talmente grande che, quando l'ho vista, ho creduto ci costruissero delle automobili. Ho dato il nome - falso, naturalmente - a una segretaria e lei ha chiamato qualcuno al telefono. Un tizio in giacca e cravatta mi ha chiesto i documenti, ha finto di credere che fossero autentici e mi ha accompagnato in una saletta. Dopo dieci minuti è tornato con una scatola di cartone spesso e me l'ha consegnata, congedandomi senza farmi firmare nulla né tantomeno offrirmi da bere. Era chiaro che voleva liberarsi di me al più presto, così sono uscito e ho preso il primo treno dalla stazione locale. Peccato, mi sarebbe piaciuto fare una passeggiata. È un bel posto, in fondo a una valle ampia, l'aria è pulita, c'era ancora un po' di neve sui prati. Mi piacerebbe tornarci d'estate, dopo la guerra, e incontrare di nuovo quel tipo per chiedergli cosa sapeva di me."

"È andato in Svizzera solo per ritirare un pacco?"

"No, ma del resto non posso parlare. E neanche di come sono tornato in Inghilterra: quella sì che è una bella storia. Pensa se al posto mio avessero mandato Lickert."

"Lickert?", ero imbarazzato perché sedevo proprio tra il caporale Lickert e il capitano.

"L'avrai sentito quando si vanta di parlare francese. Beh, se tra un'ora lo intercettano i Crauti e tenta di farsi passare per uno del posto gli sparano. Dopo avergli spiegato che l'accento cockney si riconosce anche al buio."

Mi lasciai scappare una risatina, convinto che Lickert non sentisse, ma lo vidi girarsi verso di me. Il capitano si avvicinò tanto che nel suo alito avvertii le tracce del sandwich con la marmellata che aveva mangiato appena salito sull'aereo, identico a quello che mi aveva fatto ingurgitare poco prima: "Attento. Se si accorge che ridi di lui, ti rispedisce indietro a pulire le latrine per un mese."

Ero certo di essere arrossito e, anche se nessuno poteva notarlo, preferii cambiare discorso: "E l'orologio?"

"Era nel pacchetto che ho portato dalla Svizzera, insieme con gli altri prototipi."

"Prototipi?"

"Pezzi sperimentali. Li hanno costruiti per farli esaminare dal nostro esercito. Se saranno approvati, li daranno agli ufficiali. Per ora ce ne sono cinque e uno l'ho al polso io. Come vedi sono un personaggio importante. Ma non darti delle arie con i tuoi amici solo perché mi conosci."

"No signore."

"Al ritorno ho fatto rapporto a un funzionario. Stavo per uscire dall'ufficio, ma mi ha detto di aspettare. Ha tagliato lo spago e ha rotto il sigillo della scatola sotto i miei occhi, ha tirato fuori cinque buste di carta e le ha appoggiate sulla scrivania. Poi da una ha estratto l'orologio e me l'ha allungato: *Tenga, è suo.* Prima che aprisse il pacchetto, non sapevo nemmeno cosa ci fosse dentro. Al massimo potevo immaginarlo perché in Svizzera avevo sbirciato attraverso la finestra di un laboratorio. Pensai di aver capito male, così non mi mossi. *E allora?*, mi ha chiesto. Gli ho risposto che non ne avevo bisogno perché avevo già un orologio in dotazione. Dovevo prenderlo e basta, ha ribattuto: qualcuno dell'esercito aveva fatto presente che se occorreva un test di robustezza sarebbe stato impossibile trovarne uno migliore della liberazione dell'Europa. Immagino fosse un ufficiale dell'Aviotrasportata, lo stesso che mi aveva proposto per la missione."

"Uno dei nostri?"

"Certo."

"Chi?"

"Questo non te lo dico, tanto sarebbe inutile." Sapeva che non sempre gli credevo. Mi chiesi quanto ci fosse di vero questa volta: avrei controllato il giorno o la settimana dopo, spiandolo mentre si cambiava, e se avessi notato una cicatrice vicina all'inguine avrei avuto la prova che era stato operato e che si era inventato tutto. Intanto preferii continuare ad ascoltarlo perché, autentiche o false che fossero, le storie sapeva raccontarle. "Il tipo del Ministero mi ha congedato: *Lo provi e passi a raccontarmi com'è andata*. In pratica mi ha ordinato di uscirne vivo. Non ho ricevuto spesso regali, nemmeno da civile, così ho deciso di celebrare. Prima di tornare alla base sono passato da una gioielleria e ho chiesto se era possibile incidere l'emblema del Reggimento e il nome di Jane sul retro dell'orologio. La commessa mi ha spiegato che con le lettere non avrebbero avuto problemi, potevo scegliere il carattere che preferivo, ma riprodurre lo stemma del basco sarebbe stato più difficile perché in genere le incisioni elaborate si fanno sull'oro, non sull'acciaio. Dal retrobottega è spuntato un signore in giacca e cravatta, con i capelli grigi. Ha notato la mia uniforme e si è presentato: era il titolare del negozio. Ci siamo messi a parlare, ha raccontato che durante la Grande Guerra ha combattuto in Francia; proprio come lei, ha aggiunto. Tutti sapevano dove ci avrebbero spediti, però non ero autorizzato a rispondergli; così gli ho fatto un sorrisino senza parlare, tanto per non essere sgarbato. Ha capito e ha cambiato discorso. Mi ha promesso che avrebbe affidato l'orologio all'incisore più bravo che conosce e che avrebbe fatto il possibile per accontentarmi. È stato di parola. Non solo: quando mi ha spedito il pacchetto, invece della fattura ci ha infilato una lettera. Aveva pagato lui l'incisore, diceva, perché non gli andava di presentare il conto a un Cavaliere della Libertà. Cavaliere della Libertà: mi piace, suona meglio di capitano e di signore. Se non fosse troppo lungo, ti ordinerei di chiamarmi così, Roger. Gli ho scritto due righe per ringraziarlo e per promettergli che anch'io avrei fatto del mio meglio, come lui."

"Venti minuti!", urlò l'operatore radio uscendo dalla sua postazione dietro i piloti per incamminarsi verso il portellone all'estremità opposta della fusoliera; sarebbe stato lui ad assisterci durante il lancio.

5. 31 MAGGIO 2014, ORE 15:35

Via libera: è uscito il sole e l'asfalto si asciuga rapidamente. Cédric gira la chiavetta d'accensione mormorando un ringraziamento al condominio per l'ospitalità involontaria e, uscendo, trova la strada quasi sgombra tra i marciapiedi vuoti. Meno avvezzi alla pioggia dei frequentatori di Anfield Road, i nizzardi preferiscono aspettare prima di rimettere il naso fuori. Cinque minuti gli sono sufficienti per lasciarsi alle spalle la sequenza di curve in salita, costeggiate da ville e condomini con i loro giardini curati, e imboccare il viottolo che lo conduce davanti alla siepe e al cancelletto di casa. Ma prima di aprire esita, quasi fosse incuriosito dal corso dei suoi pensieri e non sapesse dove conducono. Cédric l'anglofilo. O l'avvocato del diavolo, come l'ha battezzato una collega implacabilmente critica verso tutto ciò che ha prodotto il Regno Unito da Margaret Thatcher alla finanza senza scrupoli del terzo millennio, passando attraverso le guerre in Afghanistan/Iraq e, naturalmente, gli hooligans, però con il sorriso sulle labbra, costretta a riconoscere che le argomentazioni - attenuanti? - di Cédric vanno oltre il Liverpool e gli Status Quo. Il luogo di nascita, le memorie familiari intrecciate alla Storia con la S maiuscola e la sua attività gli garantiscono il beneficio del dubbio anche presso i conoscenti meno sensibili al fascino del Made in England.

"È arrivato papà!", lo strillo allegro che si fa strada attraverso la finestra aperta lo rituffa nel presente, il Mediterraneo al posto della Manica. Théo è in cucina come quasi sempre a quest'ora. Ufficialmente per fare il compito con la mamma accanto e le merendine a portata di mano, in realtà perché vuole essere il primo ad avvistarlo e ad annunciarne il ritorno a Sylvie. Che sta al gioco e finge di accorgersene solo quando risuona l'avviso ufficiale, benché a volte sia lei a vederlo per prima mentre Théo, strano ma vero, sta effettivamente scrivendo.

"È arrivato papà!" Bastano tre parole per relegare sullo sfondo i malumori del temporale, della sosta forzata nell'autorimessa e del mutuo. Théo schizza fuori dalla porta e gli corre incontro mentre percorre, moto alla mano, il sentiero di mattonelle che traversa il minuscolo triangolo erboso delimitato dalla siepe su uno dei lati lunghi e, sull'altro, dalla loggia su cui si affaccia la porta. Essere il primo a vederlo non gli basta. Cédric lo sa ed evita di ripetere l'affronto involontario compiuto quando sfiorò la guancia di Sylvie con le labbra prima di spettinarlo con la carezza ruvida che il cerimoniale del ritorno ha adottato con il nome di shampoo asciutto. Il principino della casa se l'era presa e aveva tenuto il muso fino all'ora di cena. Da allora Cédric rispetta le precedenze, ma oggi Théo gioca d'anticipo e lo placca, rischiando di farlo cadere insieme con la moto: "Sei in ritardo!"

"Colpa della pioggia. Ho dovuto ripararmi." Lo sguardo, mentre accompagna lo scooter sotto il portico e lo issa sul cavalletto, si posa sul pallone all'interno della porta da calcio, priva di rete e malferma come un tavolo sgangherato, appoggiata sul lato corto del praticello, davanti al muretto di pietra chiara che segna il confine della proprietà. Un'eredità degli ex padroni di casa. Potevano lasciarla dov'era, li aveva rassicurati Cédric: sarebbe servita a suo figlio. Invece Théo, un anno più tardi, si era lasciato convincere da Malik a provare il minibasket e la porta aveva perso il suo appeal, non più cornice dei sogni come per tanti coetanei ma ingombrante rifiuto da smaltire. Cédric non ha mai avuto voglia di occuparsene e ha fatto bene. Ultimamente Théo è tornato a tirare qualche calcio al pallone.

Cosa resisterà più a lungo, tra i pali chiazzati di ruggine e la poltroncina di vimini su cui Cédric, entrando in cucina per salutare Sylvie - il sorriso di Théo lo rassicura, adesso è autorizzato a farlo - appoggia lo zainetto? Con il suo cuscino beige scolorito e la sua posizione improbabile, accanto al frigorifero, dove nessuno penserebbe mai di sedersi, da due anni sembra prendersi gioco di qualunque principio in fatto di arredamento d'interni. Che c'entra con la cucina ultramoderna, gli sportelli dei pensili rivestiti d'alluminio, i ripiani di marmo scuro, il tavolo di vetro e acciaio, le sedie di similpelle grigia? Nulla, a un estraneo può sembrare il frutto di una distrazione. Non a Cédric e a Sylvie, che la associano con un'immagine di qualche anno fa: l'appartamento in centro e il balconcino sul cortile interno dove in qualche modo, a volte, riuscivano a pranzare mentre tenevano d'occhio Théo, a un passo da loro, che saliva e scendeva dalla poltroncina piazzata con le gambe posteriori sul pavimento del soggiorno perché troppo ingombrante per tenerla fuori tutta intera. Nostalgia, ecco perché nessuno ne ha ancora proposto lo spostamento in giardino o nel ripostiglio dove giacciono gli oggetti in attesa dell'eliminazione.

Un'idea scaturisce, improvvisa, dall'incontro di qualche minuto prima. Un gatto bianco e nero gli ha attraversato la strada, abbastanza distante da dargli il tempo di rallentare senza toccare il freno. Perché no? Se in casa ci fosse un gatto, la poltroncina gli servirebbe per sonnecchiare e riacquisterebbe lo status di oggetto utile. Una volta Théo ha detto che gli piacerebbe un animale domestico, anche se non ha insistito né specificato di quale animale dovrebbe trattarsi. Dubbi non ce ne sarebbero. Niente cani, Cédric detesta l'aggressività ottusa di certi rappresentanti della specie, primo fra tutti il doberman che non manca di mostrargli le gengive dal giardino dei Merle, due villette più in là, tutte le volte che gli passa davanti. Dei gatti gli piacciono l'eleganza e l'indipendenza ma è prematuro farne cenno a Sylvie e soprattutto a Théo, bisogna valutare i pro e i contro. Così si siede accanto al figlio e al suo quaderno per passare alla tappa successiva: il rapporto sulla giornata.

Calma piatta. Sylvie si limita a maledire per l'ennesima volta il virus che nessun tecnico sembra in grado di sloggiare dalla rete informatica dello studio medico dove lavora come segretaria e Théo non ha nulla di memorabile - il trionfo nella gara di tiri liberi durante la ricreazione a scuola, per esempio - da mitragliargli in faccia. Qualcosa da raccontare l'avrebbe Cédric. Ma lo farà più tardi, eventualmente. Per adesso rinuncia perché lo sguardo di Théo annuncia che vuole arrivare senza indugi al tema del giorno, o meglio di ogni momento trascorso dall'annuncio di lunedì scorso: la festa di domenica. La doppia festa perché Cédric e Théo compiono gli anni lo stesso giorno. Non una novità in sé, ovvio. Sarà l'ottava volta che capita, ma solo la seconda nella casa nuova.

L'anno passato Théo era raggiante. Quando ha soffiato sulle candeline della torta, ad applaudirlo erano in ventidue, invece dei cinque-sei al massimo di quando abitavano in centro. Viva la villetta con giardino, dunque, e al diavolo il mutuo. Sylvie non si lamenta degli spostamenti né dei sacrifici economici; le piace occuparsi delle piante - passione non ricambiata, a giudicare dalla misteriosa catena di decessi dell'inverno scorso fra i vasi schierati lungo il muro della loggia - e una cucina così grande non l'aveva mai avuta, forse nemmeno sognata. Théo rimpiange la vicinanza degli amici, ma continua a vederli per buona parte della giornata perché non ha voluto cambiare scuola e, quando rientra, ha solo l'imbarazzo della scelta. La loggia per ripassare i fondamentali del basket, la cameretta per ascoltare i Cd, la cucina-soggiorno per il compito e la Tv, ultimamente il garage, diventato rifugio e sala giochi perché l'auto sosta per lo più davanti al portone basculante del box, che per essere davvero pratico avrebbe bisogno dell'apertura a distanza. Optional archiviato come superfluo, per ora. Cédric e Sylvie avrebbero fatto volentieri a meno anche dei condizionatori, ma non hanno avuto scelta perché l'estate scorsa Théo ha visto un paio di pipistrelli nel corridoio del piano di sopra e si è spaventato. Mai più finestre aperte di notte, si è fatto giurare, così hanno dovuto affrontare una spesa imprevista. E inutile, giacché il rifiuto di uscire dalla sua camera dopo le dieci perdura e non ammette eccezioni.

Ma questa è l'ora delle grandi manovre, non dei brutti ricordi. Bisogna fare il punto sull'organizzazione della festa e verificarne ogni dettaglio: l'elenco degli invitati che hanno confermato la presenza, l'ora della caccia al tesoro e della torta, la maglietta che indosserà il protagonista della giornata - l'autorizzazione a mettersi la canottiera gialloblù della squadra è ormai ufficiale -, le canzoni da ascoltare nel soggiorno - qui nessuna deroga, vietato disturbare i vicini con la musica in giardino - la cassapanca su cui troveranno posto i regali in attesa di essere scartati. Sylvie avrebbe il diritto di sentirsi stanca prima di cominciare, ma affronta con pazienza incrollabile l'ennesimo terzo grado di Théo, troppo ansioso per accorgersi che le risposte sono le stesse di ieri e dell'altro ieri, mentre Cédric - che è stato messo in disparte benché, dopo tutto, la festa sia anche sua - ne approfitta per annunciare che farà un salto di sopra.

Salita la rampa di scale e percorsi i pochi passi che lo separano dalla porta del suo rifugio personale - piccolo ma luminoso, porta finestra con mini-balcone e vista sul prato, tutt'altra cosa rispetto al quasi ripostiglio del centro - Cédric prende posto dietro la scrivania e si guarda intorno. Gli piace indugiare sul panorama da ufficio di libero professionista che si è creato: l'appendice laterale su cui poggiano il monitor e la tastiera del computer, le due sedie di fronte e, in fondo, la parete attrezzata con gli scaffali pieni di libri.

Unico difetto la poltroncina, comoda ma priva dei braccioli. Un'idea di Théo. Era in casa quando l'hanno consegnata e, mentre assisteva al montaggio con Cédric, aveva osservato che, con i braccioli, gli sarebbe stato difficile sedersi sulle ginocchia del papà. Obiezione accolta senza indugi: di tanto in tanto, e quando Théo non la vede, lo fa anche Sylvie. In entrambi i casi il peso è trascurabile. Suo figlio è piccolo e magro, come lei. "Sicura di non essere messicana?", le chiedeva per prenderla in giro e per farsi notare quando erano solo i frequentatori dello stesso gruppo di amici. Zigomi appena sporgenti, carnagione scura, capelli lisci e neri che la costringono tutte le mattine a una lunga sessione davanti allo specchio e, almeno una volta ogni due settimane, a un ritocco per nascondere i primi fili grigi. Cédric l'anglofilo si è trovato una compagna dal look mediterraneo, se non proprio ispanoamericano. Due donne in una, si dice quando assiste alla metamorfosi serale, fenomeno che non manca di stupirlo nemmeno dopo dodici anni di matrimonio: da mobili e attenti, gli occhi dal taglio leggermente allungato diventano sognanti e indifesi appena privati delle lenti a contatto, mutazione tenera e sexy, l'invito ad attività notturne che rimangono assidue, gratificanti e, dopo l'incursione dei pipistrelli, relativamente ben protette dalle interferenze di un piccolo rompiscatole che fa capolino dalla porta al momento sbagliato. Difficile prevedere cosa potrà difendere la loro privacy una volta che Théo avrà accantonato la paura dei topi alati.

***

Feste, torte con le candeline. Di solito piacciono più ai bambini che agli adulti e infeltriscono come gli abiti, ogni anno che passa. Per Cédric non è così. Meglio il presente di un passato con il volto pallido e magro segnato da occhiaie profonde dietro gli occhiali con le lenti a goccia, degli auguri sussurrati che i colpi di tosse provenienti dalla camera accanto sembravano rendere ancora più flebili, della fetta di dolce consumata in fretta, sul tavolo della cucina, tra le briciole del pranzo e un paio di piatti sporchi, sotto gli occhi della mamma che gli aveva fatto compagnia per qualche istante e poi aveva appoggiato la forchetta tentando di sembrare allegra mentre gli annunciava che ne sarebbe rimasta un po' di più la sera, poi aveva raccolto i piatti per lavarli, in realtà per voltargli le spalle, e lui sapeva che piangeva. Buon compleanno... Forse la mamma avrebbe voluto promettere "andrà meglio la prossima volta", ma non l'aveva fatto perché sapeva che non era vero.

Il sesto compleanno, l'ultimo con papà. In seguito Cédric non aveva più voluto torte. Temeva che, assaggiandone un boccone in cucina o nel soggiorno, avrebbe sentito di nuovo quei colpi di tosse e visto la mamma nascondersi per piangere. Così era tornato a festeggiare diversi anni più tardi con i Moschettieri, in pizzeria. Ma dopo aver tagliato una fetta della sua Margherita, era rimasto un paio di secondi con la forchetta in mano, esitante. Se avesse udito qualcuno schiarirsi la gola dal tavolo accanto sarebbe corso fuori. Non era accaduto, così aveva continuato: a mangiare e a celebrare i compleanni, che con il tempo - e soprattutto con l'arrivo di Théo - avevano riacquistato il rango di eventi belli, allegri, da ricordare.

La seconda vita di Cédric è iniziata in quella pizzeria, ma la prima rimane una domanda senza risposte che rifiuta di lasciarsi archiviare, un racconto privo di finale, incompleto. Dev'essere così per chiunque abbia perso troppo presto un genitore. E chissà quanti sono in grado di comprenderlo. Uno, forse, l'ha incontrato tre anni fa, pochi minuti che non è riuscito a dimenticare. Il bambino di Sanremo. Dove sarà finito? Avrà trovato un papà? Gli avranno detto che se troverà la forza per camminare con la speranza nel cuore non sarà mai solo?

***

Cinquanta chilometri di autostrada per passare una domenica estiva diversa dal solito, la Riviera dei Fiori invece della Costa Azzurra, l'italiano al posto del francese come colonna sonora e, soprattutto, il tavolo con vista mare e le trofie al pesto di Gianni. Cédric stava facendo una passeggiata in acqua per stimolare l'appetito, immerso fino alla vita, tirandosi dietro il minuscolo canotto gonfiabile sul quale aveva messo a sedere Théo, estasiato da quella che doveva sembrargli un'avventura in mare aperto, mentre Sylvie li seguiva camminando lungo la battigia, dribblando i lettini e alzando una mano per salutarli.

"Ti sta chiamando": era stato Théo, dal canottino, ad attirare la sua attenzione. "Papà! Papà!": Cédric l'aveva sentito, quell'appello insistente, mimetizzato tra i suoni della spiaggia, ma non ci aveva fatto caso. La voce apparteneva a un coetaneo di Théo, costume da bagno rosso, capelli corti e biondi, che correva a metà strada tra loro e Sylvie, brandendo una pistola ad acqua. Quando Cédric si era girato, il bambino aveva preso a urlare ancora più forte: "Papà! Papà!", e poi un fiume di parole incomprensibili, mentre mostrava la pistola a Cédric. Era leggermente più alto di Théo, robusto senza essere grasso, occhi azzurri sgranati. "Papà! Papà!", di nuovo l'invocazione e la richiesta indecifrabile: una lingua dell'est europeo, si sarebbe detto. "Vuoi riempire la pistola?", gli aveva chiesto. "Vuoi che lo faccia io?" "Papà! Papà!" Cédric aveva allargato le braccia, specchiandosi nello sguardo interrogativo di Sylvie: "Ti sei perso? Non trovi più i tuoi genitori?" "Meglio chiamare il bagnino", aveva suggerito lei. Un attimo più tardi, annunciata da un grido, era entrata in scena una donna sulla trentina che si avvicinava quasi correndo, tra gli schizzi d'acqua, tenendosi il bordo della gonna con una mano per non bagnarla. Il bambino si era lasciato afferrare per un braccio e trascinare verso la riva ma prima di scomparire fra gli ombrelloni, a testa bassa, si era

45

girato verso Cédric mostrandogli la pistola ad acqua, nello sguardo la tristezza di chi vede svanire un'illusione e materializzarsi il ritorno a una realtà detestata.

"Andiamo?", Théo era impaziente di continuare la navigazione e Cédric l'aveva accontentato. Era tornato sull'episodio più tardi, al ristorante, mentre Théo, ipnotizzato dalla destrezza, prossima al virtuosismo, con cui due giovani seduti al tavolo accanto arrotolavano sulle forchette i tagliolini con i frutti di mare, aveva momentaneamente rinunciato a esigere la completa attenzione dei genitori.

"Possibile che un bambino chiami papà il primo che passa?"

"Forse è davvero figlio tuo", aveva riso Sylvie, "uno di quelli che non sai di avere."

"Dai, non sto scherzando. Hai visto che faccia aveva mentre quella donna lo portava via? Forse avremmo dovuto..."

"... Cosa? Anche Théo se la prende quando lo sgridiamo. Faceva i capricci e sua madre si è arrabbiata, tutto qui."

"Non l'avranno rapito?"

"Addirittura! A me sembrava che gli somigliasse, quella donna."

"Non me ne sono accorto, guardavo lui."

"Stai tranquillo, a quest'ora hanno fatto pace e lei gli ha comprato un gelato."

"Potrebbe essere orfano", aveva insistito Cédric.

"Come?"

"Di padre. Oppure non l'ha mai conosciuto. Mi ha visto con un bambino che mi chiamava papà e per lui sono diventato anche il suo papà."

"Ti sbagli: il papà ce l'ha, ma gli hanno detto che tu sei il più buono del mondo e vorrebbe scappare con te..."

"Mi arrendo. Oggi non si riesce a parlare seriamente", aveva scrollato le spalle Cédric, lasciando che Sylvie cambiasse discorso e tenendo per sé il resto. Correggere il destino come fosse una sceneggiatura sbagliata da riscrivere:

era questo che gli chiedeva il bambino con la pistola ad acqua? O era lui ad attribuirgli un sogno impossibile per illudersi che qualcun altro lo condividesse con lui e in realtà lo sguardo che gli aveva ispirato uno scenario melodrammatico nascondeva solo il disappunto di ritrovarsi con la pistola scarica, impossibilitato a spruzzare un po' d'acqua in faccia a un amichetto e, come se non bastasse, umiliato dalla mamma di fronte a un estraneo? Probabile, aveva tentato di convincersi, senza riuscirci.

**

Nuovamente padrone del cielo di Nizza, il sole sembra volersi prendere una rivincita sulla burrasca, proiettando una luce così intensa nello studio di Cédric che il nero lucido del monitor diventa uno specchio su cui l'immagine riflessa appare nitida in ogni dettaglio. I capelli chiari e sempre più radi sulle tempie, le sopracciglia troppo sottili per nascondere la cicatrice rimediata da ragazzo cadendo dalla bicicletta, gli occhi castani e grandi: "La cosa più bella che hai", gli ricorda Sylvie per poi aggiungere, ridendo, "anzi, l'unica!" Vero: il setto nasale incurvato non è da star del cinema e le labbra nemmeno, così poco inclini al sorriso da apparire peggio di quanto non siano. Nessuna ragione per indulgere alla vanità, eppure Cédric osserva a lungo quel volto. Non è una gratificazione che cerca ma un ricordo, un punto di riferimento, una corrispondenza con le foto di famiglia, la conferma di quanto gli racconta la mamma: "Il suo sguardo era identico al tuo."

La contemplazione si arresta quando Cédric nota la spia verde accesa sulla cornice inferiore del monitor. Qualcuno ha usato il computer e ha dimenticato di spegnerlo. Non è difficile immaginare chi, dal momento che Sylvie - terminata la battaglia quotidiana con l'informatica in ufficio - si guarda bene dal prolungare il supplizio a casa. Théo ha scoperto i videogame e internet da pochi mesi, ma comincia a manifestare sintomi di dipendenza. I genitori, per ora, si limitano a imporgli dei limiti - internet solo quando sono in casa tutti e due - e a respingere le richieste di acquisto di nuovi giochi. Il problema è che dire no non basta, dopo bisogna affrontare lunghe discussioni. Qualche settimana fa hanno trovato ispirazione in un articolo di giornale, la storia di un bambino di Tolosa ricoverato all'ospedale per una crisi epilettica dopo alcune ore di gioco davanti al monitor. L'hanno usato per giustificare l'ennesimo rifiuto e a qualcosa dev'essere servito perché Théo non è ancora tornato alla carica. Nel frattempo, a quanto pare, aggira i divieti.

"Théo!", Cédric fa la voce arrabbiata, affacciandosi dalla porta dello studio.

"Sì...?", il tono guardingo della risposta proveniente dal piano di sotto equivale a un'ammissione di colpa.

"Hai acceso tu il computer?"

Silenzio.

"Non ricordi più le regole? Niente internet se non siamo in casa io e la mamma."

"..."

"Hai sentito?"

"Sì... È stato Pierre, me l'ha detto lui."

Ecco perché taceva: stava studiando la strategia difensiva. "Chi?"

"Pierre. Voleva... Cioè, stavamo giocando e non ricordava una cosa."

Arrabbiarsi o lasciar correre? A carico dell'imputato ci sono la malafede e, a quanto pare, il tentativo di prendere in giro i genitori. A suo favore giocano i progressi a scuola - "sembra più motivato", ha annunciato la maestra nell'incontro con Sylvie d'inizio mese - e l'imminenza della festa, che gli vale un'immunità temporanea e limitata alle trasgressioni lievi: "Per questa volta passi, ma d'ora in poi vogliamo essere informati, quando tu e Pierre decidete qualcosa. Siamo d'accordo?"

"Sì papà."

"Cerca di ricordarlo."

È sempre colpa di Pierre: quando Théo corre in garage a metà della cena, per lo più in coincidenza con il momento della verdura ("Abbiamo un appuntamento"), quando tenta di guadagnare qualche minuto supplementare davanti alla tv ("Lasciaci finire il film, a lui piace"), quando si sottopone a sedute di fitness che non hanno nulla che vedere con il minibasket ("Dice che ho bisogno di flessioni per rinforzare le braccia"), perfino quando sparisce terrorizzando sua madre. Era un mercoledì, giornata senza scuola per Théo e senza ufficio per Sylvie, che lo teneva d'occhio dalla cucina mentre giocava in giardino ma qualche minuto dopo, il tempo di andare in bagno per vuotare la lavatrice, non l'aveva più visto. Aveva chiamato una dozzina di volte, perlustrato la casa da cima a fondo, suonato alla porta di un paio di vicini per chiedere se l'avevano visto, poi l'ansia era diventata panico. Aveva inviato due sms a Cédric - lo stesso testo a distanza di due minuti l'uno dall'altro: "Telefonami subito!!" - e, quando lui l'aveva richiamata da scuola, l'aveva implorato tra i singhiozzi di correre al Commissariato vicino con la foto di Théo che tiene nel portafogli perché nei casi di rapimento bisogna intervenire subito. Poi, senza lasciare il telefono e rischiando di lesionargli l'udito, aveva lanciato un urlo acutissimo: "Eccolo!" L'aveva visto camminare tranquillamente sul marciapiedi davanti a casa e si era precipitata fuori. "Dove ti eri cacciato?"

"Pierre non aveva mai visto la nostra strada, così abbiamo fatto una passeggiata. Sai che il cane dei Merle, quando gli siamo passati davanti, si è messo a mugolare e poi è scappato? La prossima volta che esco mi faccio accompagnare da lui."

"La prossima volta che esci senza dirmi niente ti chiudo a chiave in camera per una settimana!", gli aveva gridato lei, così fuori di sé che Théo, la sera, aveva confidato a Cédric di essere un po' preoccupato per la mamma.

Sarebbe ora di affrontare Pierre per dirgli che non si può

andare avanti così. Dopo avergli dato la possibilità di giustificarsi, chiaro. Il problema è che Pierre non può né difendersi né essere punito perché non esiste. È una trovata di Théo, un amico immaginario, compagno di giochi o capro espiatorio secondo le necessità. Facile ricordare quando è entrato nelle loro vite: la settimana in cui, tutti insieme, hanno visto un vecchio film con Gérard Depardieu e Whoopi Goldberg. Depardieu interpretava l'amico inventato da un bambino di otto anni, l'età di Théo, che lo aiuta a superare il trauma della perdita della madre.

La mattina del sabato seguente Théo si è presentato in cucina e, senza degnare di uno sguardo la tazza del latte con i cereali, ha annunciato che anche lui aveva un amico come quello del film e che il suo non si chiamava Bogus ma Pierre. Poteva trovargli un nome un po' meno comune, ha pensato Cédric strizzando l'occhio a Sylvie. Non è bastato prendere atto della novità. Théo ha preteso che i genitori lo seguissero per presentargli il nuovo arrivato: in garage perché era lì che aveva stabilito il proprio domicilio. Presi alla sprovvista, Cédric e Sylvie hanno dovuto rinviare l'appuntamento con la colazione e il giornale per accontentarlo, chiedendosi come ci si comporta in questi casi. Si fa finta di vedere il fantasma, gli si rivolge la parola, gli si chiede se è soddisfatto del locale che gli è stato assegnato? O si procede subito, con delicatezza, a smontare l'illusione? Che succede se il padre sceglie la prima soluzione e la madre la seconda, o viceversa?

Il tempo per mettersi d'accordo su un atteggiamento comune non c'era, bisognava improvvisare. Tutti i genitori, d'altra parte, devono improvvisare: il manuale del pediatra illustre e fine psicologo che Cédric e Sylvie avevano comprato quando lei era incinta giace ancora nel ripostiglio, all'interno dello scatolone dov'era finito al momento del trasloco, e nessuno ha avvertito la necessità di riportarlo alla luce.

"Lui è Pierre. E loro sono la mamma e il papà": presentazione perfetta, magari Théo fosse così attento alle formalità anche quando ricevono qualcuno a casa. Cédric ha sfiorato l'avambraccio di Sylvie con una mano e, ottenuto un cenno d'assenso, si è rivolto al portone del garage: "Piacere di conoscerti, Pierre. Ti trovi bene con noi?"

"Che fai?" l'ha ripreso Théo.

"Come che faccio? Lo saluto..."

"Allora guardalo. È vicino all'armadietto."

"Scusa, non avevo visto bene. La luce è troppo debole, devo decidermi a cambiare la lampadina altrimenti Pierre non può neanche leggere."

"Non preoccuparti, ha detto che per lui va bene così. All'inizio ho fatto fatica anch'io a vederlo. Con quella faccia nera, poi... Però le mani sono bianche, quelle si vedono subito."

"Bianche?"

"Beh, no. Rosa, come le nostre."

A quanto pare Théo ha elaborato una soluzione personale al problema dell'integrazione, un ospite che è bianco e nero allo stesso tempo, oppure ha sintetizzato in una figura unica i due migliori amici reali, Malik e Yves. "A presto, Pierre. E buona giornata."

Théo sembrava soddisfatto: ora che tutti i membri del gruppo familiare si conoscevano, poteva riprendere le sue attività. Ultimamente, però, il tempo riservato a Pierre è aumentato e l'abitudine di attribuirgli la responsabilità delle iniziative disapprovate dai genitori tende a diventare irritante. "Sarebbe stato meglio guardare un altro dvd", ha sospirato Sylvie qualche sera fa.

Cédric ha sorriso: "Non è detto. Se al posto di Pierre fossero arrivati i mutanti spaziali, in garage non rimarrebbe spazio nemmeno per lo scooter."

"Che bisogno ha di un amico finto? Ci sono quelli veri."

"E tu che bisogno hai di guardare Ridge, quello di Beautiful? Ci sono io."

"Lui è vero."

"L'attore sì, il personaggio no."

"Proviamo a dirgli che è partito."

"Chi, Ridge?"

"A volte ho paura che tu *non* lo faccia apposta."

Cédric ha sempre temporeggiato, fino ad oggi. La soluzione improvvisata un momento fa lo soddisfa. Se i progetti di Pierre saranno sottoposti alla valutazione dei genitori, bene. Altrimenti ci vorrà una soluzione più drastica. Ma non prima della festa: Pierre è un invitato di riguardo e l'unico con il posto garantito, una sedia piazzata davanti alla Tv, "così non si annoia", che Théo raccomanderà a tutti di non occupare. Ieri Cédric e Sylvie hanno barattato la concessione con il giuramento che per un mese si rifarà il letto da solo. Affare vantaggioso, si sono detti prima di dormire, e meritevole di essere codificato tra le prassi familiari. Il prossimo accordo potrebbe riguardare gli spinaci. Il problema è trovare un'offerta adeguata per farglieli mangiare una volta la settimana invece di una al mese.

***

Meglio controllare che stava combinando Théo con il computer. Cédric tocca il mouse e sul monitor si materializza un'immagine che non sembra avere alcun rapporto con il basket o con una ricerca per la scuola - ci mancherebbe - né incoraggiare il sospetto di pericolosi incontri telematici: una placca rotonda di colore argenteo su fondo nero, con sei tacche rettangolari disposte a raggera nella zona esterna e un disegno elaborato nella parte centrale, sormontato dal nome "Jane" in corsivo. Una medaglia? Sulla barra dell'indirizzo appaiono il solito www e una lunga serie di parole che non gli dicono nulla, inframmezzate da barre e segni di punteggiatura. Fa per cliccare sul ritorno indietro di una pagina, poi si blocca. Il disegno. O meglio lo stemma. Per il concorrente medio di un telequiz sarebbe un simbolo esoterico da centomila euro, per lui la copertina di un'enciclopedia di cui conosce a memoria ogni riga di ogni pagina. Il paracadute sormontato dalla corona e dal leone, le ali sui lati. Reggimento Paracadutisti, l'élite dell'esercito britannico di ieri e di oggi, l'Afghanistan, le Falklands e soprattutto il D-Day. Se fosse davvero un telequiz, il conduttore farebbe bene a firmargli l'assegno senza fiatare e a chiudere la trasmissione perché altrimenti Cédric stordirebbe il pubblico con un monologo interminabile. Invece niente assegno. Perché non fanno mai la domanda giusta alla persona giusta?

La persona giusta: oggi l'ha riconosciuto - a modo suo, non è un tipo espansivo - perfino il preside. È di questo che avrebbe voluto parlare al ritorno, prima che la valanga Théo si abbattesse su Sylvie con la sua ansia per la festa e lo costringesse a battere in ritirata. Aurélien Rascoussier, severo latinista (nomen omen, direbbe lui), che *chiede* di assistere alla sua lezione di storia invece di limitarsi ad annunciare la propria visita come fa usualmente con gli insegnanti. In effetti non si trattava della presenza di routine prevista dalla normale rotazione, ma di un fuoriprogramma legato alla richiesta di Cédric. Il preside gli era apparso irritato: perché non sapeva del libro? Cédric aveva spiegato che non gli piace vantarsi. "Vantarsi no, parlarne sì", aveva ribattuto il suo superiore, forse rammaricandosi - un attimo dopo - di non aver formulato la sentenza in latino per renderla più efficace. Cédric si era scusato con tutta l'umiltà di cui è capace, se necessario si sarebbe inginocchiato, avrebbe implorato. Tutto meno le lacrime pur di strappargli quel permesso di tre giorni. Non voleva, non poteva declinare l'invito a ritirare il suo Nobel personale: un libro sullo sbarco in Normandia, la presentazione in una libreria di Caen non come spettatore ma come interprete durante l'incontro del pubblico con l'autore e, soprattutto, come traduttore dell'edizione francese, il tutto con viaggio e soggiorno rimborsati. Il preside l'ha tenuto sulle spine fino a questa mattina, quando - non senza ingigantire le difficoltà incontrate - ha annunciato di aver sistemato la questione delle supplenze. Poi gli ha chiesto quando avrebbe trattato in classe il tema del libro. "*Oggi*", ha risposto Cédric: mancano pochi giorni al settantesimo anniversario e, visto che il 6 giugno cade di domenica, tanto valeva anticipare.

Di qui la richiesta di Rascoussier e l'assenso obbligato di Cédric, che d'altra parte non aveva motivi per nutrire ansie da prestazione. Perché mai? Giocava in casa e sapeva di poter contare sui ragazzi. Quando commette l'errore di vantarsene, Sylvie lo prende in giro: "Per forza, sei un professore da telefilm; anzi, così inverosimile che nessun produttore si sognerebbe di proporti come protagonista di una serie." Lui finge di arrabbiarsi, ma in fondo è contento. Che male c'è a essere disponibili, ad alternare il lavoro con lo scherzo?

A volte si ottengono vantaggi che vanno oltre la simpatia e la disciplina in classe. Come l'autunno passato, quando Adrien, secondo anno, genietto dell'informatica, gli ha installato sul portatile un filmato scaricato da YouTube: You'll Never Walk Alone cantata insieme dai supporter del Liverpool e del Barcellona prima di un match di Champions League, roba da occhi lucidi come quel pomeriggio ad Anfield Road. È diventata la sua suoneria preferita, anzi l'unica autorizzata a strapparlo dal sonno alle sei e tre quarti. Bel colpo, si era congratulato con Adrien, intimandogli però di non illudersi: l'acrobazia telematica non gli avrebbe garantito nemmeno mezzo punto in più nel test successivo. Il ragazzo, occhialuto e magro come sembra debbano essere tutti gli hacker, non aveva tardato a rivalersi. Alla domanda di Cédric - come hai fatto? - gli aveva rivolto un'occhiata scettica da pilota della Nasa che si chiede perché dovrebbe perdere tempo con un dinosauro per illustrargli il funzionamento del suo Shuttle e aveva tagliato corto: devo andare prof, Sandrine mi aspetta. Ed era schizzato via, lasciando che Cédric meditasse in solitudine sulle bizzarrie del mondo giovanile - possibile che un pirata del web tradisca il suo computer con una ragazza, per di più oca come Sandrine, primo anno? - e impedendogli di formulare la seconda domanda: è legale scaricare quelle immagini? Aveva dovuto accontentarsi di immaginare la non-risposta di Adrien, cristallizzata nell'espressione smarrita che avrebbe lui se lo portassero a vedere un film cinese in lingua originale. Il sistema operativo installato nel cervello dei teenager Anni 2000 tratta il diritto d'autore come un intruso eliminabile dal più primitivo degli antivirus, dunque irrilevante. Avrebbe dovuto pensarci lui, Cédric, prima di affidargli il portatile. Ma non l'ha fatto e ora, quando ascolta la suoneria, gli capita di avvertire un embrione di scrupolo. Non così frequente o acuto da cancellarla, però.

Professore da telefilm... Sciocchezze. Sa che, entro certi limiti, deve permettere di prendere il fiato. Così tollera che qualcuno si distragga, di tanto in tanto, purché non disturbi i compagni che vogliono seguire. In questo caso alza la voce e, se necessario, minaccia sanzioni. Gli capita per lo più con gli allievi del primo anno: le vicende remote non sembrano avere un grande potere d'attrazione e, se l'ora di storia è l'ultima della giornata, mantenere la disciplina è difficile.

Quando si arriva al ventesimo secolo, le cose cambiano perché i ragazzi sono cresciuti e perché ciò che è accaduto quando erano già nati i loro nonni li attira di più. Metamorfosi che diventa vistosa quando il tema è la Seconda Guerra Mondiale e, in particolare, il D-Day. Allora avverte che non c'è bisogno di richiami all'ordine. È sempre così, con o senza il preside in aula. Per questo non era preoccupato. Mentre parlava, tracciando sulla lavagna la posizione delle forze in campo, aveva gettato uno sguardo con la coda dell'occhio, ma solo per la forza dell'abitudine: era certo che nessuno stesse approfittando della situazione per sbirciare il display del portatile o scambiare battute con il vicino. Tutti quasi immobili con i gomiti sul banco, silenziosi come se stessero seguendo un film d'azione. Merito suo, oggi come le altre volte: di come raccontava, di come partecipava, del tono della voce e dei gesti. Poi le domande, numerose: sulla Resistenza, sui Paracadutisti, sul massacro di Omaha Beach, sul porto artificiale americano distrutto dalla tempesta, su Hitler che dormiva perché nessuno osava svegliarlo all'alba per informarlo di quanto stava accadendo sulle spiagge della Normandia.

Rascoussier ha atteso che l'aula si vuotasse per avvicinarsi alla cattedra e rivolgergli una battuta - "Non male, Roussel" - che, pronunciata da lui, equivale a una laurea honoris causa. Cédric ha sorriso, compiaciuto ma non sorpreso perché in quella frase ha visto una presa d'atto, il riconoscimento inevitabile di una predestinazione sulla quale non ha mai nutrito dubbi. Nascere a Caen, Normandia, un 6 di giugno, significa necessariamente qualcosa per chi ha avuto un parente coinvolto nelle vicende che hanno preceduto e seguito il giorno più lungo. Nonno Jean-Jacques se n'è andato prima che lui venisse al mondo - "troppo presto", commentava papà senza sospettare che dietro la constatazione si nascondeva un presagio -, ma orgoglioso della propria vita e di ciò che aveva fatto in quei mesi, prima da staffetta della Resistenza e poi da informatore degli Alleati. I racconti di quelle vicissitudini hanno accompagnato l'infanzia di Cédric e ne hanno plasmato l'immaginario. Il Big Bang della sua anglofilia, ben prima del Liverpool e degli Status Quo. Somma di ricordi cui, otto anni fa, si è aggiunta una coincidenza singolare: anche Théo è nato il 6 giugno, a pochi minuti dalla mezzanotte e con una settimana di anticipo sulla data prevista dal ginecologo, come se ci tenesse a rispettare la scadenza e le tradizioni familiari.

***

Dopo la morte di papà e il trasferimento a Nizza, dove uno zio della mamma le aveva trovato un posto come cameriera, era stata lei a perpetuare la tradizione. Cédric voleva continuare ad ascoltare le storie della guerra, così aveva l'impressione che papà fosse ancora con loro e che il nonno, mai incontrato, partecipasse alle riunioni di famiglia, rendendole numerose come quelle dei suoi compagni di scuola. Povera mamma, si dice a volte: che sforzi l'ho costretta a fare; per accontentarmi avrà dovuto leggere libri, imparare a memoria nomi, date, luoghi, eventi così da creare uno sfondo adeguato alle imprese del suocero. Spesso, quando stava seduta accanto al letto, teneva un quadernetto aperto sulle ginocchia, righe fitte fitte, forse gli appunti che prendeva per essere all'altezza della situazione. Potrebbe anche essersi inventata qualcosa. Una volta gliel'ha chiesto, ma la replica è stata evasiva e lui non ha insistito. Che motivo c'era per offuscare il ricordo di quelle sere, quando Cédric rifiutava di dormire se prima lei non gli raccontava qualcosa, qualunque cosa, sulle mappe delle fortificazioni tracciate dal nonno nelle settimane precedenti lo sbarco, sui pericoli corsi per recapitare messaggi di cui non conosceva il contenuto a destinatari che invece del nome avevano uno pseudonimo, sugli incontri con Landon, l'ufficiale cui passava le informazioni sui movimenti delle truppe tedesche durante l'assedio di Caen? Strano bambino, deve avere pensato: ai Supereroi dei fumetti, dei cartoni animati e dei film preferisce giovani normali, alcuni francesi e molti venuti da lontano per combattere in luoghi di cui non avevano mai sentito parlare e, in molti casi, morirci.

Per lui non erano solo cronache di guerra o vicende familiari. Erano anche un pretesto per coltivare la memoria delle radici. Di vacanze era vietato parlare: le finanze di casa non le avrebbero consentite e chi abita sulla Costa Azzurra - ammoniva la mamma, ma a lui sembrava la favola della volpe e dell'uva - il mare l'ha a portata di mano, più ospitale della grigia e gelida Manica. Rimanevano le visite al cimitero e ai parenti del ramo paterno, che però gli lasciavano l'amaro in bocca. Incursioni rare, frettolose e tristi. Appena arrivata a Caen, la mamma sembrava ansiosa di tornare alla stazione al punto che, quando si apprestavano a ripartire davvero, uno o due giorni più tardi, si sentiva sollevato anche Cédric. Per poco: mentre il treno correva illudendola di potersi lasciare alle spalle il peso dei ricordi, a sentirsi schiacciato dalla nostalgia e dai rimpianti era lui.

Gli anni non gli hanno levato di dosso quel fardello, ma il vuoto è meno vuoto. Se non se ne fosse reso conto da solo, Cédric lo leggerebbe negli occhi della mamma quando le porta il nipote, ogni domenica mattina, nel bilocale a cinque minuti dalla Promenade des Anglais che non ha voluto lasciare nemmeno quando lui e Sylvie le hanno proposto di trasferirsi con loro nella casa nuova. Troppo lontana dai negozi, dalla chiesa e dalle amiche, aveva spiegato, ma a dissuaderla era stato il timore di condizionare la vita della famiglia con i suoi problemi di salute. Così si accontenta della visita settimanale. Ma la prossima sarà una domenica diversa dalle altre. Cédric andrà a prenderla e la porterà a casa loro; se faranno tardi, si fermerà dopo la festa e magari sarà lei a intrattenere Théo con le storie di nonno Jean-Jacques. Ammesso che le ricordi ancora. Per lui non è difficile perché evidentemente era scritto - predestinazione, appunto - che un giorno avrebbero ispirato la sua carriera d'insegnante, il suo debutto da traduttore e, oggi, il "Non male" del preside. Ne parlerebbe volentieri, ma deve mettersi in coda e attendere che Sylvie abbia terminato di rassicurare Théo.

6. 6 GIUGNO 1944, ORE 0:46

... "Venti minuti!", urlò l'operatore radio uscendo dalla sua postazione dietro i piloti per incamminarsi verso il portellone all'estremità opposta della fusoliera; sarebbe stato lui ad assisterci durante il lancio.

Ci alzammo per agganciare le cinghie del lancio statico al cavo che correva lungo il soffitto e ripetemmo la sequenza fino al "Tutti OK", poi tornammo a sederci in attesa del segnale.

"Cinque minuti!" Il capitano si avvicinò al portellone. Lo seguii, dietro di me Lickert e gli altri, pochi passi ostacolati dagli zaini, dai paracadute, delle sacche. Il capitano si affacciò ma si ritrasse subito: il vento doveva essere più forte di quanto si aspettasse. Mentre sbirciavo oltre il suo elmetto, seguendo con lo sguardo le nuvole che ci passavano sotto, sentii uno scossone violento, poi un boato. Rimasi in piedi solo perché non avevo lo spazio per cadere, stretto com'ero fra il capitano e Lickert, che si era girato e imprecava. L'operatore radio giaceva sul pavimento, con la schiena e la testa appoggiate alla parete di coda, immobile: sembrava svenuto. Gli ultimi due avevano perso l'equilibrio ruzzolando indietro quasi fino alla soglia della cabina di pilotaggio; sentii qualcuno urlare che il fucile si era incastrato e vidi un compagno tentare di aiutarlo rischiando di cadere a sua volta, sballottato dalla contraerea e dal pilota che zigzagava per evitare di farsi inquadrare dai riflettori.

Sembravamo burattini ammassati in una scatola che rotola giù per un sentiero sconnesso. Ma i burattini non vomitano, Whaite sì. Quando lo scorsi accovacciato dietro Lickert, le mani sul pavimento, mi chiesi se avevo fatto bene ad accettare il sandwich del capitano. La spia rossa a destra del portellone si accese: sarebbe dovuto passare un minuto prima del verde, ma il Dakota s'inclinò bruscamente proiettando fuori il capitano, che scomparve, risucchiato dal buio. Esitai un secondo di troppo: "Fuori!", mi urlò Lickert in un orecchio, così forte che pensai lo avrebbero sentito anche a terra.

Meglio non aver avuto il tempo di pensarci. Saltai come l'istruttore aveva scommesso che non mi sarebbe mai riuscito, con le braccia incrociate sul petto e le ginocchia unite, tenendo la posizione fino a quando avvertii lo strattone della cinghia e, un istante dopo, del paracadute che si apriva. Se il pilota era riuscito a mantenere la quota giusta, mi ero lanciato da 600 piedi e avevo 25 secondi a disposizione per orientarmi, evitare di finire su un albero o su un tetto e soprattutto liberarmi dalla sacca, facendola penzolare dal cavo fissato alle cinghie del paracadute in modo che assorbisse l'urto per prima. Sganciarla troppo in fretta significava rischiare di spezzare la fune e di perdere tutto, ma sarebbe stato peggio non riuscire a separarmene: con quel peso legato alla tibia e il piede incastrato sotto avrei rischiato di rompermi la gamba all'impatto con il terreno, com'era capitato a un caporale della Compagnia B durante l'addestramento. Afferrai la corda e, quando la sentii tendersi, tirai con tutte le forze, poi lasciai che si svolgesse il più lentamente possibile. Mentre scendevo, alzai gli occhi per cercare i compagni. Ne vidi un paio venti piedi più in alto. Erano riusciti a saltare tutti?

Da sotto cominciarono a sparare. Raffiche d'armi leggere e proiettili incendiari: uno mi sfiorò e attraversò il paracadute. A questo non avevo pensato. Sapevo che sarei stato un bersaglio facile e che sarei potuto rimanere impigliato da qualche parte, ma l'idea che la calotta potesse prendere fuoco non mi era mai passata per la testa. Tiravano a casaccio, non mi vedevano perché ero ancora tra le nuvole; che non erano solo nuvole, ora me ne rendevo conto, ma anche la polvere alzata dalle bombe del raid che aveva preceduto il lancio, trasportata dal vento.

Ciò che mi apparve quando ne uscii mi gelò il sangue: il riflesso tenue dell'acqua, inconfondibile nonostante l'oscurità. Tanta acqua, dappertutto. Ricordai le foto scattate dai ricognitori, la valle tra i due fiumi parzialmente allagata per ostacolare i lanci. I piloti avrebbero tentato di evitarla, ci assicurarono. Evidentemente il nostro non c'era riuscito. Oppure avremmo dovuto attendere la luce verde, ma così il capitano sarebbe rimasto solo. Trovai un punto di riferimento in quella che, dall'alto, sembrava la finestra illuminata di una casa e mi aggrappai con la mano libera ai tiranti frontali per correggere la discesa. Se fossi finito in acqua, avrei avuto guai seri, ma non c'era il tempo di estrarre il pugnale per tagliare la fune e liberarmi del peso in più. Capii che mi era andata bene quando vidi la sacca conficcarsi nella melma, pochi pollici sotto la superficie. L'impatto, un istante dopo, fu il più morbido da quando avevo iniziato l'addestramento.

Attesi che il paracadute si adagiasse nell'acqua, mi sedetti e ruotai il bottone di sgancio. Sfilai le cinghie dalle gambe e dalle spalle, controllai se la sacca era ancora chiusa e mi guardai intorno. Il chiarore della luna che filtrava attraverso le nuvole si rifletteva su un lago artificiale delimitato da siepi su tre lati e, in lontananza, da una cortina scura e irregolare: dietro quegli alberi doveva esserci la luce che avevo visto mentre scendevo. Mossi qualche passo verso la siepe più vicina, tenendo d'occhio i ciuffi d'erba che spuntavano qua e là e chiedendomi dov'ero finito. Ciò che vedevo non aveva nulla a che fare con le immagini studiate alla base, una radura incastonata fra appezzamenti, frutteti e macchie di vegetazione. Mi girai nel sentire un tonfo, anzi un tuffo, che veniva dal centro della pozza, seguito da un silenzio strano. Un compagno? Che aspettava a liberarsi del paracadute? Dov'era finito? Inorridii: stava affondando, trascinato giù dal peso dell'equipaggiamento. Abbandonai la sacca per corrergli in aiuto, ma le suole degli scarponi s'incollavano al fango e mi rallentavano di più ad ogni passo. Stavo avanzando con l'acqua alla vita quando mi mancò il terreno sotto i piedi e colai a picco. Toccai il fondo quasi subito, ma avevo la testa sommersa: ero finito in un fossato, come lui. Non so se sarei riuscito a uscirne da solo, il nuoto era l'unico sport che mi era sempre riuscito indigesto. Mentre annaspavo, sentii un colpo sull'elmetto e, girandomi, vidi l'ombra di una mano che si agitava nell'acqua. La afferrai e sentii tirare così forte che in un attimo avevo il busto fuori, i piedi ancorati a quello che doveva essere il bordo del fosso. Riconobbi una sagoma familiare, massiccia: "Grazie, signore."

"Parla piano", sussurrò.

"È caduto là, dobbiamo..."

Mi afferrò il braccio: "Era una sacca, non uno dei nostri."

La superficie era immobile, scura. Il capitano doveva avere ragione, altrimenti avremmo visto almeno la calotta del paracadute. Ma non ne ero certo e nemmeno lui, infatti disse "Dobbiamo andare" con una voce che mi sembrò diversa dal solito, senza lasciarmi il braccio. Mentre ci muovevamo verso il margine del campo, lo sentii borbottare consegne che ricordavamo entrambi, come se qualcuno gli avesse chiesto di ripetere la lezione: raggiungere al più presto il resto del battaglione, senza esitazioni. Mi girai un'ultima volta per cercare un segno di vita. Niente, solo acqua, buio e silenzio. "Dove diavolo ci hanno buttati?"

"Fammi luce", mi allungò la torcia, estrasse la mappa dalla tasca dei pantaloni e la spiegò ai piedi della siepe, sulla striscia d'erba che emergeva dal lago; "Tienila giù, attaccata alla carta."

"Siamo qui", bisbigliò sfiorando i quadretti al centro della lingua chiara che s'incuneava nel blu interrompendo una linea costiera verticale. Il mare a est invece che a nord? Pensai che avesse orientato male la mappa, poi capii: quella che sembrava la costa era il confine tra la zona allagata e quella emersa e, se aveva ragione lui, la finestra illuminata che avevo intravisto si trovava nel villaggio al centro della penisola. Fece correre l'indice sulla carta per indicarmi il percorso che avremmo seguito per aggirare il centro abitato da nord e arrivare a destinazione, la zona Rendez-Vous, più o meno a tre miglia di distanza. I campi da attraversare erano vicini alle case, ma non avevamo scelta: poche decine di piedi più in là non c'era che acqua.

Mi sentii strappare la torcia di mano e spingere sull'erba fradicia. Il capitano si buttò giù spegnendo la luce. Vidi due sagome avanzare lungo la siepe, a una trentina di yarde, il busto piegato in avanti. Il capitano soffiò nel richiamo per le anatre che portavamo per farci riconoscere dagli altri al buio. Nessuna risposta. Armò lo Sten, li lasciò avvicinare e sussurrò "Punch..." Benché soffocata, riconobbi la voce che mi aveva stordito venti minuti prima sull'aereo: "... e Judy!" Strano udire di notte, in Francia, i nomi dei burattini che mamma e papà mi portavano a vedere ogni tanto sul lungomare di Brighton, la domenica, quando ero piccolo. Il comandante doveva essere certo che i tedeschi non li avessero mai sentiti nominare, se li aveva scelti come parola d'ordine.

"Capitano Kadwell. Chi siete?"

"Caporale Lickert e soldato Whaite."

"Perché diavolo non hai risposto al richiamo, Lickert?"

"Me n'ero dimenticato, signore. Scusi..."

"La prossima volta che dimentichi qualcosa ti farai sparare."

Controllammo l'equipaggiamento. Whaite era stato meno

fortunato di me oppure il vomito sull'aereo l'aveva scombussolato al punto da fargli dimenticare la sacca, che si era staccata ed era precipitata chissà dove. In acqua, sperai: volevo trovare una spiegazione, convincermi che ad affondare era stata davvero una sacca e non un amico. Lickert aveva perso il rotolo con il fucile, ma il resto era al sicuro nello zaino. Il capitano ed io avevamo salvato tutto. Quando mi liberai del giubbotto di lancio, capii che era servito anche a terra, o meglio in acqua: avevo i pantaloni e le maniche della mimetica inzuppati, ma il petto e la schiena quasi asciutti. Intorno non c'era nessuno. I tedeschi dovevano essere convinti che bastasse il lago artificiale. Il silenzio era rotto da qualche raffica di contraerea, il buio solcato dai traccianti che inseguivano gli aerei sulla via del ritorno. Ricordai quanto ci avevano consigliato: in caso d'incertezza sulla direzione, usare la rotta dei Dakota come punto di riferimento e andare a sinistra. L'indicazione corrispondeva alla mappa e all'interpretazione che ne aveva dato il capitano, così ci avviammo.

7. 31 MAGGIO 2014, ORE 16:07

Cos'è il disco argenteo che campeggia, enorme, al centro del monitor? Cédric torna indietro di una pagina e gli appare un'altra immagine ingrandita, questa volta accompagnata da un testo. "Orologio WWW dell'esercito britannico", annuncia il titolo. L'aspetto è malconcio: graffi dappertutto, lancette con i bordi parzialmente arrugginiti e qualche crepa nella parte chiara all'interno; quadrante nero disseminato di puntini in rilievo simili ai pori della pelle, i numeri da 1 a 12 disposti sulla fascia esterna e stampati in una tinta situabile tra l'arancione e il marrone che in alcuni punti sbava oltre il contorno, e - poco sopra il punto dove le lancette s'incontrano - un simbolo dello stesso colore, simile a un accento circonflesso con una terza gamba che scende perpendicolarmente dal vertice. Accanto all'immagine principale ci sono tre miniature accompagnate da nomi enigmatici: "Movimento", "Fondo cassa" e "Interno cassa." Quando clicca su quella al centro gli riappare il disco metallico con il nome e l'emblema.

Di nuovo indietro, alla descrizione: "Orologio a carica manuale con cassa in acciaio e fondo chiuso a vite, lancette e indici luminescenti. Anni 40. Diametro 37 mm, spessore 10 mm. Movimento: 12 linee, 15 rubini, scappamento ad ancora, bilanciere monometallico, spirale piana." Che diavolo significa? A Cédric non era mai accaduto di leggere due righe scritte - apparentemente - in francese senza capire nulla. Il paragrafo seguente è più abbordabile: "Gli orologi WWW (Wrist Watch Waterproof, Orologio da Polso Impermeabile) furono commissionati dall'esercito britannico ad alcuni fabbricanti svizzeri durante la Seconda guerra mondiale. In questo esemplare il marchio della "broad arrow", che identifica gli oggetti di proprietà del Governo, appare sul quadrante, ma non sul fondo della cassa, dove invece sono incisi un nome femminile e l'emblema del Reggimento Paracadutisti britannico che prese parte alla battaglia di Normandia. Il confronto con oggetti analoghi e le testimonianze in nostro possesso ci permettono di garantire che questo esemplare va ritenuto originale e autentico nonostante l'assenza della marca sul quadrante e sui ponti del movimento, e dei numeri di matricola sul fondo cassa e sotto le anse. Condizioni discrete (si consiglia una revisione del movimento)." Poco più sotto, al centro della pagina e in neretto: "Stima: € 2.500/3.000."

Che c'entra Théo con questa roba? Per quanto sveglio e precoce, è difficile immaginarlo alle prese con le aste online e anche se le trovasse divertenti come un videogame non avrebbe numeri di carte di credito da fornire. Cliccando sul link alla homepage, Cédric s'imbatte nel marchio di una casa d'aste parigina e, tornando all'orologio, in un'icona che si rivela essere la copertina di un catalogo. 4 giugno, Deauville: la Normandia dei ricchi, il posto ideale per piazzare un rottame come quello - condizioni discrete? E gli oggetti in cattivo stato come sono? - a 2.500 Euro o più. Basta un'occhiata distratta al resto del catalogo per scoprire che fra i lotti in vendita è uno dei più economici.

Le quattro e mezzo. Cédric non ha voglia di vuotare lo

zainetto e di archiviare gli appunti usati oggi, lo farà dopo cena. Ora preferisce scoprire da dov'è partito Théo per arrivare su quel sito. Inutile chiederlo a lui, tornerebbe a tirare in ballo Pierre e a quel punto Cédric si sentirebbe obbligato ad arrabbiarsi. Cosa induce i bambini a provocare i genitori? Un esperimento per verificare fin dove possono spingersi? Desiderio di farsi notare? Bisogno d'affetto? A quanto ricorda, nemmeno il manuale sepolto nello scatolone forniva spiegazioni convincenti.

La cronologia del browser spedisce Cédric alla pagina iniziale di Google, dove il sito della casa d'aste è il nono della lista corrispondente alle parole "www esercito britannico." Ecco la spiegazione: Théo è convinto che la tripla w sia una specie di formula magica da piazzare dappertutto, compresa la casella della chiave di ricerca. La combinazione l'ha portato all'orologio del catalogo e, visto che non gli interessava, è andato in cucina dalla mamma dimenticando di spegnere il computer. Quanto all'interesse per l'esercito britannico, ha una giustificazione anche quello e a Cédric piace pensare che è merito suo, anzi dei soldatini.

***

L'ha stupito, un mesetto fa, rivederli sulla mensola che sormonta il lettino. Perché Théo aveva recuperato quei superstiti dell'infanzia di Cédric, usciti indenni da tanti traslochi? Glieli regalò la mamma dopo il trasferimento a Nizza per fornire un supporto tangibile ai suoi racconti: paracadutisti inglesi della Seconda Guerra Mondiale, quelli dello stemma sull'orologio, una dozzina, alti cinque centimetri l'uno. Quando la scatola originale cedette, lacerata dall'uso, Cédric li trasferì in un cofanetto di latta che in origine aveva contenuto biscotti al burro di Normandia: residenza appropriata, si disse nel sistemarlo sotto il letto della sua camera, e rifugio sicuro. Con il passare dei mesi dovette ricredersi. La prima insidia furono le valigie dove la mamma, esaurita la modesta capienza degli armadi, custodiva gli abiti fuori stagione, colonne corazzate che avanzavano sotto il letto - in genere mentre Cédric era a scuola - costringendo i paracadutisti a ripiegare sempre più in fondo. Recuperarli per giocare divenne ogni giorno più arduo, fino a quando non ne valse più la pena. Cédric era cresciuto, gli eroi in kaki cedettero il posto ai campioni in rosso e un giorno la mamma tentò il colpo di mano: "Perché non li regaliamo al figlio della signora Duchamp? Tu non ci giochi più..."

Il tentativo sortì l'effetto opposto a quello desiderato. Gli ricordò l'esistenza della scatola, lo fece sentire in colpa per il lungo oblio cui l'aveva condannata e ispirò la politica degli anni a venire: resistenza tenace e determinata contro ogni logica, a cominciare da quella arida che presiedeva allo sfruttamento del poco spazio disponibile in casa. I paracadutisti non si arrendono mai, pensò, dunque avrebbe tenuto duro anche lui. Le scaramucce diventarono battaglie, poi le offensive della mamma si affievolirono grazie al trasloco in un appartamento poco più grande e dotato di cantina. Al termine di una lunga trattativa, Cédric riuscì a conquistare un angolo dello scaffale più basso e sgangherato del locale, motivando la richiesta con il dramma di un compagno di scuola che aveva appoggiato i suoi album di figurine sul pavimento della cantina e se n'era visto devastare la metà da una perdita d'acqua. Nemmeno il matrimonio e il nuovo trasloco lo indussero a sbarazzarsi dei soldatini: "Non mi rimane altro di quando ero bambino", spiegò per intenerire la sposina, piazzando la scatola nel pensile sopra il frigorifero, con il pretesto che lei non avrebbe potuto utilizzarlo comunque perché troppo alto. In realtà è Sylvie a essere piccola, ma Cédric preferì usare una formula diplomatica nel timore che l'eventuale rappresaglia avrebbe colpito i soldatini. Con l'acquisto della villetta, i paracadutisti ebbero diritto all'alloggio più comodo della loro esistenza, ricompensa meritata dopo trentacinque anni di servizio: l'armadietto degli utensili, in garage, dov'erano definitivamente al riparo dalla minaccia dell'eliminazione.

Fino all'inverno scorso, quando Cédric ha giudicato Théo abbastanza maturo per sostituirlo nel ruolo di custode e glieli ha regalati. La reazione è stata tiepida. I vecchi soldatini di plastica in tinta unita kaki dovevano sembrare insignificanti a chi poteva contare sulla protezione di Gyorx, mutante spaziale appostato tra i giornalini e i libri di scuola, in posizione ideale per scorgere gli invasori prima di essere visto ed eliminarli - il termine esatto è "scomparirli", sinonimo del "terminare" degli Anni 80/90 - con le armi cyberguidate che gli spuntano dagli avambracci. È approdato a casa loro dentro una scatola ingombrante, sotto l'albero di Natale, accolto da Théo con il calore e l'ammirazione che si devono a un eroe dello scontro tra la Galassia perduta e la Stella di cenere. La saga, narrata dall'ultimo blockbuster hollywoodiano in 3D, ha sedotto quasi tutti gli under 12 del pianeta Terra e, come ogni altro conflitto, ha avuto effetti disastrosi sull'economia, in particolare sul portafogli dei genitori martellati dalle richieste di bambini che il marketing legato alla megaproduzione ha sottoposto a un autentico lavaggio del cervello. Meritevole di censura, trova Cédric, da parte di tutte le organizzazioni votate alla protezione dell'infanzia, cominciando dall'Unicef. Nelle prime settimane di gennaio, i paracadutisti e la loro scatola hanno ripreso la strada del garage in silenzio, quasi di nascosto, come se Théo temesse di dover dare spiegazioni. Ma Cédric non gli ha chiesto nulla. Giusto così, in fondo: a ogni epoca i suoi giocattoli e i suoi eroi. Così sarebbe toccato di nuovo a lui vigilare sul loro destino.

Ma qualche mese più tardi rieccoli sulla mensola, a portata di mano. Nell'augurare la buonanotte a suo figlio, Cédric non ha potuto nascondere la curiosità: "Che ci fanno qui i miei soldatini?"

"Non sono più tuoi. Me li hai regalati."

"Lo so. Ma Gyorx dov'è finito?"

"In garage, dentro l'armadietto."

"Perché?"

Un'esitazione, poi Théo ha risposto con una formula che in quel momento suonava quasi inedita: "Pierre preferisce giocare con loro."

"Mi fa piacere. Sai quanto sono affezionato ai miei paracadutisti."

"E poi adesso sono grande."

"Davvero?"

"E lui è un pupazzo."

"Chi?"

"Gyorx. Non posso più giocare con i pupazzi, ho quasi otto anni."

"Se diventavi grande prima di Natale era meglio, così io e la mamma non te l'avremmo comprato."

Théo ha finto di sbadigliare, il suo modo per guadagnare tempo e studiare un'azione diversiva quando la conversazione prende una piega sgradita. Ma invece di rifugiarsi in una dissertazione sui playoff NBA o sulle scarpe da ginnastica nuove di Malik, ha spiazzato suo padre con una domanda strana: "È vero che da bambino avevi il buio dentro?"

"Come?"

"Il nonno stava male e tutto ti sembrava buio. Anche dentro di te."

"Io non la metterei così però sì, ero triste."

"Era così buio che non riuscivi a distinguere gli amici dai nemici?"

"Questo no. Sarebbe troppo, non ti pare?"

"E adesso? Ce l'hai ancora il buio?"

"Quando dimentico di accendere la luce ci pensate tu e la mamma. Chi ti ha detto queste cose?"

"Nessuno..."

"Te le sei inventate tu? Non ci credo."

"La nonna...", ha sorriso Théo, e si è girato dall'altra parte, lasciando intendere che l'udienza era terminata. Così Cédric ha dovuto tenere per sé il rimbrotto sui soldi buttati via per un regalo già dimenticato e un'osservazione sui soldatini: non sono pupazzi anche loro, come Gyorx? Non per Théo, evidentemente. E nemmeno per lui. Perché si sarebbe battuto così a lungo per salvarli, altrimenti?

Il giorno dopo ha telefonato a sua madre: "Come ti è venuta in mente la storia che hai raccontato a Théo?"

"Quale storia?"

"Quella del buio che avevo dentro perché papà era malato. Gliel'hai detto tu?"

"No. Perché avrei dovuto? Sono cose tristi..."

"Sicura?"

"Me ne ricorderei. Non sono rimbambita come credi."

Dunque era buona la prima risposta: Théo ha fatto tutto da solo. Ma come? Forse ricamando su qualcosa che ha sentito in tv o trovato su internet, oppure su frammenti di conversazioni domestiche. Ogni tanto si apposta dietro le porte e origlia. Lui e Sylvie lo sanno, per questo gli argomenti riservati li trattano quando dorme o dopo aver verificato che non è nelle vicinanze.

***

Duemilacinquecento euro: la cifra ha il fascino dell'assurdo. Se esiste qualcuno disposto a spendere tanto per quel ferrovecchio vuol dire che non ci sono limiti alla creatività dei ricchi. Cosa non farebbero per liberarsi dei soldi di troppo? L'unico orologio di valore che Cédric abbia mai posseduto è il dono di fidanzamento con dedica sul retro. Dev'essere costato parecchio - mai chiesto quanto a Sylvie - ma è d'oro e soprattutto nuovo. Lo è ancora, a dodici anni di distanza, perché Cédric lo porta raramente: il matrimonio, il battesimo e la Prima Comunione di Théo, la firma del contratto d'acquisto della casa e le altre, rare, circostanze che esigono la giacca e la cravatta. Mai a scuola né, tanto meno, a casa: incompatibile con il bricolage. Altri orologi non ne ha, né preziosi né economici. Il suo segnale orario è il display del portatile.

Potrebbe spegnere il computer e non pensarci più, ma quel paracadute con le ali... Chissà quanti, fra i partecipanti all'asta, sapranno che significa senza consultare il catalogo? Una cosa è certa: pochi privati hanno a disposizione un archivio come il suo. Cédric si alza e, dallo scaffale più alto della parete attrezzata, estrae un libro di cui ricorda bene la copertina. La foto a colori - o meglio colorata in seguito - è una delle più sfruttate del D-Day: sullo sfondo l'elica di un aereo, in primo piano quattro paracadutisti disposti a cerchio, giacca mimetica ed elmetto, si guardano il polso sinistro, parzialmente coperto dalla mano destra, per sincronizzare gli orologi. Che però non si vedono. Peccato.

Internet, ecco da dove potrebbe saltare fuori qualcosa di utile. Cédric torna alla tastiera e digita "Broad arrow", "Freccia larga", l'accento circonflesso con la gamba in più. Se il curatore del catalogo non si è preoccupato di tradurre vuol dire che il suo pubblico sa di che si tratta, dunque lo sa anche Google. Il numero dei risultati è impressionante: oltre un milione. Il primo della lista corrisponde a una pagina di Wikipedia, testo fitto e due immagini. In alto un emblema elaborato che ricorda solo vagamente una freccia. Poco più sotto, un cippo di pietra dell'Ordnance Survey, l'agenzia governativa britannica incaricata di disegnare le mappe. Il simbolo scolpito sopra le lettere WD - War Department - è una freccia identica a quella dell'orologio. A quanto pare esistono due tipi di broad arrow, una in araldica e l'altra usata dal Governo per identificare il materiale utilizzato in ambito militare: il caso dell'orologio.

E la valutazione? Cédric parte dalle parole corrispondenti alla sigla WWW, "Wrist Watch Waterproof", "Orologio da Polso Impermeabile", abbinandola con "prezzo." La valanga delle risposte - otto milioni, questa volta - comincia con due immagini. La prima mostra due orologi simili a quello del catalogo ma moderni, presumibilmente repliche create per gli amanti del genere. Nella seconda ce n'è uno vecchio e quasi identico. Cambiano solo il colore della freccia e dei numeri che indicano le ore, biancastri e non arancioni. Cédric clicca sugli altri link della prima pagina di Google, scoprendo un mondo di cui ignorava l'esistenza. Gruppi di discussione in cui centinaia di collezionisti e appassionati condividono amicizie, consigli, nozioni, scoperte, la gioia di un acquisto portato a termine o lo sconforto di uno mancato, abbandonandosi a una trance estatica non solo nel trattare gli oggetti delle loro brame ma perfino quando descrivono le scatole di cartone che li contengono, il tutto con l'ausilio di fotografie di qualità semiprofessionale. E cifre a volontà: nei mercatini annessi ai forum, nei siti dei commercianti, nelle aste online, negli archivi virtuali compilati con pazienza certosina dai blogger. I prezzi variano tra millecinquecento e quattromila euro secondo le condizioni.

Quando gli si para davanti la prima pagina di un pdf che ha l'aria di un trattato, Cédric si sofferma. Una ventina di pagine piene di tabelle e fotografie, tratte da una rivista e firmate da quelle che, secondo le note biografiche, sono due autorità del settore. A metterlo in difficoltà non è evidentemente il testo in inglese, ma il gergo astruso che lo costringe a tornare con frequenza sui propri passi per trovare il nesso tra le parole e le immagini. Non si arrende e, in capo a un'ora, si sente un esperto pure lui. Nell'articolo c'è un po' tutto quanto bisogna conoscere sull'argomento: il nome dei fabbricanti che hanno prodotto i WWW per l'esercito britannico; il numero, più spesso presunto che accertato, degli esemplari prodotti; le caratteristiche tecniche, apparentemente superiori alla media e tali da farne strumenti riservati agli specialisti del genio o agli ufficiali; le varianti; le foto. La Freccia Larga non è solo stampata nella stessa posizione su tutti i quadranti, ma anche incisa sul fondo della cassa, all'interno e all'esterno, e accompagnata da numeri di matricola: che nell'orologio dell'asta non ci sono, come fa notare il catalogo.

Benché ordinati mesi prima, i WWW sarebbero stati

consegnati solo dal maggio del 1945, cioè dopo la fine della guerra in Europa. Nessuno, dunque, sarebbe stato usato in battaglia. Ma allora perché la casa d'aste chiama in causa la campagna di Normandia? Forse per associare l'oggetto a un evento storico e renderlo più appetibile, è la deduzione di Cédric, che riapre l'immagine per confrontarla con quelle del pdf e indugia su un altro dei dettagli evidenziati dal catalogo: l'orologio in vendita è l'unico a non riportare il nome della marca sul quadrante.

Deformazione professionale da ricercatore, si dice mentre continua la navigazione: quando s'incontrano dei dubbi bisogna chiarirli, non aggirarli. Dopo una dozzina di tentativi trova l'indizio in un forum. Il quadrante anonimo, spiega un appassionato intervenendo su un orologio indossato durante la Grande Guerra, era una precauzione adottata per evitare che si risalisse all'origine degli orologi sequestrati ai prigionieri. Misura opportuna nel caso dei fabbricanti svizzeri: le parti in conflitto avrebbero interpretato le forniture ai nemici come violazione dello status di Paese neutrale.

Plausibile. Ma che bisogno c'era dell'anonimato dopo la fine della guerra, quando - secondo l'articolo - sarebbero stati consegnati i WWW? E perché mancano i numeri di matricola mentre gli altri esemplari che ha visto su internet li hanno tutti? Di certo c'è solo che il proprietario aveva qualcosa a che fare con l'Aviotrasportata. Se almeno il nome fosse completato da un cognome... Ma un "Jane Smith" sarebbe inutile: troppo diffuso sia nel Regno Unito degli Anni 40 che in quello attuale.

Sarà ancora al mondo il primo possessore dell'orologio? Improbabile: se hanno ragione gli autori dell'articolo sono passati almeno sessantanove anni. Il proprietario attuale potrebbe essere un erede, questo sì, ma come scoprire di chi si tratta? Cédric è arrivato ai piedi del muro che chiude un vicolo cieco. Prima di arrendersi, però, vuole giocarsi l'unica chance di cui dispone per arrampicarsi e sbirciare dall'altra parte. Gli costerà al massimo qualche minuto e un euro di telefono. Lo stemma, i paracadutisti, le avventure del nonno, la sua attività, perfino i soldatini sono motivazioni sufficienti.

Quasi le sei. Cédric compone in fretta il numero trovato sulla pagina dei contatti come se gli attimi guadagnati in extremis gli regalassero una speranza in più di trovare qualcuno in ufficio. "Mi chiamo Cédric Roussel, telefono da Nizza. Sono interessato a un orologio che sarà battuto all'asta di Deauville del 4 giugno. Nel catalogo si parla di testimonianze che dimostrerebbero..."

"Un attimo, per favore", dopo una pausa musicale, alla voce femminile se ne sostituisce una maschile: "Alain Onfray, buonasera signore." Il tono ricorda un maggiordomo inglese da film, così compassato da suonare finto, forse lo stile richiesto a chi tratta oggetti di lusso con venditori e compratori facoltosi.

"Buonasera. Vorrei delle informazioni su un lotto che andrà all'asta venerdì prossimo. Il catalogo dice che è un orologio dell'esercito britannico..."

"Che numero ha?"

"... Purtroppo non me lo sono scritto. Dò un'occhiata su internet e la richiamo."

"Forse non occorre: è l'orologio con le ali?"

"Le ali?"

"Sul fondo della cassa. Le ali e il paracadute."

"Proprio quello. Si chiama davvero così? Orologio con le ali?"

"No", anche la risatina ha qualcosa di artefatto, "l'avremmo scritto... L'ha battezzato così un signore che ha telefonato ieri dall'Inghilterra per informarsi. Si è inventato la storia dell'orologio con le ali perché il quadrante è anonimo, per farmi capire a cosa si riferiva."

"Originale..."

"Ed efficace: ha funzionato anche con lei. Il numero è il 115, se le interessa. Cosa desidera sapere? Ho condotto io la perizia e non ho ragione di dubitare..."

"Sì, l'ho letto sul sito. E ho visto l'accenno a certe testimonianze... Di che si tratta?."

"Documenti: un certificato di donazione datato luglio 1944 e una ricevuta del 1975."

"Donazione?"

"Timbrata dai Civil Affairs di Caen: l'orologio è stato regalato dal comando britannico a un cittadino francese. La ricevuta si riferisce alla cessione dell'orologio a un parente del proprietario attuale."

Caen, luglio 1944: ecco perché il catalogo cita la battaglia di Normandia. Allora non è vero che quegli orologi sono stati consegnati dopo la guerra. Non tutti, almeno. "E le ali? Lo stemma, voglio dire. Ha qualche notizia?"

"Solo ciò che abbiamo riportato: è quello del Reggimento Paracadutisti."

"Si possono visionare i documenti?"

"Saranno a disposizione del pubblico venerdì mattina a Deauville insieme con l'orologio, presso l'hotel dove si terrà l'asta."

"Me ne potrebbe inviare una scansione via mail? Sa, io abito a Nizza e non so..."

"Temo di no, signore. Se lo chiedessero tutti..." L'atteggiamento è cambiato, da compassato e gentile a compassato e freddino. In qualche modo - fiuto, esperienza? - il signor Onfray deve aver intuito che non sta parlando con un habitué delle aste e nemmeno con un principiante dal portafogli gonfio, così preferirebbe liquidarlo in fretta per dedicarsi ad attività dalle prospettive commerciali più interessanti o semplicemente per tornare a casa.

Che fare per guadagnare un supplemento d'attenzione e rendere più attraente il proprio identikit? Prontezza di spirito e faccia tosta: "Ho altri orologi di questo tipo, ma nessuno di cui si possa risalire a dove e quando è stato usato. A giudicare dal certificato quello che avete in catalogo è stato indossato durante la campagna di Normandia, quindi per me avrebbe un significato doppio. Sa, mio nonno era partigiano e abitava a Caen. Ci sono nato anch'io, a dire il vero... Mi scusi se insisto, è importante. Vorrei lasciarle il recapito telefonico e l'indirizzo mail; così, se trova cinque minuti, forse mi può mandare quelle copie. Se occorre l'autorizzazione del proprietario, gli dia pure le mie coordinate." Non riuscirà a sedurre il signor Onfray, ma l'idea è insinuargli un dubbio: se il suo interlocutore diventasse un buon cliente? Dopo tutto la Costa Azzurra fa pensare più a un viveur pieno di soldi che a un insegnante tormentato dall'incubo del mutuo e Cédric non ha motivo di fornire dettagli sulla propria attività, sempre che non gli siano richiesti.

"Vedrò cosa posso fare... Come ha detto che si chiama?"

"Non gliel'ho ancora detto: Roussel."

"Roussel...?"

"Sì. R-O-U-S-S-E-L."

"Roussel... E il nome di battesimo?"

"Cédric. Vuole lo spelling?"

"Non è necessario. È di Caen, ha detto?"

"Ci sono nato, ma è da molto che abito a Nizza."

"Roussel senza L-E alla fine, quindi..."

Duro d'orecchi o stanco al termine di una giornata faticosa, il signor Onfray; eppure non è un cognome raro: "Esatto. Senza L-E alla fine."

Duemilacinquecento euro: a giudicare dal corso accelerato sul web la cifra è corretta, almeno in rapporto alle consuetudini di un mondo popolato da maniaci. La constatazione lo infastidisce. Anzi, è infastidito proprio dal fatto di essere infastidito. Se ha fatto la ricerca e la telefonata è solo per togliersi una curiosità. Che gli importa del prezzo?

8. 6 GIUGNO 1944, ORE 1:27

... L'indicazione corrispondeva alla mappa e all'interpretazione che ne aveva dato il capitano, così ci avviammo.

Ci tenemmo in fila sul budello erboso che emergeva dall'acqua, sfiorando i rami e le foglie, perché usare la strada sull'altro lato della siepe sarebbe stato rischioso. Dovevamo evitare incontri e, soprattutto, scontri con il nemico. La missione prima di ogni altra cosa. Nel nostro caso, quattro di cui uno disarmato, non sarebbe stato difficile resistere alla tentazione dei regolamenti di conti, come li aveva chiamati il capitano.

Mentre camminavo, mi sentivo come quando andavo a scuola, prima degli esami, alle prese con gli ultimi controlli. C'ero abituato: "Englin, dammi le posizioni esatte e il piano d'attacco" era una frase che sentivo più spesso di "Tutti OK!" Capitava al termine delle esercitazioni, negli incontri quotidiani con i sottufficiali e il capitano. Test a sorpresa che non erano una sorpresa perché il più interpellato ero io, il bimbo del plotone. Ormai ricordavo meglio l'ubicazione delle mitragliatrici che la strada di casa a Londra.

A quest'ora i ricognitori dovevano avere finito. Erano

partiti prima di noi, in due gruppi. Il primo diretto sull'obiettivo per preparare l'incursione, segnalando con nastri bianchi il percorso da seguire all'interno del campo minato, strisciando fino al reticolato per individuare i punti dove sistemare i tubi esplosivi Bangalore, mettendo in posizione i mortai da cui sarebbero partiti i razzi di segnalazione per i piloti degli alianti che si sarebbero posati all'interno dell'area recintata. Il secondo incaricato di delimitare e rendere visibile la zona RV, dove ci saremmo radunati prima di muoverci verso la batteria e dove avrebbero toccato terra gli alianti con il materiale pesante: jeep, mortai, pezzi d'artiglieria, esplosivi, lanciafiamme, cercamine, il necessario per il pronto soccorso e la trasmissione.

Di lì avremmo percorso poco meno di due miglia e, superata la prima barriera di filo spinato attraverso i varchi tagliati dai ricognitori, ci saremmo divisi in quattro gruppi, uno per ciascuno dei bunker in cemento. Al mio plotone, trentadue uomini, sarebbe toccato il numero 1, il più grande. All'arrivo degli alianti avremmo fatto saltare il reticolato interno in quattro punti e fatto irruzione mentre i nostri compagni uscivano dalle fusoliere. Attacco simultaneo che, si sperava, avrebbe confuso le idee ai tedeschi. Primo obiettivo, neutralizzare le postazioni delle mitragliatrici seguendo le indicazioni dei ricognitori. Secondo, raggiungere le casematte, far saltare le porte d'acciaio con gli esplosivi, eliminare o prendere prigionieri gli occupanti. Terzo, il più importante, mettere fuori uso i cannoni.

"Salveremo la vita a centinaia dei nostri", aveva annunciato il capitano il giorno prima della partenza. Non era una trovata per motivarci. La batteria era a qualche chilometro dal mare, ma se quei cannoni da 150 millimetri avessero potuto operare indisturbati avrebbero fatto una carneficina e forse ricacciato nella Manica le truppe da sbarco. Dopo l'attacco, il comandante si sarebbe messo in contatto radio con l'incrociatore che attendeva notizie a un chilometro dalla costa. Se la nave non avesse ricevuto comunicazioni, alle cinque e mezza avrebbe bombardato la batteria dal mare, ma le sarebbe stato impossibile ottenere gli stessi risultati di un'azione diretta. Non potevamo fallire, insomma. Poi avremmo raggiunto e attaccato un villaggio che dominava la valle su cui sarebbero avanzate la fanteria e le colonne corazzate, a qualche miglio di distanza da lì. Bisognava sloggiare il nemico e tenere la posizione fino a quando ci avrebbero sostituiti.

Giunti dove la siepe s'interrompeva, ci rendemmo conto che gli alberi visibili da dove eravamo partiti erano più lontani di quanto sembrassero, oltre un incrocio e un campo apparentemente asciutto, percorribile. Uno dopo l'altro attraversammo di corsa la carreggiata a schiena d'asino, tra cubetti di porfido divelti e frantumati dai bombardamenti, e ci gettammo a terra. Attendemmo una ventina di secondi spiando le prime case del villaggio, sulla sinistra. Neppure una luce accesa, si sentiva solo un cane abbaiare. Il capitano indicò un solco profondo al centro del campo che ci stava davanti. Seguendolo saremmo arrivati agli alberi e di lì avremmo deciso come continuare.

Camminavamo da pochi secondi quando avvertimmo un brontolio cupo che aumentava rapidamente d'intensità. "Lancaster!", fu l'avvertimento sussurrato quasi contemporaneamente dal capitano e da Lickert, che si tuffarono a faccia in giù, con i gomiti piantati sul fondo del solco e le mani dietro la nuca. Io e Whaite li imitammo un attimo prima che si scatenasse l'apocalisse. La terra intorno a noi tremava, si sollevava, ricadeva, sembrava quasi di sentirla muggire come i manzi che avevo visto macellare nel mattatoio dove lavorava mio zio prima della guerra, un animale gigantesco sventrato da ganci d'acciaio, con le viscere che schizzavano dappertutto. Potevamo solo aspettare, immobili, coperti di zolle dalla testa ai piedi, tra le esplosioni e i fischi delle bombe.

"Coglioni!" grugnì Lickert, il primo a sedersi per controllare se era ancora tutto intero dopo che i bombardieri si erano allontanati. Mi inginocchiai e pensai che se l'attacco aveva lo scopo di mettere pressione sulla Batteria aveva fallito due volte: mancando il bersaglio e rischiando di fare a pezzi gli incursori. Però aveva svelato dov'erano i tedeschi; tra un'esplosione e l'altra avevamo notato dei traccianti a 150-200 yarde di distanza, sui due lati del campo. Sarebbe bastato rimanere nel fosso per evitare entrambe le postazioni, sempre che non fossero già state centrate dalle bombe.

"Tutti a posto?"

"Sì signore."

Mentre ci rimettevamo in cammino, udimmo ordini urlati in tedesco, poi una motocicletta che si avviava, preceduta dalla luce del fanale. A metà del campo il fosso cambiava connotati, slabbrandosi in un cratere profondo cinque piedi. Aggirandolo, mi dissi che se fossimo partiti dalla palude trenta secondi prima saremmo morti tutti. Attraversammo il boschetto e ci ritrovammo in un campo che sembrava un enorme puntaspilli: decine di pali piantati a coppie nel grano che arrivava alla vita, con cavi metallici tesi tra uno e l'altro, ad altezze variabili da otto a dieci piedi. Ostacoli per gli alianti, invisibili dall'alto e troppo spessi per tagliarli con ciò che avevamo a disposizione.

Continuammo fino a raggiungere una macchia abbastanza fitta e, quando ne uscimmo, non credetti ai miei occhi. C'eravamo sbagliati, mi dissi, il RV non poteva essere quello. Poi riconobbi, sulla mia destra, l'albero isolato che ci avevano fatto notare nelle foto, così vicino a un fosso che sembrava dovesse caderci, e il frutteto adiacente. Di fronte si apriva una spianata dove intravedevo alcune decine di uomini ma nessun aliante, né jeep o mortai. Già partiti per la Batteria? Impossibile, non avrebbero lasciato indietro tanta gente. Ci avvicinammo dopo aver sussurrato la parola d'ordine ai due compagni più vicini. Al centro c'era un gruppetto, alcuni ufficiali che ascoltavano il comandante. Quando ci vide, s'interruppe: "Chi siete?"

"Capitano Kadwell con il caporale Lickert e i soldati Englin e Whaite."

"Gli altri del vostro aereo?"

"Non li ho visti, speravo fossero arrivati prima di noi. E gli alianti, signore?"

"Non ci sono. Abbiamo una Vickers, qualche Bren, una decina di tubi Bangalore e nient'altro. E mancano quattro quinti degli uomini. Dobbiamo cambiare piano."

9. 1 GIUGNO 2014, ORE 10:37

Il prefisso è di Caen, ma il numero che Cédric ha visto sul display alla fine della seconda ora non appartiene a un parente. Appena ritirate le prove scritte e accompagnato l'ultimo degli studenti alla porta dall'aula, scende le scale ed esce sull'ampio piazzale delimitato su ogni lato dai tre piani dell'edificio scolastico. A quest'ora non c'è quasi nessuno. Si siede su una panchina, all'ombra di uno degli alberi che un giorno o l'altro, con le loro radici, minacceranno la pavimentazione rossiccia su cui sono tracciate le linee dei campi di basket e pallavolo, e sfiora il tasto della richiamata. Meglio verificare.

"Studio Levasseur, buongiorno."

"Buongiorno. Mi chiamo Roussel, telefono da Nizza. Ho visto il numero sul portatile..."

"Roussel? Attenda un attimo, per favore. Il notaio è impegnato, ma mi ha detto di passargli la telefonata se lei avesse chiamato."

Il nome Levasseur non gli dice nulla, nemmeno se ha una ventina di secondi a disposizione per frugare nella memoria, accompagnato da un brano di musica classica.

"È in linea?", nella voce s'indovina un'età abbastanza

avanzata, oltre la sessantina.

"Sì..."

"Levasseur, Thierry Levasseur. E lei è il signor Roussel..."

"Esatto."

"Cédric Roussel, giusto?"

"Sì..." Un altro che ha problemi con la grafia del nome?

"Sono il proprietario dell'orologio che sarà venduto venerdì."

"Non volevo disturbarla, mi bastava..."

"Nessun disturbo. Quando mi hanno chiamato dalla Casa d'aste, sono stato io a dire che avrei preferito contattarla personalmente. All'inizio non volevano, forse temevano che tentassi di scavalcarli. Poi li ho convinti: il mandato di vendita l'ho firmato da un mese e l'orologio l'hanno loro. Certo che se l'avessi saputo prima..."

"Saputo... cosa?"

"Che lei è interessato. Ma già, come avrei potuto? Così abita ancora a Nizza..." Che sta dicendo? Cédric tace: meglio cercare una formula educata per chiederglielo o fare finta di nulla in attesa che salti fuori un indizio? Il notaio non gli lascia il tempo di decidere: "Pronto?"

"Sì. Stavo..."

"Mi piacerebbe rimanere al telefono con lei, ma ho dei clienti che aspettano. Che ne dice se ci vediamo nel mio studio? Giovedì pomeriggio, per esempio. Il giorno prima dell'asta. Credo che dovremmo fare due chiacchiere. Perché lei verrà in Normandia, immagino."

Non potrebbe fargli trasmettere quelle scansioni e basta? "A dire il vero non..."

"Mi dica lei", un briciolo d'impazienza nella voce, presumibilmente l'invito a ricordare che il tempo è denaro.

Perché no? Quel tizio potrebbe avere qualche informazione interessante, pazienza se l'ha scambiato per qualcun altro: "D'accordo. Giovedì pomeriggio."

"Alle 14 può andare?"

"Sì..." Dopo quasi un minuto trascorso a fissare il display del cellulare che continua a scandire la durata della conversazione, Cédric si scuote e preme il pulsante di fine chiamata. La prossima fattura gli dirà quanto è costata la distrazione.

10. 6 GIUGNO 1944, ORE 2:41

... "mancano quattro quinti degli uomini. Dobbiamo cambiare piano."

Il capitano ci fece allontanare. Lickert prese a sfottere Whaite perché emanava un puzzo inconfondibile: nel solco aveva trovato il letame di una mucca francese, oltre alla salvezza dalle bombe. Io non perdevo di vista gli ufficiali e tendevo le orecchie. Il capitano mi avrebbe riferito qualcosa? Di nuovo l'ansia che sembrava essersi dissolta mentre saltavo nel vuoto, dall'aereo. Sgradevole, ma meno di ciò che avevo provato poco prima, nel campo, quando non riuscivo a distinguere le esplosioni delle mie pulsazioni, così violente da farmi tremare il petto, come se il cuore volesse aprirsi un varco tra le costole per schizzare fuori, e da risuonarmi nelle tempie. Non mi era mai accaduto nulla di simile. Forse, pensai, era quello che chiamano panico, la paura incontrollabile.

Lickert e Whaite mossero qualche passo per chiedere una sigaretta ai compagni, ma io preferii rimanere perché volevo essere il primo a sapere. Il capitano si staccò dal gruppo e si avvicinò: "Si parte", e poi, forse per farmi capire che non era preoccupato: "Non dimenticare la tazza."

"Quale tazza?"

"Gli Yankee dicono che non rinunciamo alla pausa del tè nemmeno in battaglia. Sarebbe un peccato deluderli: quindi, appena presa la batteria, ci facciamo una foto tutti insieme con la tazza in mano e la mandiamo a Eisenhower."

"La batteria?"

"Siamo qui per questo."

"E gli altri?"

"Non possiamo aspettarli", e si allontanò per chiamare Lickert.

Ci incamminammo su due file indiane ai lati di una strada polverosa con una gobbetta coperta d'erba spelacchiata al centro, le buche scavate dalle bombe variante principale di un paesaggio che la luna piena, aprendosi di tanto in tanto un varco tra le nuvole, illuminava abbastanza per svelarne le insidie: siepi, alberi, cespugli ed erba alta, l'ideale per un'imboscata. Avanzavamo a tappe dietro una pattuglia che ci precedeva di cento yarde e usava il richiamo per dare il via libera. Non incontrammo anima viva fino a quando, tre quarti d'ora più tardi, qualcuno rispose al segnale. Scorsi alcune ombre spuntare da dietro gli alberi, oltre la testa della colonna, poi le strette di mano. "I ricognitori", sussurrò il capitano alle mia spalle. Il loro lancio era andato meglio del nostro. Avevano raggiunto l'obiettivo nei tempi previsti, sminato a mano il percorso da seguire per avvicinarsi al recinto interno, individuato qualche postazione di mitragliatrice in più di quelle mostrate dalle foto aeree, ma il materiale per le segnalazioni era andato perduto insieme con gli alianti.

Mentre li seguivamo verso la batteria, notai che i crateri sul terreno s'infittivano. I bombardieri avevano centrato anche l'area dell'attacco, dopo tutto. Sperai che avessero risolto il problema al posto nostro perché, quando ci appostammo tra il margine di un boschetto e la recinzione che delimitava il campo minato, non udimmo nulla, a parte i muggiti di qualche vacca svegliata dal nostro passaggio. "Se non tornano a dormire le ammazzo", disse qualcuno. "Zitto", intimò il capitano. La batteria non era abbandonata come sembrava, ci disilluse uno dei ricognitori che si era steso sotto il reticolato interno: dopo qualche minuto aveva sentito parlare in tedesco.

Il capitano chiamò una decina di nomi, il mio tra questi, e ci riunì sotto gli alberi: "I tubi non bastano per far saltare il reticolato in quattro punti. Apriremo due brecce e da ciascuna passeranno due gruppi. Il nostro è il primo del fianco destro. Seguiremo gli artificieri fino a una trentina di yarde dal reticolato. Dentro appena scoppiano i Bangalore e attenzione alle tracce lasciate dai ricognitori con gli scarponi: non abbiamo altro per evitare le mine perché i nastri di segnalazione non ci sono. Il nostro obiettivo è la Casamatta 1, la prima dopo il reticolato e la più grossa. Non fermatevi per nessuna ragione: dei feriti si occuperanno gli infermieri. Attenti alla mitragliatrice sul tetto del bunker, va neutralizzata al più presto. Poi ci arrangiamo con quello che abbiamo perché gli esplosivi pesanti non sono arrivati. Lanciamo le granate attraverso le prese d'aria, ma non usatele tutte: una volta dentro, serviranno per sabotare il cannone. Lasciate qui ciò che non serve."

Ci sfilammo gli zaini e li appoggiammo ai tronchi mentre gli artificieri, una trentina suddivisi in due gruppi, passavano attraverso il varco nella recinzione e s'incamminavano nel campo minato trascinandosi dietro i tubi esplosivi, preceduti dai ricognitori che gli indicavano dove mettere i piedi.

Li seguimmo fino una trentina di yarde dal reticolato interno, poi il capitano ordinò di appostarci accanto a uno dei crateri scavati dall'attacco aereo. Non all'interno perché avremmo rischiato di incappare in una mina anticarro inesplosa, spostata in superficie dal bombardamento e così sensibile da saltare per la pressione di una mano o di un ginocchio. Lo strato delle nuvole si era ispessito, ma non abbastanza da bloccare del tutto il chiarore della luna e da impedirmi di studiare il tratto di terreno che ci separava dall'obiettivo. Ciò che vidi mi stupì, come se non avessi mai creduto fino in fondo a quanto mostravano le foto. A parte le mine, non avremmo trovato alcun ostacolo fino al reticolato perché il fossato largo quindici piedi e profondo dieci era stato completato solo dalla parte opposta della batteria, verso il mare, poi le scavatrici erano state rimosse. Nessuno aveva saputo spiegarsene il motivo, né al Quartier generale né alla base.

Passò mezzo minuto e, mentre tentavo di distinguere i compagni al lavoro lungo il groviglio metallico, mi sentii battere sulla spalla. Skevington indicava un'ombra silenziosa che si stagliava contro le nubi e avanzava nella nostra direzione da nord. Uno degli alianti che avrebbero dovuto dare il via all'assalto dall'interno della batteria, pensai, ma non accennò nemmeno a scendere e scomparve alle nostre spalle, dietro gli alberi. Impossibile individuare l'obiettivo senza razzi di segnalazione. La guarnigione sembrò emergere dal torpore. Ordini e passi concitati, suoni metallici, le armi erano pronte. L'aliante non era stato d'alcun aiuto, ma li aveva messi in allarme. Ed eccone un altro sbucare, a bassa quota, sempre da nord. Questa volta aprirono il fuoco, una tempesta che finì con il centrarlo nella coda. Pochi secondi dopo averlo perso di vista, sentii uno schianto. Sperai che se la fossero cavata, ma nemmeno loro avrebbero potuto darci una mano. Per fortuna ho sempre saputo vedere il bicchiere mezzo pieno e trovare il lato positivo di ogni situazione: a casa, a scuola, in campo, in fabbrica, alla base, dappertutto. Attaccare la casamatta in dodici invece di trentadue e senza l'appoggio degli alianti non sarebbe stato il peggiore dei mali, pensai, perché i compagni in giro erano talmente pochi che colpirne uno per sbaglio al buio sarebbe stato quasi impossibile. Era il mio timore principale da quando ci avevano spiegato il piano.

All'interno della batteria la notte era finita. I traccianti proiettavano lampi che sorvolavano il reticolato stampandosi sui rami e sulle foglie alle nostre spalle. Due mitragliatrici aprirono il fuoco quasi contemporaneamente, dall'interno. Il sibilo dei proiettili e l'impatto sul legno dei tronchi, a metà strada fra i nostri due gruppi e quelli appostati sul fianco sinistro, non lasciavano dubbi: si erano accorti della nostra presenza, però tiravano alla cieca. Sentii il comandante, dietro di noi, urlare degli ordini e, pochi istanti dopo, un fruscio sulla destra. Puntai lo Sten, ma vidi un flash pallido, una mano che si posava sulla canna, abbassandola: "Sono Beltman e i suoi"; il capitano si era frapposto tra me e Skevington, indicando un gruppo che si avvicinava al reticolato e poi lo aggirava scomparendo dal nostro campo visivo. Si sentirono raffiche, esplosioni, urla provenire dall'ingresso principale della zona fortificata. Una mitragliatrice tacque, l'altra diresse il fuoco sul plotone di Beltman che faceva da esca. Poi fu come se il frastuono proveniente dall'interno avesse trovato una parete su cui riflettersi qualche centinaio di yarde oltre gli alberi, alle nostre spalle. Ci girammo quasi tutti, senza capire. "Colpi di Bren", sussurrò il capitano; "i ragazzi dell'aliante hanno compagnia." Ricordai quanto ci aveva riferito dopo un incontro con gli altri ufficiali. Erano stati ammoniti dal Brigadiere in persona: potevamo contare su un addestramento e su un piano eccellenti, ma non avremmo dovuto stupirci se al momento della verità avesse regnato il caos. Perché era certamente così che sarebbe andata.

11. 1 GIUGNO 2014, ORE 13:32

"Che c'è?" Cédric alza gli occhi dal piatto dove sta tentando, senza convinzione, d'infilzare un'oliva con la forchetta. "Qualcosa non va?", insiste Sylvie.

"Niente, stavo pensando...", riconnettersi con le realtà gli riesce arduo come certe mattine, quando si gira per raggiungere il comodino con la mano e arrestare la suoneria-omaggio di Adrien, e ci mette un po' per rendersi conto di essere nel proprio letto e non allo stadio con gli altri Moschettieri. Ora, però, non ha a disposizione il paio di minuti di decompressione che può concedersi alla sei e tre quarti perché lo sguardo di Sylvie fa capire che "stavo pensando..." non è una risposta soddisfacente: "È un problema se parto domani invece di giovedì? Per Caen, intendo."

"Non so... Perché?"

"Ricordi il documentario di Planète? Quello sull'aereo americano della Seconda Guerra Mondiale ritrovato in Bosnia, smontato pezzo per pezzo, trasportato in Normandia, restaurato...? L'abbiamo visto insieme..." Perché preferire una bugia contorta a una verità nebulosa? La risposta, ammesso che esista, si annida in un angolo troppo remoto del cervello perché gli sia possibile rintracciarla in pochi istanti. Al momento lo preoccupa di più il timore di tradirsi: quando è turbato tende a impallidire.

"Mi pare di sì...", l'espressione vuota dice il contrario: perché dovrebbe ricordare una trasmissione tv di tre anni fa, per di più su un argomento che interessa solo lui?

"Quando sono stato al museo di Merville non c'era ancora. Mi piacerebbe vederlo perché farei una figuraccia se qualcuno ne parlasse durante la presentazione e non sapessi cosa dire. Con la scuola non ci sono problemi perché domani è il mio giorno libero. Partirei presto e ci andrei la mattina dopo: è vicino a Caen", e a Deauville, ma questo non occorre aggiungerlo; "Però posso saltare la visita ai parenti, così torno prima. Non li ho ancora chiamati."

"Lascia perdere. Se venissero a sapere che eri a Caen e non sei andato a trovarli ci rimarrebbero male."

"Come preferisci. In ogni caso non spenderei un euro in più. Quando mi hanno invitato, sono stato io a dire che l'albergo mi bastava per due notti. Posso richiamarli nel pomeriggio e dirgli che ho cambiato idea perché devo fare delle ricerche negli archivi della biblioteca comunale."

"Se ci avessi pensato prima, avrei chiesto tre giorni di ferie e saremmo venuti tutti, anche tua madre."

"Lo sai che non le piace tornare a Caen, e poi..."

"... La festa!", salta su Théo. Troppo impegnato nello sforzo di rendere plausibile la storia, Cédric si era dimenticato di lui. L'intervento non lo stupisce, gli occhi di Théo sì. Gli ricordano un insegnante delle medie - di storia, inevitabilmente - che l'aveva preso in simpatia e, quando lo interrogava, lo guardava con un'ansia paterna, illuminandosi a ogni risposta giusta.

"Hai ragione. Dovete preparare tutto, come fareste a partire? Tranquillo, Théo: sabato sera sono qui." Mentre gli dà una stretta alla punta del naso con il pollice e l'indice, spia di sottecchi la reazione di Sylvie; che tace, pensierosa. Allora prova a fare lo spiritoso: "Non sei contenta? Puoi chiedere al tuo corteggiatore di darti un passaggio con il super-SUV..."

"Ancora questa storia...?!", sbuffa, riuscendo a concentrare in un'espressione unica tre stati d'animo diversi: il fastidio per il tormentone, l'imbarazzo per la presenza di Théo e una briciola di compiacimento, intuibile malgrado gli sforzi per nasconderla.

"*I'm just a jealous guy...*", canticchia lui: non per imitare John Lennon o Bryan Ferry ma perché così Théo - che lo fissa interdetto - non capisce. Un momento prima che Sylvie possa ribattere, fa marcia indietro: "Sto scherzando..." Non è esattamente così. A distanza di mesi il ricordo lo mette ancora di malumore. Il capo e la segretaria: prima ancora che sgradevole, è insopportabilmente banale. Se poi il capo in questione è il dottor Weber, cinquantenne celibe con la reputazione di estendere il proprio interesse per le donne oltre l'attività di ginecologo, il suo invito a cena non può nemmeno essere sospettato di rappresentare un apprezzamento per la professionalità della dipendente. Cédric l'aveva presa male, anche se l'avance era stata respinta. Da allora tenta di convincerla a trovarsi un altro posto di lavoro. Come se fosse facile, ribatte lei, aggiungendo che il caso è chiuso e che non ci sono state insistenze né tanto meno molestie. Il problema è lui, Cédric, che ha scoperto a oltre quarant'anni di essere un *jealous guy* ma non vuole ammetterlo e, quando tenta di buttarla sul ridere, è meno convincente di un politico che giura di battersi per gli interessi della collettività. Inutile negarlo: il sorrisetto con cui Sylvie aveva accompagnato il racconto dell'invito gli riesce tuttora indigesto, al punto che è sicuro di averne individuata una traccia - minima, quasi una filigrana digitale ma visibile a un occhio attento (o paranoico) - perfino ora, dietro la smorfia contrariata. Ma non è il momento di farsi distrarre dall'obiettivo principale: "Che ne dici? Ce la fai se parto prima?"

"A fare cosa?"

"Sei senza auto..."

"Domani siamo a casa tutti e due. Se ho bisogno di qualcosa, telefono a Céline."

"E il resto? Théo, la festa..."

"È solo un giorno in più. E poi non è che tu faccia molto anche quando ci sei..."

Cédric incassa senza reagire: meglio una frecciatina innocua che un supplemento di domande. "Prometto che al ritorno faccio la spesa io per un mese. Anzi, io e lui. D'accordo?"

"Certo!", conferma prontamente Théo e, invece di finire l'insalata o di lasciarla dov'è, annunciando che deve correre in garage per portare una Coca-Cola a Pierre - espediente scontato per trangugiarne il doppio di quanto consenta il limite di mezza lattina al giorno fissato dal regolamento della casa - torna a sfoderare il sorriso del prof che gli diceva "bravo." O di un bambino che pregusta il mercoledì da sogno senza scuola e senza papà rompiballe di guardia al PC.

12. 6 GIUGNO 1944, ORE 4:25

... Non avrebbero dovuto stupirsi se al momento della verità avesse regnato il caos. Perché era certamente così che sarebbe andata.

Ero così preso dallo sforzo di capire cosa stesse accadendo sul lato nascosto della batteria e dietro di noi che dimenticai i Bangalore fino all'esplosione. Il "Dentro, dentro!" mi arrivò attutito, attraverso il ronzio delle orecchie. Più che udirlo, lo intuii dallo scatto degli altri, lanciati verso la nuvola di polvere che nascondeva il filo spinato. Partii per ultimo, ma mi bastarono una ventina di yarde per superare tutti, raggiungere il capitano e sentirlo urlare "Le tracce!" Non so come fosse riuscito a distinguere qualcosa attraverso la nebbiolina che si alzava dal terreno, fra le buche, nel buio spaccato dal bagliore degli spari. Correva tenendo lo Sten appoggiato sull'anca: raffiche brevi, davanti e a destra, ad altezza d'uomo, mentre le mitragliatrici sembravano concentrare il fuoco altrove. Rallentai tentando di sincronizzare i miei passi con i suoi e di appoggiare i piedi dov'era passato lui mentre due compagni si affiancavano. Uno fu proiettato in aria e ricadde come un fantoccio senza gettare le braccia avanti per assorbire il colpo, ferito o ucciso da una mina. "Dietro di me!", gridai all'altro, ma crollò anche lui, investito dalla grandine di colpi che ora ci pioveva addosso.

Sapevo che non potevo fermarmi per soccorrerlo, però esitai e, quando ripartii, vidi il capitano spiccare un balzo. Davanti avevo una voragine più larga delle altre: impossibile aggirarla, avrei rischiato di finire a pezzi anch'io su una mina, ma ero troppo lento per superarla con un salto. Toccai il bordo dell'altra sponda con la punta di uno scarpone e scivolai nella buca fino al petto, le suole che grattavano la china di terriccio molle, le mani che strappavano i fili d'erba risparmiati dalle bombe cercando un appiglio. In qualche modo, mentre qualcuno mi superava saltando, riuscii a fare leva sui gomiti, emergendo lentamente, bersaglio troppo facile dello sbarramento che sembrava un muro compatto, il fischio delle pallottole sovrastato dai colpi di mortaio. Tra il fumo intravidi tre corpi immobili, in fila uno dietro l'altro come una freccia puntata verso il reticolato.

Ripresi a correre, chiedendomi se tra i compagni a terra che stavo superando c'era il capitano e, quando passai accanto all'ultimo, fui sollevato nell'udire un lamento: ferito ma vivo. Un altro giaceva a pancia in giù all'interno della breccia, con la testa rivolta nella mia direzione e i piedi oltre il reticolato. "Sopra di me!", urlò. Era uno degli artificieri, si era disteso per fare da passerella perché i Bangalore non avevano aperto uno squarcio abbastanza profondo.

Oltre il filo spinato mi apparvero un'enorme gobba scura illuminata, in alto, dai lampi della mitragliatrice e una figura solitaria in corsa lungo il pendio erboso sul suo fianco sinistro: dai passi corti e rapidi riconobbi il capitano. I mitraglieri non se n'erano accorti e continuavano a martellare la breccia nel reticolato, alle mie spalle. Giunto ai piedi del bunker scartai a sinistra e, mentre salivo, udii alcune raffiche di Sten, poi un'imprecazione. Sul tetto scorsi il capitano armeggiare con il caricatore del mitra, disteso tra la selva di tubi che spuntavano dall'erba e dalla terra con cui avevano rivestito il cemento, e in fondo, oltre i sacchi di sabbia, due elmetti, una mano e la canna che si girava verso di noi. Afferrai una granata, strappai la sicura continuando ad avanzare e lanciai quando ero a una dozzina di piedi dalla postazione. Due tedeschi schizzarono fuori per mettersi in salvo, saltando giù dal bunker prima che potessi sparare. Feci per inseguirli, ma il capitano mi trattenne con un urlo: "Giù!" Ricordai e mi tuffai sull'erba. Altri due passi e sarei stato dilaniato dalla mia stessa granata.

Dopo l'esplosione scavalcammo i sacchi di sabbia. Dentro c'erano una cartuccera, una cassa di munizioni, una gavetta e la mitragliatrice rovesciate, un berretto a bustina e uno Schmeisser con due caricatori, che il capitano raccolse dopo essersi messo a tracolla lo Sten: "Questo lo tengo, del mio non mi fido ". Si era inceppato, com'era capitato qualche volta alla base. Piazzò una granata sotto la mitragliatrice per accertarsi che nessuno potesse più usarla e saltammo fuori. Dall'alto la batteria sembrava spazzata da una tempesta, bagliori che illuminavano figure in movimento tra i bunker e le piazzole della contraerea, tuoni seguiti da scrosci di polvere, urla, il lampo di un pugnale.

Da qualche parte, nascosto nel buio, qualcuno continuava a bersagliare il reticolato, ma era un tiratore isolato che non poté impedire a tre compagni di raggiungerci. Non c'era il tempo di stanarlo, dovevamo occuparci del cannone. Whaite salì sul tetto, Loane e Jontz si appostarono di sotto, davanti alla porta d'acciaio. Lanciammo una decina di Mills e di granate al fosforo giù per i condotti dell'aria e, dopo averne sentito il botto soffocato, scendemmo tutti, Loane per ultimo dopo essersi avvicinato a uno dei tubi fumanti per urlare qualcosa. Non conosceva il tedesco, ma si fece capire con il tono della voce. Dopo qualche secondo la porta d'acciaio si socchiuse, lasciandoci intravedere un fazzoletto bianco legato alla canna di un fucile. "Fuori!", gridò il capitano. Erano quattro. Uscirono con le mani dietro la nuca dopo aver gettato a terra il fucile con il fazzoletto. Solo due indossavano l'uniforme e l'elmetto, un altro aveva la giacca insanguinata e le bretelle che penzolavano dai pantaloni come se avesse fatto appena in tempo a infilarseli, il quarto un cappotto con la manica destra bruciata fino al gomito, una maglia di lana e occhialini metallici con una lente rotta. Storditi, malfermi sulle gambe e terrorizzati, ma non sembravano feriti. "Ruskis! Ruskis!", prese a urlare uno dei due con l'uniforme, il più giovane. Che significava? Che erano russi loro o che credeva lo fossimo noi?

"Non mi fido", disse il capitano, sbirciando attraverso la porta socchiusa; "Meglio farli entrare per primi." Con un gesto indicò ai quattro di precederci. Quello con il cappotto scosse la testa senza rispondere, abbassando lo sguardo: doveva essere certo che, una volta dentro, li avremmo uccisi tutti. Il capitano lo convinse con una raffica di Schmeisser davanti ai piedi.

Loane si fermò nell'ingresso, accanto alla soglia. Io e gli altri continuammo dietro i prigionieri lungo un corridoio angusto interrotto da due aperture. A sinistra c'era un vano con due porte che si fronteggiavano. "Cosa c'è lì dentro?", chiese il capitano, prima in inglese e poi in francese. Nessuno capiva, così affondò la canna dello Schmeisser nella schiena dell'occhialuto: "Apri!" Un arsenale, anzi due, pieni quasi fino al soffitto: da una parte gli obici, dall'altra casse di esplosivo. Continuammo fino alla porta di destra, divelta dalle bombe. I muri erano rivestiti di carcasse che pochi minuti prima dovevano essere armadi e cuccette. Non riuscivo a distinguere i dettagli perché il fumo non si era ancora posato e il fascio di luce proiettato dalla torcia del capitano si spostava troppo rapidamente, ma quei flash bastarono per chiudermi lo stomaco in una morsa: la fossa scura nel ventre di un cadavere, le piume proiettate fino al soffitto da un cuscino o da un materasso, il liquido denso che colava sul pavimento da una pentola sfondata, un'altra pozza poco più in là, delimitata da un corpo con le gambe ridotte a una poltiglia informe. E poi gli odori: di cordite, cipolle, carne bruciata, urina, sangue. Mi sembrava impossibile che fosse l'effetto di poche granate.

"Cos'è quel giocattolo?!", esclamò il capitano quando ci affacciammo nella catacomba circolare che ospitava il cannone. Davanti a noi, montato su un supporto di legno, c'era un vecchio pezzo di taglia media, non il mostro da 150 millimetri che ci avevano annunciato. "Whaite", ordinò; "vai da Loane con i prigionieri e falli stendere a terra, poi torna qui e aiuta Jontz. Piazzate una Gammon sotto l'alzo del cannone e una sull'otturatore, poi gettate le Mills dentro la canna. Non riusciremo a distruggerlo, ma ci metteranno un po' per farlo funzionare. Roger, con me." Dove? Non m'interessava, l'importante era tornare all'aria aperta, lontano dal fetore che s'incollava alle narici, alle mani, agli abiti.

13. 2 GIUGNO 2014, ORE 19:29

Per fortuna la carta del GPS è aggiornata. Dopo una dozzina d'ore al volante, mai fatta una tirata così in un giorno, Cédric non avrebbe gradito passarne una in più nel traffico di Caen, imboccando sensi unici dal lato sbagliato per aggirare aree pedonali nuove di zecca. Mentre approda in Place de la République e si guarda intorno alla ricerca di un posto libero, avverte tutte insieme la stanchezza, la fame e la tentazione di raggiungere l'alloggio che gli ha prenotato la libreria per concedersi una doccia.

Ma prima ha un appuntamento. Ci pensa da quando è partito, 1159 chilometri fa, ed è per questo che, tra le alternative proposte dagli organizzatori della presentazione, ha scelto la meno pratica. Un hotel senza garage nel centro storico - "semplice ma moderno e dotato di ogni comfort", garantisce il sito internet - va bene per chi viaggia in treno, meno per chi arriva in auto, infatti Cédric deve compiere tre giri intorno al marciapiede che delimita il rettangolo centrale della piazza con le aiuole, la ghiaia, gli alberelli e la rastrelliera per le biciclette del comune prima di avvistare il lampeggiante di una station wagon che gli lascia un varco libero davanti ai tavolini di un caffè. Però non si pente. La posizione è ideale, all'interno del triangolo che ha come vertici l'ippodromo, l'Abbaye aux Hommes e il Castello e, soprattutto, a pochi passi dalla strada dove abitava quando era piccolo.

In cinque minuti raggiunge l'incrocio dove la pavimentazione della zona pedonale cede il posto all'asfalto, il cuore in gola come tanto tempo fa, quando con lui c'era la mamma che aveva ceduto alle sue insistenze e l'aveva condotto davanti all'ingresso ma l'aveva trascinato via quasi subito, o - più recentemente - quando ad accompagnarlo erano Sylvie e Théo, quasi non sapesse ciò che lo attende. E ancora una volta, percorsa una trentina di metri, si sente deluso, incredulo, defraudato, incapace di accettare che la sua casa fosse proprio lì, al secondo piano di uno stabile triste con la facciata annerita dallo smog su cui le finestre con i telai candidi e moderni sembrano un velleitario sussulto di vanità; nulla a che vedere con ciò che vorrebbe ricordare di quegli anni, una brutta sorpresa che si ripete, un'esperienza troppo sgradevole per lasciarsi assimilare.

Il portoncino è socchiuso, una distrazione o qualcuno che è uscito per rientrare subito. Cédric non ci pensa due volte ed entra senza chiedersi cosa inventerà per spiegare la sua presenza se sarà sorpreso da uno dei residenti. Non gli importa perché, appena si è socchiuso la porta alle spalle, la luce del pomeriggio quasi estivo che passa attraverso il vetro incastonato nella metà superiore del telaio, proiettando sul pavimento gli arabeschi di ferro battuto, lo invita a raggiungere il primo gradino della scala e ad afferrare il corrimano, appiglio e trampolino di un bimbo che sale di corsa mentre una voce roca, da dietro, lo insegue con un rimprovero affettuoso: "Vai piano, se cadi ti fai male. Perché corri così?"

Cédric poteva avere cinque anni, papà era già malato e non riusciva a stargli dietro. Ma lui non si sentiva di aspettarlo: "Perché ho paura che ci raggiunga."

"Chi?"

"Quello lì."

"Qui non c'è nessuno."

"Sì che c'è."

"Allora lo vedi solo tu."

"Non riesco a vederlo, è troppo buio." Quel pomeriggio il timer era guasto e tutto piombò nella penombra quando erano appena a metà strada: l'unica sorgente di luce, in basso, era la porta, che lasciava intravedere giusto il bordo dei gradini, il resto affidato alla memoria.

"Prima dici che c'è qualcuno, poi che non riesci a vederlo. Dovresti deciderti..."

"Io lo so che c'è."

"Ed io so che non c'è. Stammi vicino, se non ti fidi."

Cédric si fermò, il cuore che batteva forte e le pupille dilatate un po' per l'oscurità e un po' per l'ansia che cercavano di distinguere quella presenza. Papà lo raggiunse e lo prese per mano, ansimando più di lui che aveva fatto due rampe di corsa. Com'è debole, pensò Cédric continuando a guardare giù, oltre le sue spalle. Che avrebbero potuto fare un bambino e un adulto incapace di difendersi se quello sconosciuto li avesse aggrediti? Gli sembrava di essere lui ad accompagnare papà, non il contrario, mentre raggiungevano la porta di casa. Lo seguì fino al soggiorno e, dopo averlo visto abbandonarsi su una poltrona, tornò verso l'ingresso per girare la chiave nella serratura e rimanere quasi un minuto in ascolto, con l'orecchio appoggiato sul legno. Nessun rumore, allarme rientrato.

Da quel giorno, però, trovò spiacevoli gli incarichi da "grande" che la mamma gli affidava di tanto in tanto, inviandolo a comprare qualcosa dal droghiere del piano terra, dove adesso c'è un'agenzia immobiliare, una delle tante della strada. Non poteva rifiutarsi, papà era quasi sempre a letto, ma aveva paura. La Presenza c'era, Cédric l'avvertiva. Allora, mentre si chiudeva la porta alle spalle per affrontare un viaggio che sapeva denso di pericoli, tentava di farsi coraggio minacciando ad alta voce: "Lasciami in pace! Il papà è in casa. Se ti avvicini lo chiamo."

I ricordi affiorano nitidi e, insieme, enigmatici. Com'era nata quella fobia? Forse dall'oscurità che, senza preavviso, aveva inghiottito i colori e i contorni prima di annidarsi in un angolo della coscienza dal quale avevano potuto sfrattarla solo gli anni. O dal dolore: la Presenza era il nemico in agguato che non si accontentava di spegnergli il papà sotto gli occhi ma voleva colpire anche lui, inseguendolo senza tregua dovunque andasse per tormentarlo, intimidirlo, chiuderlo in un labirinto senza vie d'uscita.

Una delle prime volte che erano tornati da papà, dopo il funerale, la mamma incontrò una conoscente all'incrocio tra due viali, in fondo al cimitero di St. Gabriel, dove le chiome degli alberi spuntano dalle siepi che ne imprigionano i tronchi e si sporgono fin quasi a toccarsi, formando il soffitto di un tunnel verde cupo. Gli disse di andare avanti, lei l'avrebbe raggiunto. La tomba era a pochi passi di lì, oltre lo schermo fitto della vegetazione, lungo un sentiero di ghiaia. Cédric camminò fino alla lastra in marmo scuro con i nomi e le date incisi sul bordo, appoggiata, come il coperchio di una scatola di due metri per due, su una base di pietra sbrecciata con il muschio tra le crepe, poi continuò verso il prato del monumento alle vittime civili della guerra, spazio relativamente ampio su cui sperava di alleviare il disagio provato nel budello angusto fra le tombe e la siepe. Ma non ci arrivò perché avvertì qualcosa. Non era un fruscio o un'ombra e nemmeno il soffio dell'aria spostata dal passaggio di qualcuno. Era una Presenza, come sulle scale. Enorme, brutta, cattiva, minacciosa. Com'era arrivata fin lì? Cédric arretrò di un passo, terrorizzato e incredulo, si girò e prese a correre verso la tomba di papà mentre gli occhi gli si riempivano di lacrime e la rabbia soffocava la paura esplodendo in un urlo convulso: "Vai via! Vai via! Vai Via!"

I pochi visitatori abbastanza vicini da sentirlo si chiesero contro chi inveisse quel bambino e se avesse bisogno d'aiuto, poi videro una donna sbucare da dietro la siepe per corrergli incontro e abbracciarlo. È la vedova di Clément Roussel, bisbigliarono quelli che la conoscevano, tornando alle loro occupazioni. Ma Cédric continuò a urlare e la mamma, imbarazzata, lo portò fuori dopo aver deposto frettolosamente un mazzo di fiori sulla tomba.

"Che ti prende?" gli chiese mentre si avvicinavano all'uscita e lui un po' correva e un po' rallentava per girarsi, i tratti alterati dall'odio. "Se fai così, non possiamo più venire a trovare papà."

"Sì che possiamo, non tornerà."

"Chi?"

"Lui. È cattivo, è colpa sua se papà non c'è più. Ma l'ho cacciato via."

Lei scosse la testa senza replicare, convinta che il figlio avesse bisogno di sfogare il proprio rancore su qualcuno, a costo di inventarlo.

In seguito la mezzora al cimitero della domenica mattina si fece più tranquilla. Cédric finì con l'assimilare la compostezza richiesta dal luogo per aiutare la mamma a infilare i fiori freschi nel sottile calice d'ottone fissato a un angolo della lastra e ad annaffiarli con delicatezza, poche gocce alla volta. Dopo il trasferimento a Nizza le visite si diradarono: una all'anno, durante i viaggi nel passato così ingrati per la mamma. Che non volle mai informarsi sulla possibilità di spostare la tomba vicina a loro perché, spiegava, "non sarebbe giusto. È la sua città ed è qui che vorrebbe rimanere."

Cédric è così assorto che si ritrova al secondo piano senza accorgersene. Adesso potrebbe sorridere delle corse su e giù per le scale, delle minacce, dello scontro nel dedalo verde di St. Gabriel. Invece indugia con un piede sul penultimo gradino e il gomito appoggiato sul corrimano, poi si affaccia per spiare giù, fino alla base della prima rampa, quasi si attendesse di distinguere una figura in movimento o di udirne i passi. Ma alle orecchie gli arriva solo una voce femminile dal piano di sopra, le battute e le risate di una telefonata tra amiche, unica interferenza con il brusio flebile della strada che risale dal basso. La porta, la sua porta, è a tre passi. Cédric la guarda senza avvicinarsi, chiedendosi se è la stessa di allora e se, sfiorandola con la guancia come faceva tanti anni fa dall'interno per ascoltare e assicurarsi che la Presenza non l'avesse seguito, saprebbe ancora individuare, incastonato fra il legno e la vernice, il profumo della torta di mele della mamma. Gli piacerebbe provare, ma chi aprirebbe a un estraneo che si presenta con una richiesta simile? Nemmeno se fosse un bambino. Allora scende le scale in fretta, esce senza chiudere e si allontana, sollevato. Nessuno l'ha visto, non è stato scambiato per un ladro né per uno squilibrato e si è sottratto a un dubbio che diventava inquietante: se contro la Presenza l'aveva davvero spuntata lui, perché su quel ballatoio si sentiva indifeso e piccolo come quando aveva cinque anni?

14. 6 GIUGNO 1944, ORE 4:51

... "Roger, con me." Dove? Non m'interessava, l'importante era tornare all'aria aperta, lontano dal fetore che s'incollava alle narici, alle mani, agli abiti.

Ci incamminammo sul percorso che avevamo seguito all'andata. L'intensità del fuoco era calata e gli spari sembravano diretti altrove. Sperai che stesse per finire tutto e avvertii un briciolo di sollievo, il primo da ore. Il cecchino che prendeva di mira il reticolato mentre attaccavamo la casamatta doveva essere stato eliminato, i superstiti della guarnigione non si erano accorti del nostro viaggio a ritroso. Ai piedi dello squarcio non c'era nessuno: dov'era finito il compagno che mi aveva fatto da ponte? Pensai che se la fosse cavata, altrimenti l'avrei rivisto lì, immobile. Raggiungemmo il gruppo del tenente colonnello, che era avanzato fino al punto da cui avevamo atteso l'esplosione dei Bangalore. Una ventina, la riserva da lanciare nella mischia in caso di necessità. "Casamatta 1 presa, signore."

"Il cannone?"

"Se ne stanno occupando i miei uomini. Però credevo..."

"Vai a controllare. Voi due, con loro." Riconobbi

Mortimer e Hudnell.

Di nuovo nel campo minato. Il capitano guidava il gruppo camminando svelto ed io, che chiudevo la fila, non lo perdevo di vista. Malgrado quasi nulla fosse andato secondo i piani, sembrava calmo, lucido. Conoscendolo, non dubitai che, una volta terminata l'operazione, avrebbe detto al comandante cosa pensava del pilota che ci aveva gettati nella palude e del Quartier generale che aveva scambiato il giocattolo, come l'aveva chiamato, per un'arma devastante. Intanto, però, sapeva controllarsi. Lo invidiai e, allo stesso tempo, mi rallegrai che fosse con me: avevo bisogno di un punto di riferimento.

Che d'un tratto non vidi più. Mi ero girato nell'udire un gemito e, quando alzai la testa, il capitano era sparito, mentre Mortimer, davanti a me, urlava "Giù!" e saltava dentro una buca, seguito da Hudnell. Li imitai perdendo l'elmetto, che centrò in faccia uno dei due: avevo dimenticato di stringere la cinghia sul mento dopo averla sganciata quando avevo l'impressione di soffocare, dentro la casamatta. L'imprecazione di Mortimer fu coperta dal suono di colpi sparati in successione: sembrava un fucile, uno solo. Da dietro rispose il crepitio di un Bren. Quando tacque, Mortimer e Hudnell balzarono fuori e ripartirono di corsa lasciandomi indietro. Mentre recuperavo l'elmetto, mi chiesi dove fosse finito il capitano. Lo intravidi appena uscito dalla buca, dieci piedi alla mia sinistra, disteso su un fianco. Doveva essere lui perché la canna che rifletteva il bagliore della luna, lì accanto, era di uno Schmeisser. Però non era verso il mitra che allungava la mano destra. Sembrava protendersi verso il braccio sinistro e intanto muoveva le gambe lentamente, in circolo. L'avevano ferito, pensai, e stava cercando di capire se poteva rimettersi in piedi.

Quando mi vide inginocchiato sopra di lui si sforzò di cambiare posizione, ma non ci riuscì. Lo afferrai sotto le ascelle per aiutarlo a girarsi; sul lato sinistro la mimetica era inzuppata di un liquido denso, tiepido, appiccicoso. Non era l'acqua dello stagno: "Barelliere! C'è un ferito!"

"Prendi!", sussurrò, allungandomi qualcosa.

"Come?"

"Dallo a Jane", mi strinse forte il braccio e, anche se non riuscivo a vederlo bene, sapevo che la faccia era la stessa di quando, alla base, tardavo a eseguire un ordine: "Prendi!"

Mi ritrovai in mano un oggetto metallico con una sottile striscia di cuoio: "Stia fermo, signore. Ho chiamato i soccorsi."

"Non..."

"Capitano?", doveva essere svenuto. Esitai. Lasciarlo lì come ci avevano detto? Soccorrerlo? E come? Iniettargli la fiala di morfina sarebbe stato inutile perché aveva perso conoscenza. Tornare indietro per chiedere aiuto? Rimasi immobile così a lungo che fino a pochi minuti prima sarei stato un bersaglio facile, ma non si sentiva più sparare. La Batteria era nostra. Gli altri non avevano bisogno di me e il capitano sì. Avrei atteso l'arrivo dei soccorsi con lui. Misi lo Schmeisser e lo Sten a tracolla, poi lo trascinai dentro la buca e mi sedetti sul fondo. Guardandomi il palmo della mano destra ebbi l'impressione di aver raccolto una decina di lucciole. Il capitano aveva ragione: l'orologio si leggeva ancora. Gliel'avrei restituito prima che lo trasferissero nell'ospedale da campo.

Quando sentii dei passi e una voce, lo infilai in fretta nella giberna, tra i caricatori che mi erano rimasti. La pattuglia che si avvicinava era guidata dal tenente colonnello. Si accorsero di me e qualcuno chiese se ero ferito. "No, ma il capitano sì. È svenuto. Dov'è il barelliere?"

Il comandante s'inginocchiò e gli appoggiò una mano sul collo: "Non è svenuto. È morto."

"Si sbaglia, signore. Mi ha appena parlato."

"È morto, ti dico. Vieni con noi."

"Non posso, il capitano ha detto…"

Ero paralizzato, incapace di alzarmi. Mi sentii sollevare e

trascinare via. Erano due, mi portarono dentro la casamatta sorreggendomi come se non fossi in grado di camminare. Non sono ferito, pensai quando mi lasciarono, perché sarei dovuto stare lì senza fare niente? Tornai verso l'uscita, disarmato.

"Fermatelo." Qualcuno mi afferrò per un braccio e mi mise a sedere sul pavimento: "Non muoverti di qui. Capito?"

Alzai gli occhi verso il volto che mi stava davanti, ma non avrei saputo dire chi fosse. Ero troppo stordito anche per dire sì e allora rimasi lì, muto.

15. 3 GIUGNO 2014, ORE 9:58

I pennoni gli appaiono mentre imbocca la strada sottile tra le ville e i giardini delimitati da muretti di pietra, breve rettilineo che termina con un anello d'asfalto. Al suo interno un prato ovale con il tricolore francese e la Union Jack. Sullo sfondo uno steccato di legno e un cancello dipinti in verde-azzurro chiaro.

Cédric parcheggia accanto al Giardino della Memoria, così il sito internet della Batteria di Merville chiama lo spazio punteggiato da alberelli recenti a destra dell'ingresso, ma invece di scendere dall'auto digita un numero sul portatile. Ci ha pensato ieri a tarda sera concludendo che alimentare l'equivoco sarebbe inutile, anzi dannoso: "Buongiorno, signora. Questo pomeriggio ho un appuntamento con il notaio, ma prima vorrei parlargli al telefono, se possibile."

"È fuori sede, mi dispiace. Rientrerà alle 14. Devo lasciargli un messaggio?"

"No, grazie." Troppo tardi. Nella migliore delle ipotesi, quel Levasseur lo metterà alla porta appena scoprirà che ha dato un appuntamento alla persona sbagliata e Cédric si troverà al punto di partenza: per vedere l'orologio e i documenti che l'accompagnano, dovrà presentarsi all'hotel di Deauville, esattamente come gli ha spiegato Onfray. Nella peggiore, invece di rinfacciargli la perdita di tempo il notaio gliela fatturerà all'importo massimo consentito dall'esoso tariffario della categoria.

Peccato, la giornata era cominciata bene. Prima di lasciare Caen, Cédric è passato da St. Gabriel e ciò che ha visto l'ha rincuorato: il colore vivo dei fiori, il gambo verde e umido, la superficie linda del marmo rivelano che i parenti ci vanno spesso. Quella di papà era una famiglia numerosa, anche se non aveva fratelli: quattro cugini e i loro figli, undici in tutto. Sul bordo della lastra scura c'è un nome in più, a caratteri dorati: quello di Vivienne, la cugina preferita. Il funerale ha coinciso con l'ultima visita di Cédric a Caen, due anni fa, andata e ritorno in un weekend. Bruno, il marito di Vivienne, c'è ancora. È lui il primo parente che chiamerebbe, ma non l'ha ancora fatto e non sa se lo farà. Continua a ripetersi che la vera riunione di famiglia è fissata per il prossimo Natale, a Nizza, e che nemmeno il più stanziale dei parenti saprà resistere alla tentazione della Costa Azzurra d'inverno. Perché non anticipare l'incontro con un'improvvisata?, gli chiede una voce interna cui non sa rispondere.

La prima visita al museo risale a una dozzina d'anni fa, quando non c'era ancora l'aereo: il Dakota di Planète, identico a quelli usati per il lancio dei paracadutisti la notte prima del D-Day, recuperato in Bosnia, smontato e trasportato in Normandia dopo un viaggio avventuroso per rimetterlo a nuovo ed esporlo nell'area della Batteria. Cédric ha registrato il documentario e l'ha guardato due volte, colpito dall'impegno con cui decine di volontari si sono improvvisati fabbri, levigatori e verniciatori per salvare dall'oblio e dalla demolizione un pezzo di storia. Anche se non glielo consigliasse Jacqueline, l'addetta alla casetta di legno che funge da biglietteria, sarebbe questa la prima tappa del suo itinerario.

Si direbbe pronto al decollo, il vecchio "Treno dell'Aria", Dakota secondo l'abbreviazione dell'interminabile nome ufficiale (Douglas Aircraft Company Transport Aircraft), come se l'avessero appena dipinto con i colori convenuti per il D-Day: il misto tra marrone e verde bottiglia del fondo, le strisce bianche e nere al centro delle ali e vicino alla coda, aggiunte alla vigilia del decollo per evitare che i caccia alleati lo scambiassero per un aereo nemico. Cédric aggira il muso arrotondato su cui campeggia la sigla irriverente (SNAFU, cioè "Situation Normal: All Fucked Up") con cui l'equipaggio aveva battezzato il suo bimotore e sosta fra l'ala sinistra e la coda, accanto alla scaletta metallica che conduce all'ingresso, privo di portellone come sui Dakota diretti in Normandia: era stato rimosso per evitare che diventasse un ostacolo al lancio se la contraerea l'avesse danneggiato o deformato.

Poi sale i gradini della scaletta metallica ed entra abbassando la testa. È tutto verde come all'esterno meno il pavimento, grigio come l'asfalto di un centro cittadino solcato da rotaie simili a quelle dei tram: le guide necessarie per montare i sedili nella versione civile dell'aereo, ha letto Cédric da qualche parte. Sotto i finestrini laterali si allungano le panche metalliche, una di fronte all'altra. Dove sedevano i paracadutisti sono appoggiati i pannelli con le immagini del restauro e i dettagli sull'aereo: le caratteristiche, l'equipaggio, i contrassegni. In fondo alla fusoliera, attraverso una soglia angusta, s'intravedono gli strumenti del navigatore e la cabina di pilotaggio. Cédric si avvicina per dare un'occhiata e poi, tornando indietro, sfiora la cinghia che pende dal soffitto, agganciata con un moschettone al cavo sopra la sua testa: il dispositivo per l'apertura a strappo del paracadute, visto nei dvd con le immagini dell'epoca e in "Band of Brothers." Cammina sulle orme dei paracadutisti, ora. Arrivato al portellone, si sporge per guardare su. È una giornata luminosa, un po' troppo fresca e ventilata per la stagione, ma il cielo non sembra minaccioso. Invece quella notte la luna piena si nascondeva dietro le nuvole.

Cédric indugia con i piedi all'interno e la testa fuori chiedendosi cosa provavano i settecento giovani che si tuffarono nel vuoto, consapevoli dei rischi ma ignari di quanto li attendeva, un incubo caotico al posto della missione pianificata nei minimi dettagli e da compiere quasi a occhi chiusi per cui si erano addestrati nei mesi precedenti. Il vento, la contraerea, la visibilità precaria e gli errori dei piloti ne sparpagliarono la maggior parte a chilometri di distanza dall'obiettivo: molti annegarono nei campi allagati dai tedeschi, i superstiti faticarono a raggiungere la zona del raduno, dove scoprirono che si erano persi anche gli alianti con le armi pesanti a bordo. Appena centocinquanta, tra di essi il comandante che decise di provarci ugualmente contro un nemico avvantaggiato da tutto: le mine, la doppia barriera di filo spinato, le armi pesanti, i bunker di cemento armato. Metà furono feriti o uccisi, ma l'assalto riuscì e permise di sabotare i cannoni con le bombe a mano. Quando i tedeschi ne ripresero il controllo, qualche ora più tardi, la loro potenza di fuoco era troppo ridotta per creare problemi alle truppe che sbarcavano sulle spiagge.

Fosse la sceneggiatura di un film, verrebbe da liquidarla come l'ennesima baracconata hollywoodiana condita da fragorosi effetti speciali e vernice rossa a litri. Ma qui il sangue era vero e gli eroi non erano prestanti controfigure coperte di cicatrici finte, sostituite dalle star di turno – generalmente fascinosi quanto improbabili quarantenni – appena la sceneggiatura imponeva il primo piano. Il più vecchio aveva ventinove anni e la maggior parte non superava i ventidue. Poco più che ragazzi, volontari accettati anche perché la maggior parte di loro non aveva figli. Così, se fossero caduti in battaglia, sorte prevedibile per molti, non si sarebbero lasciati degli orfani alle spalle.

Cédric abbandona l'aereo e percorre le poche decine di metri che lo separano dalla Casamatta 2, trasformata in memoriale del Battaglione che condusse l'attacco. Un ambiente in chiaroscuro, buio e opprimente al centro come doveva apparire anche ai suoi occupanti nel '44, illuminato da faretti sulle pareti, le laterali rivestite da vetrine con uniformi, armi ed elmetti e quella in fondo dedicata al comandante del battaglione, scomparso nel 2006. Sotto l'emblema del Reggimento, grande e argenteo, poggia una bacheca simile a un altare. Al suo interno il basco e le medaglie donate dagli eredi. Ai lati del paracadute alato, fotografie e due monitor su cui passano le immagini di un'intervista al comandante e le foto dei caduti.

Ce n'è una che attira la sua attenzione, volto sorridente come gli altri ma familiare. Dove ha visto quelle labbra con i lati piegati all'insù in un sorriso insolito che sembra un ghigno, sormontato da un naso tozzo? La qualità dell'immagine non è granché, gli occhi socchiusi poco più che fessure. È l'arco delle sopracciglia - netto anche se non spesso - a incoraggiare l'associazione d'idee. A chi somiglia? Un compagno di corso all'università? Un ex allievo del suo liceo? Un centrocampista del Liverpool Anni 50? O semplicemente a se stesso, nel senso che quel volto Cédric l'ha visto in un documentario della BBC sull'addestramento dei paracadutisti? L'immagine sparisce dal monitor, sostituita da quella di un commilitone, prima che possa leggere il nome.

Sopra l'uscita c'è un pannello lungo e stretto. "9th Battalion – The parachute regiment", si legge alla base della foto: centinaia di soldati in posa, seduti quelli delle file davanti e in piedi gli altri, presumibilmente su una gradinata allestita per l'occasione; alle loro spalle, le finestre e il tetto spiovente di uno stabile con la facciata di mattoni. Gli eroi tutti insieme, forse per l'unica volta. Accanto alla soglia c'è un altro pannello con decine di primi piani. Forse anche quello di Mister Ghigno, ma non vale la pena di cercarlo: dargli un nome non basterebbe per scoprire l'identità del sosia annidato nella memoria di Cédric.

Riemerso dal loculo di cemento armato, percorre il sentiero tra le casematte attraversando un prato interrotto dalle piazzole girevoli su cui nel 1944 poggiavano i pezzi della contraerea e dai cartelli che descrivono il funzionamento e la logistica della batteria. Dall'interno di un recinto in legno si leva la sagoma minacciosa di un cannone, poco più in là il cippo con il busto del comandante. I lineamenti scolpiti nel bronzo sembrano volersi conformare alle cronache del periodo e alla testimonianza del filmato. Un duro, altrimenti come avrebbe fatto? A tentare l'assalto malgrado tutto. A guidare i superstiti attraverso giorni di resistenza nelle campagne vicine contro un nemico numericamente superiore. A tenere il comando per oltre un mese nonostante i postumi di un trauma da esplosione, quando lo spostamento d'aria lo sbatté contro un albero. Appena le circostanze lo consentirono fu sottoposto a un controllo medico, rimpatriato contro la sua volontà, sostituito da un altro tenente colonnello e, naturalmente, decorato.

Una dozzina d'anni fa, dopo una delle commemorazioni del D-Day, confessò che non gli era stato facile stringere la mano all'ufficiale tedesco che era al comando della Batteria. Chissà, allora, cosa avrebbe pensato durante la cerimonia del sessantacinquesimo anniversario, quando davanti alle autorità, ai visitatori, alle bandiere e ai veterani in uniforme con il petto coperto di medaglie, le note di "Deutschland über alles" erano risuonate prima di "God save the Queen", l'inno degli oppressori prima di quello dei liberatori. Non è dato saperlo, dal momento che non c'era più. Ma se ne sarebbe stupito almeno quanto Cédric, che aveva visto le immagini su YouTube. E forse la sorpresa sarebbe diventata indignazione, nell'apprendere che la banda militare non era britannica né francese ma tedesca. Secondo la cronaca di un quotidiano ripresa da internet, gli ex nemici si erano offerti di rendere omaggio agli eroi perché il Ministero della Difesa britannico aveva messo una sola banda a disposizione delle cerimonie organizzate in Normandia. Troppo poco per partecipare a tutte, così quella di Merville si era salvata grazie alla più inverosimile delle supplenze. Se è vero, aveva riflettuto Cédric, i governanti predicano bene e razzolano male: raccomandano ai giovani di ricordare, ma quando occorrono tagli di spesa non esitano a farli sulla memoria.

La tappa finale - inedita anche questa, per lui - è la Casamatta 1, dove ogni mezzora va in scena una simulazione audiovisiva della battaglia vista dalla parte dei difensori: sconsigliata ai visitatori impressionabili, ammonisce lo stampato. La luce verde sopra la porta gli dice che può entrare. Scesi un paio di scalini, si ritrova da solo in un altro ambiente tetro. La parte visiva della ricostruzione è affidata a manichini in uniforme tedesca. Ce n'è uno con il telefono in mano accanto al muro laterale: l'incaricato di trasmettere le istruzioni per il puntamento che provenivano dal responsabile della batteria appostato a pochi chilometri da qui, su un'altura da cui poteva tenere d'occhio la spiaggia e la zona fortificata. Accanto a lui, il cannone con gli addetti al caricamento e allo sparo. Le luci si abbassano, sostituite dai faretti che illuminano alternativamente il telefonista e gli artiglieri, mentre gli ordini scanditi ad alta voce, in tedesco, coprono parzialmente le esplosioni e il crepitio delle armi automatiche che sembrano provenire dall'esterno. Il primo colpo è accompagnato da un boato e da una nuvoletta di fumo. Tra una cannonata e l'altra, lo scatto metallico della ricarica, nuove raffiche, voci concitate. Poi il "Get in! Get in!" che dà il via all'attacco, le urla e gli spari in avvicinamento, l'esplosione delle granate, il tintinnio dei bossoli sul pavimento, il buio rotto solo dalla luce azzurrognola della lampada sul soffitto, le voci in inglese, concitate e poi calme. Infine il silenzio, seguito da un brano musicale.

Nuovamente all'aperto, Cédric fatica a leggere il display del portatile sotto il sole che è riuscito a scaldare l'aria: quasi mezzogiorno. Si leva il pullover e l'appoggia allo schienale della panchina che fronteggia la Casamatta 1, a pochi passi dal limite est della zona fortificata. Oltre il recinto c'è un prato e, in fondo, una fila d'alberi. È di là che sono arrivati, correndo allo scoperto per un centinaio di metri sul terreno imbottito di mine, sotto il fuoco delle mitragliatrici e dei mortai, al buio. Alcuni sono passati dove si trova lui. Gli sembra di scorgerne le sagome tra la panchina e il bunker con i fianchi seminascosti dall'erba, figure che si agitano senza avanzare, trattenute dal peso delle armi. Ma a disegnare quelle ombre e le appendici immobili che ne frenano lo slancio sono sei bandiere legate alle aste, non soldati, e nel silenzio rotto solo dalla stoffa in balia del vento non si sentono urla o spari, e neppure le voci sommesse dei visitatori che Cédric ha intravisto poco prima passeggiare tra le casematte. Se ne sono andati tutti, lasciandolo solo con un'inquietudine sottile che non può condividere con Sylvie. Troppo presto per telefonarle, manca mezzora al break del pranzo. Così s'incammina verso la casetta e saluta Jacqueline senza fermarsi per dare un'occhiata ai libri esposti. Il tempo stringe: deve rientrare a Caen per mangiare qualcosa e cambiarsi prima dell'appuntamento con il notaio. Mentre apre la portiera dell'auto, dà un'occhiata ai passeggeri scesi dal pullman che ha appena parcheggiato davanti all'ingresso. Anziani, adulti e ragazzini, parlano inglese. Cédric sorride: la Batteria è in buone mani.

16. 6 GIUGNO 1944, ORE 5:17

... Ero troppo stordito anche per dire sì e allora rimasi lì, muto.

Mi presi la testa tra le mani, con i gomiti appoggiati sulle ginocchia. Era la prima volta che incontravo la morte vera. L'unica che conoscevo era quella dei film: solenne, lenta, tra lacrime e frasi da ricordare. Non mi aveva mai sfiorato il sospetto che fosse una messinscena, una visita guidata, un espediente per preparare lo spettatore e dargli il tempo di capire che stava accadendo qualcosa d'importante. Anzi, non mi ero nemmeno posto il problema. Adesso c'ero costretto: il capitano mi aveva gettato in faccia una realtà che non dà preavvisi e non spiega. Se n'era andato e basta, in pochi attimi, viaggiatore costretto a salire sul treno senza salutare chi l'ha accompagnato alla stazione, a scrutare attraverso il finestrino con il naso incollato al vetro per trattenere l'immagine dei volti che si allontanano e provare a leggere nel futuro. Che ne sarebbe stato di loro? Di Jane, anzitutto. Dei genitori, delle sorelle, degli amici di una vita breve. Era riuscito a darsi delle risposte? Pensai di sì. Era talmente sicuro della propria forza da credere che ne sarebbe rimasta a sufficienza per tutti. Provai a convincermi che era stata una bella fine, quasi istantanea, senza dolore né rimpianti. Con una sola preoccupazione: trovare un mezzo di trasporto.

C'era riuscito, o almeno lo sperava. Ed io non l'avrei deluso. Appena possibile avrei portato l'orologio a Jane. Chissà se sapeva del nome inciso sopra, se aveva avuto modo di vederlo. No, pensai: il capitano l'aveva ricevuto da poco, quando i permessi erano stati sospesi. Infilai le dita tra i caricatori, lo pescai dal fondo della giberna e lo studiai mentre qualcuno, ogni, tanto, si affacciava dalla soglia del bunker e guardava dentro, forse chiedendosi perché me ne stavo seduto lì con l'aria assente.

Era la prima volta che l'osservavo con calma. Sull'aereo era stato poco più di un lampo. Massiccio, sul quadrante nero le lancette e un simbolo, sembrava una lettera stilizzata, chissà che significava. Lo girai e vidi le incisioni. Chi le aveva fatte era bravo come aveva detto il padrone della gioielleria. L'emblema del Reggimento, in basso, era perfetto, le piume delle ali e le decorazioni sulla corona identiche a quelle della spilla sul mio basco; il nome di Jane, appena sopra, sembrava scritto a mano con una penna. Temevo che cadesse perché mi tremava la mano, così lo rinfilai nella giberna.

"Tutto bene?"

Davanti avevo il tenente Beltman, ne misi a fuoco il volto solo quando sentii la voce. Voleva la risposta giusta, non quella vera: "Sì… bene."

"Vieni con me." Uscimmo mentre schiariva, in un silenzio freddo attraversato da sagome che scivolavano sul terreno e sparivano di colpo, inghiottite dalle buche più profonde, per riaffiorare poco più in là, lenzuola scure che si posavano sui corpi e poi se ne allontanavano, e sembravano anime in fuga dai loro gusci strappati, non le ombre dei vivi. Mentre camminavo, mi girai verso il filo spinato sperando di scorgere il capitano, ma sapevo che non ci sarei riuscito: la buca dove l'avevamo lasciato era dietro il reticolato, invisibile dall'interno, e a quest'ora dovevano averlo portato via. Non avrei più potuto spiarlo per verificare se aveva la cicatrice dell'operazione vicina all'inguine né fargli notare che avevo scoperto la bugia, pensai, e subito dopo mi vergognai. Sembravo un sonnambulo che non si accorge dell'ostacolo sulla strada e continua a camminare fino a quando ruzzola per terra, poi si alza guardandosi intorno per controllare se qualcuno se n'è accorto. Fino a un attimo prima non ci credevo, non del tutto. Ora sì e a convincermi era stata una cicatrice che non sapevo nemmeno se esisteva. Finiti gli scherzi, non avrebbe più riso mentre mi offriva un bicchiere di latte tiepido in mensa perché ai bambini fanno male gli alcolici.

Beltman mi condusse dietro la Casamatta 2, dove il tenente colonnello era inginocchiato accanto a un sergente in barella che non riconobbi perché aveva la testa fasciata e il viso come un cencio sporco, grumi di sangue tra il nero delle guance spalmate di pece e il bianco delle cornee, la voce screziata da un rantolo: "Vengo con voi, signore."

"Piantala, Jim. Fatti curare e bevi alla nostra salute. Ci vediamo a Parigi."

"Beltman ed Englin a rapporto, signore."

"Ho bisogno di un attendente perché il mio è fuori combattimento, devono portarlo via. Ti senti di sostituirlo?"

"Io... Sì signore, certo signore."

"Il capitano Kadwell mi ha parlato di te quando eravamo alla base. Era un buon ufficiale, ci mancherà. Ti ha insegnato un po' di francese?"

"No..."

"Pazienza, qualche frase la conosco io. Prendi le tue cose, chiama il maggiore Abbott e torna qui."

Attendente del tenente colonnello... Sei nei guai, avrebbe detto il capitano. Ma era quello che ci voleva per ritrovare l'orientamento. E poi, standogli vicino, sarei stato il primo a sapere cosa succedeva.

Conoscevo il maggiore: guidava la nostra compagnia

all'inizio dell'addestramento, poi era diventato il secondo del comandante. Lo vidi mentre uscivo, dopo aver recuperato lo zaino e lo Sten, e l'accompagnai dal tenente colonnello, che si era steso sul tetto della casamatta e puntava il binocolo verso nord ovest. Mi tenni a qualche passo di distanza, ma riuscii a sentire quello che dicevano.

"I cannoni?", chiese il comandante scendendo dal bunker.

"Non li useranno per un po'."

"Partito il messaggio?"

"Cinque minuti fa, dopo l'unico razzo di segnalazione che avevamo. Ma il piccione ha fatto due giri sopra la batteria e poi è andato nella direzione sbagliata."

"Ci metterebbe comunque troppo per attraversare il Canale. Speriamo che abbiano visto il razzo. Se...", fu interrotto dal fischio di un obice, poi dal boato, assordante, un centinaio di yarde oltre il reticolato sud della batteria. Non era l'incrociatore: "Crauti. Sanno che siamo qui. E pare che siano disposti ad ammazzare i loro feriti insieme con noi. Dobbiamo andare. Quanti siamo?"

"Sessantotto."

A cinque ore dall'inizio dell'operazione gli rimaneva un decimo degli effettivi. Si lasciò sfuggire un abbozzo d'imprecazione, ma lo soffocò: "Fai sistemare nelle casematte i feriti gravi. Quelli trasportabili vengono con noi al Calvario."

Camminavo accanto a lui superando gruppetti di tre o quattro uomini, volti che stentavo a riconoscere nella luce fioca, lineamenti alterati dalla tensione o da uno sbigottimento incredulo in chi ne era uscito illeso, dal dolore nei feriti che si appoggiavano ai compagni. "Mettimi giù", sentii il caporale Poitier intimare al soldato che se l'era caricato sulle spalle, "qui sono al sicuro." Il Calvario: un Cristo in legno alto dieci piedi alla confluenza fra tre stradine martoriate dai crateri, cosparse di rami e tronchi d'albero. La nostra meta temporanea; e appropriata, pensammo, anche se nessuno lo disse. Ero seduto sui gradini del crocefisso accanto al comandante, sotto gli occhi dei prigionieri che avevamo fatto sedere dentro una buca, mentre, in lontananza, il martellamento sulla batteria s'infittiva, quando vedemmo spuntare una carriola spinta da due compagni. Dentro era seduto il tenente Sanberg con la gamba destra dei pantaloni inzuppata di sangue e una bottiglia in mano: "Bella battaglia, no?", urlò appena ci vide. Qualcuno gli chiese se si era sparato da solo per tenersi tutto il whisky e lui, passandoci accanto, rispose di sì, ma di non dirlo a nessuno. Ridemmo tutti: ne avevamo bisogno. Lo vedemmo sparire insieme con gli altri feriti, quattro dei nostri infermieri e due tedeschi, diretti verso la cascina abbandonata dove avrebbero allestito l'ospedale da campo.

Il maggiore si avvicinò: "Che si fa?"

"Al villaggio, come previsto", rispose il comandante.

Ci mettemmo in marcia, preceduti da una pattuglia di sei uomini che ogni tanto incontravano compagni finiti chissà dove durante la notte. Una trentina in tutto, tra cui venti canadesi che il comandante sistemò in fondo per coprirci le spalle e tenere d'occhio i prigionieri. L'avanguardia camminava lungo il muro sbrecciato di una delle prime case, a pochi passi da un incrocio, quando udimmo le raffiche di una mitragliatrice. I primi arretrarono precipitosamente, aggirando l'angolo e scavalcando le finestre senza vetri del piano terra, imitati dalla metà colonna che li seguiva sul lato destro. Io, il comandante e gli altri eravamo a sinistra, poco più indietro, accanto alle voragini scavate da due bombe. Non avevamo scelta: ci tuffammo tra le macerie di quello che doveva essere un deposito per attrezzi agricoli, evitai per un soffio la lama di una falce con il manico spezzato. Ci sparavano dall'alto, probabilmente dal campanile della chiesa che vedevamo di fronte alla buca, oltre l'incrocio e il sagrato. Il tenente colonnello fece un gesto verso l'imbocco della strada alberata che c'eravamo lasciati alle spalle entrando in paese. Ne stavano uscendo i canadesi, che ripiegarono per mettersi al riparo.

Alla mitragliatrice si aggiunse un mortaio, colpi sempre più vicini. Usavano il campanile non solo per spararci ma anche per dirigere il tiro dei compagni appostati in basso, forse dietro la chiesa. "Che aspettano con quei Bren?", imprecò il comandante, e un attimo più tardi sentii una raffica prolungata partire da dentro la casa. La cima della torre sparì dietro un nugolo di sbuffi chiari e la mitragliatrice tacque. Doveva essere Consalvi: per uno che sapeva centrare una bottiglia da un quarto di miglio era un bersaglio facile.

"E quello chi diavolo è?" Il tenente colonnello mise la testa fuori dalla buca, incredulo, e guardai anch'io. In mezzo all'incrocio avanzava un civile in bicicletta con un fagotto a tracolla, cappello in testa e mollette da bucato alle caviglie per proteggere la stoffa dei pantaloni. Quando ci vide, rallentò e si accostò. Avrà avuto l'età del capitano, alto e magro, un gran naso. "Paracadutisti?", chiese in un inglese stentato, mentre un proiettile di mortaio atterrava una ventina di piedi oltre il nostro riparo. Non avevano più indicazioni di tiro, ma continuavano a sparare un colpo ogni cinque secondi.

"Buttati giù!", gli urlò il comandante.

Scese dalla bicicletta senza scomporsi, l'appoggiò sul ciglio della strada e si calò nel cratere. Illeso, incredibilmente, e flemmatico come non ci saremmo aspettati da un francese, il primo che vedevamo dopo il lancio: "Attenti, il paese è pieno di Boche."

"Quanti?"

"Duecento, forse più."

"Non so se possiamo fidarci", mormorò il comandante al maggiore, "ma è meglio aspettare. I commando dovrebbero essere qui tra un paio d'ore. Quando arrivano, ci organizziamo e attacchiamo. Roger, vai dagli altri e di' a Dewhurst di coprirci la ritirata con due Bren; spareremo tre colpi di Sten in aria quando potranno seguirci. Abbott, prendi una pattuglia e dai un'occhiata in giro. Abbiamo bisogno di un posto dove sistemarci."

La strada non avrebbe potuto essere peggio del campo minato, pensai. Saltai fuori convinto di dovermi preoccupare solo del mortaio, ma sentii una raffica e le pallottole fischiarmi sopra la testa. Un'altra mitragliatrice, questa volta dal livello della strada. Raggiunsi il lato opposto prima che aggiustassero il tiro, mentre un Bren rispondeva al fuoco martellando quello che, da lontano, mi parve un tavolo di pietra nei giardinetti di fianco alla chiesa, e mi accovacciai dietro l'angolo, poi mi affacciai a una delle finestre.

Erano appostati dietro un cumulo di macerie, i resti del muro che fronteggiava la chiesa, forse abbattuto dalle incursioni aeree degli ultimi giorni. Il tetto non c'era più, la planimetria s'intuiva da qualche pila di mattoni quasi intatta che segnava ancora il confine tra gli ambienti. Solo due pareti erano parzialmente in piedi: quella che correva accanto alla strada e la perpendicolare, a una trentina di piedi dai calcinacci che proteggevano i miei compagni. "Ripieghiamo", gridai, "ordine del comandante. Vuole il tenente e due Bren per coprirci."

"L'hanno beccato", il sergente Tomkins indicò un uomo a terra, immobile; "Rimango io con Consalvi e Alden."

Appena spuntati da dietro l'angolo, ci trovammo sotto il fuoco dei tedeschi: adesso le mitragliatrici erano due, avevano ripreso a sparare dal campanile e Consalvi doveva essere a corto di caricatori perché rispondeva con raffiche brevi, isolate. Mentre correvo, vidi qualcuno, più avanti, cadere a faccia in giù, le braccia protese avanti, e MacLaury sostargli accanto un attimo per poi continuare, aggirandolo: "Non fermatevi! È morto." Arrivammo all'altezza del cratere, l'ultimo sforzo. Riuscirono ad attraversare tutti senza danni meno MacLaury, che lanciò un urlo, zoppicò fino al bordo e fu afferrato dalle braccia di un paio di compagni che lo trascinarono dentro. Toccava a me. Mentre saltavo, avvertii un colpo forte, secco, sul fianco destro. È finita, pensai mentre piombavo fra le braccia del ciclista: stavo per morire e a darmi l'ultimo saluto sarebbe stato un francese che chissà se era davvero contento di vederci. Lo trascinai con me sul fondo e lo sentii imprecare - "merde" era una delle poche parole che ricordavo - mentre si aggrappava all'elmetto rischiando di strangolarmi. Il primo a mettersi in ginocchio fu lui, che mi squadrò: "Fortunato, inglese!" Alcuni compagni lo spostarono per lasciar passare il comandante: "Che fai lì disteso, Roger?"

"Non lo so... Cioè, forse sono ferito…"

"Non mi pare. Credo che dovrai farci compagnia ancora per un po'. Alzati", afferrai la mano tesa mentre un proiettile di mortaio atterrava davanti alla casa dove avevamo lasciato Tomkins e gli altri. "Devono andarsene di lì. Dai il segnale, Roger."

Sparai i tre colpi convenuti e dopo una decina di secondi vedemmo Consalvi uscire da una finestra e mettersi a correre, bersagliato dalle mitragliatrici, dai mortai, dal cannoncino di un semicingolato che spuntava da dietro la chiesa e avanzava lentamente nella nostra direzione. A coprirlo era rimasto solo il Bren di Whaite, che concentrò il fuoco sul campanile e mise nuovamente a tacere la postazione. Incrociai lo sguardo del ciclista, seduto sul fondo del cratere: doveva aver capito che era nei guai quanto noi. Quando arrivò Consalvi, il tenente colonnello gli chiese di Tomkins e Alden. La risposta fu un "no" muto con il capo.

"Via di qui." Un'altra corsa in fila indiana, allo scoperto, ma ora potevamo contare sui canadesi. Avevano piazzato i loro mortai e una Vickers tra la vegetazione, all'ingresso del paese, ed era chiaro che avevano più munizioni di noi. La loro reazione disorientò il conduttore del semicingolato, che fece dietrofront e tornò dietro la chiesa.

Stavo correndo quando udii un urlo alle mie spalle: "Inglesi! Inglesi!", il ciclista agitava le braccia. Che voleva?

"Ci sta chiamando, signore."

Il comandante si girò: "Quello è matto: se i Crauti si

accorgono che parla con noi l'ammazzano. Meglio per lui se facciamo finta di niente. Poi è troppo lontano, non riesco a sentirlo."

Il francese continuava a gesticolare. Non capivo una parola, ma il comandante aveva ragione: quelle urla sarebbero potute costargli care. Mi avvicinai l'indice alle labbra. Lui tacque e sparì nella buca, io raggiunsi gli altri.

Incrociammo la pattuglia di Abbott mezzo miglio più giù, lungo la strada alberata. "Seguiteci. Vi portiamo al castello."

"Castello?"

"Proprio così. Tutto per noi."

17. 3 GIUGNO 2014, ORE 13:43

La giacca e la cravatta gliele ha ricordate Sylvie ieri mattina, quando aveva già chiuso la valigetta: "Non puoi presentarti in libreria con una maglietta e i jeans." E neppure nello studio di un notaio. Due anni fa, quando ha firmato l'atto d'acquisto della casa, Cédric ha notato che l'abbigliamento formale sembra essere di rigore per tutti: titolare, collaboratori e clienti. Consuetudine legata all'entità dei compensi, pensa, mentre – davanti allo specchio – si annoda e si snoda la cravatta due volte prima di decidere che la terza sarà quella buona, comunque vada. Un ultimo controllo ai capelli che di giovanile, ormai, hanno solo la scarsa propensione a lasciarsi domare dal pettine ed è fatta. Pronto per un incontro del tutto inutile.

L'attesa è breve. Meno di cinque minuti, poi Angèle - nome di battesimo desueto e caviglie malferme sui tacchi vertiginosi - gli fa strada lungo il corridoio e lo introduce in un ambiente con un ampio tavolo ovale al centro: "Il notaio arriva subito." Cédric prende posto su una delle poltroncine rivestite di pelle e si guarda intorno. Parquet a quadrettoni intarsiati sul pavimento. Muri rivestiti di legno negli spazi lasciati liberi da librerie che svettano fino al soffitto. Il lampadario, una cascata di gocce di cristallo che devono essere uno spettacolo la sera, quando proiettano la luce in tutte le direzioni. Pesanti tende di raso giallo fermate da cordoni accanto alla porta finestra di fronte all'ingresso. Due consolle che si guardano dai lati corti dell'ambiente, talmente lucide e perfette che si direbbero nuove di zecca se l'eleganza e la leggerezza delle forme, le decorazioni, gli intarsi non fossero la testimonianza di un'arte antica e dimenticata. Su di una troneggia una pendola con l'ampio quadrante bianco sovrastato da figure scolpite nel bronzo, sull'altra un vaso in porcellana rosa decorato con scene di caccia settecentesche. Il silenzio rotto solo dal ticchettio della pendola, il profumo del legno e del cuoio stagionati accentuano la sensazione di un viaggio nel tempo e nello spazio, verso una costellazione remota che non conosce le ansie del mutuo. Perché il proprietario di questo museo vuole vendere un orologio che gli renderà al massimo un ventesimo del fatturato mensile? Forse non gli piace.

Il cigolio della maniglia - unico dettaglio stonato - svela che il notaio sta entrando. È oltre la sessantina come gli aveva suggerito la voce al telefono, bassotto, corporatura robusta, i pochi capelli grigi concentrati attorno alle orecchie, occhiali metallici con lenti rotonde, completo ardesia con fazzoletto bianco che spunta dal taschino; sotto la giacca sbottonata, il gilet incornicia il colletto della camicia celeste e il nodo della cravatta blu. Per fortuna sono vestito come si deve, pensa Cédric nel tendergli la mano.

"Si accomodi"; il notaio aggira il tavolo e vi appoggia un portadocumenti di pelle nera, prendendo posto di fronte a lui: "Cédric Roussel nel mio studio, chi l'avrebbe mai detto?"

Approccio così bizzarro che Cédric non può sottrarsi a un'associazione d'idee altrettanto surreale: una frase simile, con quella faccia, lui la pronuncerebbe solo se, tornando a casa da scuola, le circostanze lo costringessero a esclamare "Charlize Theron nella mia cucina, chi l'avrebbe mai detto?"

Ma quella è un'eventualità remota, mentre il sorriso di un estraneo che lo tratta come una celebrità è un'imbarazzante certezza. Cédric sta per recitare il discorsetto che si è preparato - "Temo ci sia un equivoco", eccetera - ma Levasseur lo precede: "Come ha saputo dell'orologio?"

"Sono capitato per caso sul sito della Casa d'aste. L'orologio non m'interessa in modo particolare, però..."

"Non le interessa?"

"Voglio dire... M'interessa ma solo perché c'è quell'incisione, le ali con il paracadute del Reggimento Paracadutisti inglese. Sa, sono un insegnante di storia e la battaglia di Normandia..." Cédric si arresta perché l'espressione del suo interlocutore è cambiata, da cordiale a contrariata; peggio per lui, pensa, non è colpa mia.

"Lei chi è?"

"Mi chiamo Cédric Roussel. Ma deve avermi scambiato per qualcun altro, forse un omonimo. Ho telefonato questa mattina per..."

"Un omonimo? Quindi lei non è il Cédric Roussel nato a Caen il 6 giugno 1970, figlio di Clément e Francine, emigrato a Nizza nel febbraio del 1977..."

Nome, luogo di nascita e di residenza li ha dati lui a Onfray, il resto no: "Sì, ma come...?"

"Mi sono permesso di verificare all'anagrafe prima di telefonare. Per essere certo di non sbagliare. Invece, a quanto pare,..." Lasciata in sospeso, la frase sembra preludere a un congedo più brusco del temuto perché il notaio si alza. Cédric fa per imitarlo, ma l'altro gli rivolge un invito che è quasi un ordine - "Un attimo, per favore" -, sfila uno spesso volume verde dalla libreria alle sue spalle e lo apre sulla porzione di consolle lasciata libera dal vaso. Quando torna al proprio posto, ha una busta di carta ingiallita in mano. Dentro c'è un cartoncino rettangolare che porge a Cédric, senza una parola.

"Cos'è?"

"Spero che me lo dica lei, così forse riesco a capire con chi sto parlando." Una fotografia in bianco e nero, al centro due figure in piedi, intorno voluminosi rulli chiari e macchine alte un paio di metri. Sembra una fabbrica. "Allora?", incalza Levasseur.

Cédric osserva, perplesso e infastidito dal tono inquisitorio, fino a quando un'immagine cancella istantaneamente il notaio, l'orologio, l'asta e tutto il resto. La spiaggia di Cabourg, due ombre in movimento - una lunga e una corta - proiettate sulla sabbia dal sole del tramonto autunnale, una mano troppo grande per stringerla tutta, lo sguardo alzato a incrociare un sorriso rassicurante e sereno, lo stesso che assorbe la luce di una vecchia foto per gettargliela negli occhi, lampo accecante come il sole all'uscita da un tunnel della Provençale. "È mio padre!", un bisbiglio strozzato più che un'esclamazione.

"Quale dei due?"

"Quello con il camice scuro. Come fa ad avere questa foto?"; Cédric sa di essere impallidito, lo sente e glielo dice il volto del suo interlocutore, sorpresa e dubbio al posto del malumore di un istante prima.

"Provi a girarla, dovrebbe ricordarle qualcosa."

Poche parole scritte con una stilografica, l'inchiostro - forse nero, in origine - stinto in un rossiccio slavato: *1973 Jean-Claude e Clément la squadra vincente.* "Ricordarmi cosa? Chi è Jean-Claude?"

"Mio zio."

"Si conoscevano?"

"Di più: erano amici. Non capita spesso fra il titolare di un'impresa e un dipendente."

"Impresa?"

"Quella della foto. Non sa che lavoro faceva suo padre?"

"Tipografo. Ma ne parlava poco. Gli pesava aver dovuto smettere perché era malato. E quando è morto ero un bambino."

"Lo so. Lo zio me l'ha raccontato un paio d'anni fa, quando

era ricoverato in ospedale. Ero andato a ritirare dei documenti dalla sua cassetta di sicurezza e avevo visto l'orologio, quello dell'asta..."

"Apparteneva a lui?"

"Sì. L'ha lasciato a mia sorella e a me perché non aveva figli. Ma prima era di suo padre, signor Roussel"; Levasseur fa una pausa come se temesse che Cédric, impietrito e con lo sguardo fisso sulla foto, non riesca a seguirlo. "Strano che sia io a doverle raccontare queste cose. Incredibile, anzi..."

"Io non ne sapevo nulla. Niente di niente."

"Allora mi scusi. Pensavo di aver capito perché l'orologio le interessa, per questo le ho proposto di incontrarci. Forse le sarò sembrato un po' sgarbato, ma sa... pensavo che volesse fare il furbo per chissà quale motivo."

"Non importa... Ma come ha fatto a trovarmi?"

"È lei che si è fatto trovare. Quando ha chiamato la casa d'aste, il signor Onfray ha pensato a un'omonimia, ma il luogo di nascita e il nonno partigiano... Mi sono chiesto se c'era un collegamento tra il Roussel di Nizza che chiedeva informazioni e quello del documento."

"Documento?"

"La donazione. Firmata dall'ufficiale inglese che ha dato l'orologio a suo nonno."

Come l'ha chiamato Onfray lunedì sera? *Un cittadino francese*. Non uno qualunque, a quanto pare: "Quindi mio nonno..."

"... ha regalato l'orologio a suo padre. E lui l'ha venduto a mio zio."

"Venduto?"

"Non avrebbe voluto. Ma si è ammalato e ha dovuto lasciare l'attività proprio quando stava per rilevare la tipografia. Erano d'accordo su tutto, mio zio gli aveva promesso che all'inizio gli avrebbe dato una mano. Poi... Senza lavoro, con un figlio piccolo da mantenere. Suo padre temeva di non farcela e aveva deciso di vendere l'orologio. Lo zio glielo comprò per il doppio di quanto gli aveva offerto una gioielleria del centro. Voleva fargli capire che poteva contare su di lui. E gli garantì che, appena guarito e tornato al lavoro, gliel'avrebbe rivenduto. Purtroppo..."

"Già...", Cédric trova la forza per alzare gli occhi dalla foto, non per articolare una delle domande che gli attraversano il cervello come i rami trasportati da un fiume in piena, scomparendo subito dopo essergli passate davanti, anche quella apparentemente più facile da trattenere nell'attimo in cui affiora, vicina ma irraggiungibile.

È il notaio a rompere il silenzio: "Mi stavo chiedendo... Se non sapeva, come...? Dimenticavo: internet."

"E lo stemma del Reggimento. Se non l'avessi visto, non sarei qui."

"A proposito: devo mostrarle quelle carte. Ho solo le fotocopie perché gli originali li ho dati alla Casa d'Aste."

Dal portadocumenti escono due fogli. Quello scritto a macchina è sbiadito, si legge a fatica. Poche righe in inglese con qualche errore di ortografia firmate da un maggiore di nome Landon Roach che dichiara di aver preso l'iniziativa di donare l'orologio per ringraziare un "coraggioso patriota francese" dell'aiuto offerto durante la battaglia per la liberazione, a rischio della propria vita. In cima, un timbro sbiadito accompagnato dalla data: "Caen, luglio 1944." Manca il giorno del mese, ma la perfezione formale delle scartoffie non doveva essere in vetta alle priorità del momento. Al centro dell'altro foglio c'è la copia di una dichiarazione scritta a mano: "Caen, 18 febbraio 1975. Ricevo la somma di 1.800 franchi dal signor André Levasseur per l'orologio appartenuto a mio padre Jean-Jacques. Caratteristiche: emblema con paracadute alato e nome di donna (Jane) incisi sul fondo. *Clément Roussel.*"

"Può tenere la foto, se le fa piacere. Quella della tipografia."

"Davvero?"

"Però ne vorrei una copia. Me la spedirà appena può. Le fotocopie... Beh, prenda anche quelle, ma se comprerà l'orologio non ne avrà bisogno perché le daranno gli originali. Immagino che parteciperà all'asta."

"Sì... Cioè, ci devo pensare. È una bella cifra."

"Se decide di provarci farò il tifo per lei."

"Grazie..."

"Credo che avrebbe voluto venderlo anche mio zio, ma non se l'è sentita. Mi disse che lo teneva nella cassetta perché lo rattristava l'idea di indossarlo, però non riusciva a separarsene. Adesso che non c'è più, abbiamo deciso io e mia sorella per lui. E abbiamo fatto bene: è la sua occasione per riportarlo a casa."

"Lo spero…"

"Adesso devo andare. Ma lei può trattenersi, se vuole guardare le carte con calma."

"Credo che accetterò l'invito... Quanto le devo?"

"Per cosa?"

"Le ho fatto perdere mezzora..."

"Sta scherzando? Se mi facessi pagare dal figlio di Clément Roussel, il fantasma dello zio mi perseguiterebbe fino alla fine dei miei giorni." Mentre abbassa la maniglia della porta, il notaio ha un'esitazione: "Scusi se sono indiscreto. Sua madre è in vita?"

Eccola, la più importante delle domande smarrite: "Sì. Abita a Nizza anche lei."

"Ah..." Sta per chiederglielo? No: non sono affari suoi. "Me la saluti. E buona fortuna."

Aveva fretta, altrimenti non avrebbe dimenticato di rimettere a posto il volume. Cédric si avvicina alla console e lo apre. È un album. Foto di famiglia, un paio di volti sembrano familiari, forse il notaio e lo zio tanti anni fa. Gli altri devono essere parenti o amici. Bambini, sorrisi, bicchieri alzati per un brindisi attorno a un tavolo, pettinature e abiti superati, un gruppo in posa con un'automobilina a pedali sullo sfondo, famiglie numerose e, probabilmente, complete. Al contrario della sua: la fotografia che giace sul tavolo, accanto alle fotocopie, è la cicatrice di un'amputazione. Però adesso ci sono Sylvie, Théo. E suo figlio è un bambino come quelli dell'album. I ricordi che gli crescono dentro sono interi.

Non sta bene ficcare il naso nella vita privata degli altri, si dice, e nell'avvicinarsi alla vetrinetta per riporre l'archivio della famiglia Levasseur al suo posto, tra volumi che tradiscono un debole per la narrativa francese dell'Ottocento, dà un'ultima occhiata alla rilegatura di pelle. Non c'è un granello di polvere: si vede che il notaio lo sfoglia spesso, quell'album. Per lui dev'essere importante. E la foto di papà stava lì, protetta da una busta, custodita anche meglio delle altre da un estraneo che non sapeva di attendere l'incontro con il destinatario di quel messaggio dal passato.

Angèle deve avere troppo da fare per offrirgli un caffè o un bicchiere d'acqua, oppure preferisce astenersi dagli spostamenti non indispensabili perché sa che una caduta dai tacchi potrebbe costarle cara. Meglio così. Cédric ha bisogno di stare solo per riordinare le idee, a cominciare da quella che il notaio gli ha recuperato prima di congedarlo. Papà ha portato a lungo quell'orologio e i racconti su nonno Jean-Jacques non sono mai mancati. Perché la mamma non gli ha mai detto nulla? Non può aver dimenticato: è quasi una medaglia al valore. L'impulso sarebbe di telefonarle subito. Ma è l'ora del riposo pomeridiano e, dopo tutto, non c'è fretta. La vedrà domenica e gliene parlerà con calma. Lo sguardo torna alle fotocopie appoggiate sul tavolo. Di chi era l'orologio? Di quel Roach? Può darsi: la logica dice che disporre dell'orologio di un altro non doveva rientrare nelle sue competenze. Ma perché privarsene? E se era un paracadutista, come farebbe pensare l'incisione sul retro, che faceva lontano dal teatro delle operazioni? Forse a lui e ai superstiti delle battaglie precedenti era stata concessa una pausa dopo la liberazione di Caen, quando il fronte si era spostato altrove.

Congetture che Cédric elabora nel tentativo febbrile ma inutile di scansare il dilemma: e adesso? È più difficile tornare indietro o andare avanti? E se compie la scelta sbagliata quale sarà, dei due, l'errore più grave? Meglio fare una sciocchezza o rimpiangere di non averla fatta? Chiedere l'opinione di Sylvie? Inutile, la risposta la conosce già e non è una risposta, è una domanda: "Sei matto?" Troppo comodo delegare la decisione ad altri: Cédric si congeda da Angèle e, sceso in strada, prende a camminare svelto.

Duemilacinquecento euro. La traduzione del libro gliene ha fruttati settemila. Che, aggiunti ai risparmi, gli permetteranno di cambiare auto. La berlinetta di famiglia ha nove anni ed è diventata piccola: stiparci tutto ciò che serve per le partenze - e soprattutto quello che non serve ma è indispensabile a Théo - è impresa più ardua ogni estate che passa. Cédric ha individuato una station wagon senza pretese che fa al caso loro, l'accordo con il concessionario sul valore dell'usato c'è. I conti tornano, i tempi e i modi anche. Ma il progetto concepito soppesando ogni dettaglio, attraverso frequenti consulti con Sylvie, sembra perdere consistenza a ogni passo della marcia forzata verso l'albergo.

Duemilacinquecento euro. Qual è l'ultimo capriccio che si è concesso? Il televisore con schermo piatto LCD, un anno e mezzo fa. Ma non era un capriccio vero e proprio. Il pesante arnese con videoregistratore integrato che si erano portati dall'appartamento del centro era un reperto da archeologia industriale, l'ultima riparazione era costata come un telefonino. Bisognava decidersi a cambiare e, visto che gli spazi a disposizione nella nuova casa lo consentivano, perché non fare il salto nel mondo dei megaschermi Full HD, coronando il piatto forte con la parabola per seguire il campionato inglese? Questo sì era stato un capriccio, infatti Sylvie aveva rifiutato di partecipare al finanziamento dell'acquisto. Ma si tratta di un'eccezione irripetibile nel quadro di un'esistenza condizionata dal mutuo e votata alla sobrietà perfino nel tempo libero. Cédric non si è ancora deciso a comprare un paio di scarpe nuove per il calcetto del venerdì sera malgrado le suole consumate come i battistrada di un'auto dopo cinquantamila chilometri che, prima o poi, gli costeranno una distorsione. I pantaloncini e la maglietta sono talmente lisi che Cédric, per giustificarsi con gli amici, si ripete come un disco rotto: "È la divisa del Liverpool Anni '80, la porto finché non si strappa." Ristorante? Mai, giusto una pizza ogni due settimane. Sigarette? Cédric non sa nemmeno cosa siano. Viaggi? La luna di miele alle Maldive è stato l'ultimo di durata superiore alle due settimane. Spettacoli? Il teatro e l'opera non gli interessano, la superTv serve anche per evitare di andare al cinema, il nuovo stadio di Nizza è bello ma esercita un'attrazione limitata su chi, dal divano di casa, può vedere Liverpool-Manchester; una volta ha avuto la tentazione di andare a Parigi per gli U2 e poi ci ha ripensato, prezzi terrificanti. Nemmeno il più tirchio degli scozzesi saprebbe rimproverargli lussi superflui.

Duemilacinquecento euro. Domenica non è solo il compleanno di Théo malgrado tutti, lui compreso, tendano a dimenticarsene. Sylvie gli farà un regalo come sempre. Ma quando è capitato che Cédric ne abbia fatto uno a se stesso? Preistoria, altro che il televisore. Per quanto si sforzi, Cédric non riesce a individuare un acquisto davvero suo in occasione del compleanno. L'unico precedente di shopping dissennato risale al lontanissimo viaggio in Inghilterra con gli amici, quando ha speso tutto, proprio tutto: dai risparmi messi insieme con i lavoretti estivi al piccolo premio del diploma che la mamma era riuscita a mettergli in una busta. Videocassette, libri, fumetti di Spiderman in lingua originale, dischi, magliette più i biglietti del concerto e della partita: Cédric aveva lasciato un buon ricordo di sé presso diversi commercianti londinesi. Ma non era il compleanno e, soprattutto, era un'altra vita, senza responsabilità, senza un lavoro, senza una famiglia.

Duemilacinquecento: con tutte quelle sillabe la parola incute soggezione quanto le cifre.

Cédric irrompe in camera con il fiatone dopo quattro rampe divorate di corsa, due gradini alla volta, troppo impaziente per attendere l'ascensore. Tra i comfort che gli hanno messo a disposizione c'è l'accesso gratuito alla rete wi-fi. È il momento di approfittarne.

Il web è prodigo d'istruzioni per l'uso e di consigli pratici sulle aste. Il primo, ripetuto fino alla noia: predeterminare il limite di spesa, mantenere la calma nei pochi secondi che passano tra l'avvio dei rilanci e l'aggiudicazione per evitare di lasciarsi trascinare in una spirale ascendente rovinosa. Ma a colpirlo - anzi a traumatizzarlo - è un dettaglio più concreto dei rischi connessi all'ebbrezza da competizione, scoperto leggendo le condizioni applicate dalla casa d'aste. Al prezzo d'acquisto vanno aggiunte la commissione e le tasse per un totale che può superare il 40%. In pratica, svela con precisione implacabile la calcolatrice del telefonino, se l'orologio sarà aggiudicato per 2.700 euro, a metà strada fra la stima minima e la massima, il compratore finirà con lo spenderne circa 3.800. È un colpo da ko, infatti non gli bastano i dieci secondi concessi a un pugile per alzarsi e riprendere il combattimento, e neppure un minuto. Si scuote solo quando, tornando alla schermata iniziale del portatile, nota l'indicazione dell'ora: già le cinque, deve prendere una decisione. Lo fa con una rapidità che non gli è abituale e schizza fuori chiudendo il desktop senza spegnerlo.

Sa dove andare, l'indirizzo l'ha annotato sul portatile prima di partire da Nizza. "Non si sa mai", si era giustificato. Solo un'attesa prolungata potrebbe farlo riflettere, esitare, vacillare, forse desistere. Ma oltre la porta di vetro blindato ci sono solo tre impiegati, due seduti dietro gli sportelli e uno in piedi alle loro spalle, che conversano in attesa della chiusura. Tremilaottocento euro, non uno di più, così sarà impossibile cedere alla tentazione di spingersi oltre. Mentre il cassiere gli conta i biglietti sotto gli occhi, Cédric si sente in colpa. Quei soldi se li è guadagnati con la traduzione, però il conto è cointestato. Se la spunterà lui, come troverà il coraggio di confessare a Sylvie che con i risparmi per l'auto nuova ha comprato un orologio vecchio?

18. 6 GIUGNO 1944, ORE 10:58

... "Castello?"

"Proprio così. Tutto per noi."

Il maggiore aveva esagerato. Una grande villa, più che un castello vero e proprio. La scorgemmo fra i rami, poco oltre un cancello dimezzato con un solo battente arrugginito sui cardini, salendo lungo la via d'accesso fiancheggiata da alberi su entrambe i lati. Davanti al muro scrostato e alle finestre stranamente intatte il sentiero si sdoppiava intorno a un'aiuola ovale infestata dalle erbacce. Due piani di trenta yarde per quindici, ad occhio e croce.

I tedeschi l'avevano usato come magazzino fino a poche ore prima. Dappertutto, nell'ingresso come nelle camere, sui tavoli e sulle sedie, sul pavimento e negli armadi con gli sportelli aperti, le tracce lasciate da una guarnigione che aveva ricevuto l'ordine di spostarsi in fretta. Abiti, armi, munizioni, coperte, lenzuola, asciugamani, un binocolo e due macchine per scrivere nuove di zecca con le risme dei fogli accanto, perfino un cofanetto metallico pieno di banconote su quella che doveva essere la scrivania del contabile. "Credo che dimenticherò di consegnarle al Quartier generale", annunciò il comandante; "Serviranno per una bevuta quando ci sostituiranno." Il vociare dei compagni che erano entrati in cucina per primi annunciò una scoperta ancora più gradita dei soldi, sfruttabile immediatamente. Nella dispensa attigua c'era di tutto: pane, carne di manzo, pancetta, burro, sacchi di zucchero, vasi di marmellata, un bidone metallico pieno di panna e due di latte.

Un colpo di fortuna ma anche un segnale d'allarme: sarebbero potuti rientrare da un momento all'altro. Il tenente colonnello spedì fuori una trentina di uomini suddivisi in tre gruppi, uno per pattugliare il perimetro del parco e due per individuare i punti con la visuale migliore sulle vie d'accesso e sistemarci le postazioni. Mentre aiutavo a montare la Vickers sul cavalletto, da un casolare a un miglio di distanza partivano colpi di mortaio isolati che atterravano, innocui, poche yarde al di qua del mezzo cancello. Beltman ordinò di non rispondere al fuoco, un po' per risparmiare munizioni di cui avremmo avuto bisogno fino all'arrivo dei commando e un po' perché i tedeschi non erano certi della nostra presenza, altrimenti avrebbero tirato direttamente sulla villa. Meglio lasciarli nel dubbio. Attraversando il parco per tornare dal comandante, incrociai una ventina di compagni che camminavano nella direzione opposta, guidati dal capitano Rundell, e mi chiesi dove andassero. Lo capii poco dopo da uno scambio di battute tra il maggiore e il suo attendente, mentre salivo le scale: una sortita per sloggiare i tedeschi dal casolare e, insieme, dare l'impressione che avevano a che fare con un nemico bene armato e numeroso. L'esatto opposto di ciò che eravamo.

Il comandante aveva preso possesso di un ambiente, al primo piano, che una volta doveva essere la sala da pranzo. Sulla tappezzeria a righe celesti e galline, lacerata in più punti, si notavano le tracce lasciate dai quadri che qualcuno aveva messo al sicuro o rubato. Di fronte al camino in granito grigio, un divano e due poltrone male in arnese, ricoperte con una stoffa lisa di colore indefinibile tra il marrone e il rosso scuro. Al centro, un tavolo rettangolare, di certo non quello attorno al quale, una volta, si riunivano i proprietari: da bottega di falegname più che da soggiorno di una famiglia benestante, con il suo ripiano ondulato e sverniciato. Chissà dove saranno finiti, mi chiesi. Il tenente colonnello era seduto su una delle sedie, tutte diverse, appoggiate intorno al tavolo, e studiava la carta che aveva spiegato accanto all'elmetto e al binocolo. "Ha bisogno di me, signore?"

"Per adesso no. Vai di sotto." La cucina era affollata: qualcuno mangiava, altri fumavano, c'era chi aveva trovato della birra. Mi sedetti sul pavimento, in un angolo, con un bicchiere di latte e un piatto su cui avevo messo alcune fette di pane e di pancetta, e ascoltai gli altri. Nessuno dubitava che l'incursione avrebbe avuto successo, e senza perdite.

Avevano ragione. Quando tornai al primo piano, Rundell era rientrato e stava parlando con il comandante. Alcuni tedeschi erano stati eliminati, altri messi in fuga o catturati, tra di loro un ufficiale. "Chiudili con gli altri nel recinto del campo da tennis e mettici un uomo di guardia in più."

Mi disse di sedere. Lo feci con cautela, chiedendomi se la poltrona che sembrava meno malconcia avrebbe retto. Che ora era? Avevo perso la nozione del tempo e solo adesso, gettando un'occhiata al polso, mi rendevo conto che il regalo della mamma aveva fatto una brutta fine: sotto il vetro rotto la lancetta dei minuti era piegata, quasi accartocciata su quella delle ore, ferma all'una e mezza. Colpa del tuffo nel solco e del bombardamento, pensai. Ricordai l'orologio del capitano: l'avrei usato al posto del mio senza indossarlo e, una volta letta l'ora, l'avrei rimesso al sicuro.

Sollevai la linguetta della giberna per infilarci l'indice e il pollice della mano destra, meccanicamente e senza guardare come facevo al campo durante le esercitazioni di tiro, ma tra le dita mi ritrovai il vuoto. Abbassai la testa e attraverso un foro largo un pollice vidi il tascone destro della mimetica. Aprii l'altra giberna, ficcandoci dentro la mano e tirandone fuori le granate. Mi tastai il petto, le gambe. Poi cominciai a vuotare lo zaino gettando tutto sul pavimento, davanti al caminetto, e m'inginocchiai per frugare mentre tentavo di mettere in fila ciò che era accaduto nelle ore precedenti. Quando l'avevo visto l'ultima volta? Prima dell'alba, nella casamatta. Poi la marcia verso il villaggio, la corsa per chiamare gli altri, il tuffo nel cratere... Il colpo sul fianco! Doveva aver bucato la giberna facendo cadere l'orologio, che forse mi aveva salvato la pelle bloccando la pallottola ed era finito in pezzi. Ma non potevo deludere il capitano: nella peggiore delle ipotesi mi sarei presentato da Jane con un rottame inutilizzabile.

"Che stai facendo?" Non mi ero accorto che il tenente colonnello osservava da dietro il tavolo.

Schizzai in piedi: "Ho perso l'orologio del capitano Kadwell. Me l'aveva affidato, voleva che lo portassi a sua moglie. Sono quasi sicuro che è caduto quando ci stavamo ritirando dal villaggio. Chiedo l'autorizzazione a tornare indietro per recuperarlo. Posso farlo da solo, signore."

Avrei fatto meglio a tacere. La richiesta dovette suonargli così bizzarra che impiegò qualche attimo per capire che parlavo sul serio e per scegliere tra l'incredulità e la stizza: "Pensi di essere in gita con la scuola? Qui c'è bisogno di tutti. Riempi lo zaino e non parlare fino a quando non te lo chiedo."

Sentii le guance scaldarsi: "Sì signore."

Avevo appena richiuso lo zaino che udii un botto e mi ritrovai disteso sul pavimento, tra le poltrone. Spostamento d'aria, un colpo più ravvicinato di quelli che udivo nel parco, mentre montavamo la Vickers. Il tenente colonnello era rimasto in piedi aggrappandosi con le mani al tavolo, poi si era avvicinato alla finestra. Lo raggiunsi e, attraverso il fumo, vidi metà dell'aiuola ingoiata da un cratere. Non era un mortaio e nemmeno la bomba sganciata da un aereo, altrimenti avremmo udito il rombo in avvicinamento. Artiglieria: i tedeschi fuggiti dal casolare avevano dato l'allarme, l'inizio dello sbarramento annunciava che l'attacco era imminente.

"Andiamo di sotto." Davanti alla villa il maggiore aveva radunato una quarantina di uomini che sparirono tra gli alberi per unirsi ai compagni in postazione. Il comandante mi ordinò di seguirli e di fare la spola tra il parco e la villa per tenerlo informato. Il bombardamento s'infittiva, ma la casa non era stata centrata.

Raggiunsi Beltman e i suoi mentre si appostavano a fianco dei mitraglieri, presso gli alberi che delimitavano la via d'accesso principale, in corrispondenza di una curva dove la visuale era quasi libera fino a ciò che rimaneva del cancello; poi attraversai il parco, dove i colpi dell'artiglieria sbriciolavano i rami sparando schegge pericolose come pallottole, fino al sentiero che conduceva al muro ovest della casa. La seconda Vickers era piazzata fra i tronchi, in cima a una salitella da cui avrebbe tenuto sotto tiro il bosco adiacente e, se necessario, i nemici sfuggiti alla prima postazione. Di ritorno verso la casa, sentii la voce del tenente colonnello. Mi sembrò che venisse dal retro e girai l'angolo. "L'ufficiale dei Crauti ha voluto parlargli", mi disse uno dei compagni di guardia al recinto. Lo vidi al centro del cerchio formato da alcuni prigionieri, discutere con un giovane capitano sicuro di sé, che parlava un inglese abbastanza corretto.

"Englin a rapporto, signore." Il tenente colonnello mi fece cenno di tacere mentre il tedesco lo arringava con il tono di un insegnante che rimprovera gli allievi: "Le convenzioni internazionali vietano di mettere a repentaglio la vita dei prigionieri di guerra. Esigo di essere spostato immediatamente in un luogo sicuro con i miei soldati."

"Sono i vostri compagni che vi bombardano, non noi. Se volete, posso farvi sistemare in casa, ma credo sia più pericoloso che qui. Scegliete voi."

L'altro non si diede per vinto: "È inaccettabile. Voglio parlare con un suo superiore."

"Se ne arriverà uno glielo farò sapere. Nel frattempo avrei

una domanda. Lei sembra conoscere le convenzioni...", sulle labbra gli spuntò un sorriso gelido.

"Naturalmente."

"Conosce anche gli ordini di Hitler?"

"Che intende dire?"

"Che abbiamo ricevuto informazioni su una nota firmata dal Führer. Dice che i paracadutisti inglesi vanno eliminati anche se non sono in grado di difendersi. Mi domando che c'entra con le convenzioni internazionali."

"Fate così anche voi."

"Cosa?"

"Uccidete i prigionieri."

"Se fosse vero, sareste già morti. Chi le ha raccontato queste idiozie?"

Il tedesco abbassò gli occhi e tacque sotto lo sguardo del comandante, che non sorrideva più. Il bombardamento si diradava: avrebbero attaccato di lì a poco. "Ora devo andare, ma tornerò perché vorrei una risposta. Intanto, se cambia idea sulla sistemazione, ne parli con gli uomini di guardia. Andiamo, Roger."

Che storia è questa?, avrei voluto chiedergli. Quella di Hitler. Chi sapeva, a parte il comandante? Gli ufficiali di sicuro. Perché il capitano non me ne aveva parlato, invece di prendermi in giro? Gli era stato ordinato di tacere? Forse. Ma ormai era impossibile chiedergli o rinfacciargli qualcosa. E poi mi ero offerto volontario, sapevo che non sarei stato accolto a braccia aperte. Così mi limitai a borbottare "Io gli avrei sparato."

Il comandante mi sentì: "Hanno detto anche a te che ammazziamo i prigionieri?"

"Io..."

"Non credo che uccideresti uno come l'ufficiale medico della Batteria."

"Quale medico?"

"Invece di andare all'ospedale da campo è rimasto per

occuparsi dei feriti che non potevano essere trasportati. Abbott l'ha visto correre tra le casematte con la valigetta dei medicinali, sotto le bombe. Rischiava la pelle anche per i nostri compagni, non solo per i suoi. Spero se la sia cavata... Le postazioni?"

"Pronte. Trentasette uomini all'ingresso e trentadue sul fianco."

"Torna da Beltman. Fuoco a volontà quando i Crauti sono a venti-trenta yarde, ma solo se è un attacco vero. Se è una pattuglia, colpi isolati di Bren per tenerli alla larga e niente di più."

Frenai di colpo quando vidi il tenente, inginocchiato a pochi passi dal viottolo, che si girava di scatto, sfiorandosi le labbra con l'indice. Fra i tronchi, qualche decina di yarde più in basso, si scorgevano le prime sagome in grigioverde di una colonna che aveva superato il cancello e avanzava lentamente. Ne vedevo una trentina, ma a giudicare dai passi potevano essere il doppio. Beltman ordinò di stare giù, pronto a sparare: mi stesi tra i cespugli e gli alberi, appoggiando la canna dello Sten su una radice che spuntava dal terreno e tenendola all'ombra della vegetazione.

19. 4 GIUGNO 2014, ORE 6:12

"Chi credi di prendere in giro? Piantala subito, altrimenti niente computer per una settimana!"

Cédric alza la testa dal cuscino e si guarda intorno, disorientato e poi rassicurato da quanto gli mostra la luce del primo sole che filtra attraverso le stecche della persiana lambendo la scaffalatura con la tv, il desktop e l'alimentatore appoggiati sul ripiano della scrivania, e allungandosi fino a rimbalzare, dalla parte opposta, sul metallo dell'attaccapanni. Il panorama striminzito della sua camera, coordinate da ritrovare dopo un'escursione senza guida. Troppo presto per la colazione, svela il display del portatile. Fa per allungare la mano verso l'interruttore del faretto incastonato nella testiera, poi la ritrae.

Perché ce l'aveva con Théo? Ancora internet? Cédric rimane immobile come se temesse di compiere un passo falso e di cadere dal cavo teso tra il sonno e la veglia su cui tenta di consolidare un equilibrio precario, fra le mani un puzzle troppo intatto per essere vero e troppo fragile per resistere all'urto con la realtà.

Solo, al centro di un prato, fissava una lastra di marmo

scuro appoggiata sull'erba, identica a quella che copre la tomba di papà, e tentava, senza riuscirci, di decifrare le parole incise al centro: una frase in inglese, non un nome. Si era frugato in tasca cercandovi il portatile dove aveva scaricato l'aggiornamento del dizionario pochi giorni prima, ma invece del guscio di plastica le dita avevano stretto un oggetto metallico. La vista dell'orologio, di *quell*'orologio, emerso dall'unico recesso dove non aveva rovistato perché troppo vicino, troppo banale, l'aveva folgorato come una scarica di gioia incredula, lo stupore di chi trova qualcosa d'importante dopo essersi rassegnato da tempo alla perdita. L'aveva indossato, allacciandosi il cinturino al polso, e se l'era accostato all'orecchio, lasciando vagare lo sguardo mentre tentava di sintonizzarsi sul tic-tac. C'era voluto qualche secondo perché si rendesse conto che nel frattempo tutto, intorno a lui, era cambiato. O era così fin dall'inizio?

Il prato era un campo di calcio, lui e la tomba si trovavano all'interno del cerchio centrale. Sui quattro lati le tribune, stracolme e silenziose. Non si sentivano urla, canti e nemmeno un colpo di tosse, eppure tutti i posti erano occupati. Migliaia di spettatori immobili, identici nel marrone chiaro delle scarpe, dei pantaloni, delle giacche, degli elmetti. E dei volti. Soldatini! Paracadutisti inglesi della Seconda Guerra Mondiale, alcuni con una granata nella mano destra e un mitra nella sinistra, altri in piedi o in ginocchio per sparare, altri ancora in corsa con la baionetta innestata sulla canna del fucile, gli ufficiali con il basco in testa, il binocolo appeso al collo e il braccio teso a indicare qualcosa. Grandi come persone vere, lo squadravano dalle gradinate, causandogli un disagio che la sensazione di trovarsi in un luogo familiare accentuava, invece di mitigare.

Anfield Road! Com'era riuscito a entrare in campo? Che ci facevano i soldatini? Cosa volevano da lui? Abbassando gli occhi per sottrarsi a quell'esame insistente, non era riuscito a trattenere un urlo: il dorso della mano sinistra era coperto di un liquido denso e rosso, la punta dell'indice gocciolava. Temeva di svenire come gli era capitato una volta da bambino, nel vedere un fazzoletto inzuppato del sangue che gli era uscito dal naso, e aveva distolto lo sguardo; poi si era fatto forza e aveva sollevato la mano per cercare la ferita, esaminando ogni centimetro quadrato di pelle. Niente, nemmeno un graffio, e intanto l'emorragia continuava, inarrestabile. Solo scostando l'orologio dal polso con un dito era riuscito a individuarne l'origine, ed era trasalito: a sanguinare era il metallo, non la pelle. La fessura circolare tra il fianco e il fondo della cassa distillava una colata lenta e regolare, giù per le tacche e di lì sul polso.

Cédric aveva tentato di liberarsi dell'orologio per gettarlo sul prato, ma le dita non riuscivano ad afferrare il cinturino imbrattato di sangue, i polpastrelli sudati ci scivolavano sopra mentre l'inquietudine diventava angoscia e poi disperazione: quell'appendice gli si sarebbe incollata addosso per sempre e nessuno sarebbe stato in grado di rimuoverla. A chi chiedere aiuto? Sulle tribune c'erano solo i soldatini, fermi al loro posto, il piedistallo di traverso sui seggiolini, così impassibili che ora si chiedeva se lo stessero davvero osservando.

E quello chi era? In fondo al prato, sotto il Kop. Théo! Inconfondibile anche di schiena e a cinquanta metri di distanza, parlava con qualcuno. Una donna, anzi una ragazza che sembrava indossare un'uniforme: camicia e gonna verde scuro, cappello a tesa larga dello stesso colore con una vistosa fascia rossa. Chi era? Che ci faceva con lei suo figlio? E perché si trovava lì? Gli piace il basket, non il calcio. Meglio per lui se aveva cambiato idea, Cédric lo pensa anche nella vita reale: troppo piccolo per lo sport dei giganti. Ma il motivo gliel'avrebbe chiesto un'altra volta. Ora importava solo che fosse al posto giusto nel momento giusto, promessa di salvezza tra una folla indifferente. "Vieni qua!", gli aveva urlato, e Théo si era girato, poi aveva preso ad avanzare lentamente nella sua direzione, tenendo per mano la ragazza.

"Fai presto!" Théo sorrideva, forse compiaciuto di farsi vedere in giro con una compagnia femminile adulta più attraente della sua maestra, e se la prendeva comoda come quando sa che a cena ci sono gli spinaci, anzi sembrava fermo anche se camminava. E Cédric, invece di muoversi per incontrarli a metà strada, si limitava ad aspettare, impotente e inchiodato sull'erba come i pali di una porta.

Poi la sua attenzione era stata catturata dal tabellone luminoso che sovrastava la folla dei soldatini, fissato al tetto della tribuna laterale, e da due cifre in caratteri enormi, gialle su fondo rosso. 6-6: punteggio insolito per una partita di calcio. Quale partita, poi? In campo c'erano solo lui, suo figlio e quella ragazza.

Dopo un minuto o un'ora o un giorno l'avevano raggiunto e Cédric aveva allungato il braccio verso Théo, "Toglimi l'orologio!", senza ottenere risposta. "Cosa aspetti? Non vedi che...?" La frase gli si era spezzata in gola perché sul polso non aveva più nulla, né il sangue né l'orologio. Scomparsi: non ce n'era traccia nemmeno sul prato, ai suoi piedi. Dov'era finito il mostriciattolo metallico con la sua ferita aperta? Perché la sparizione non gli dava alcun sollievo? E perché la ragazza, che si era tolta il cappello liberando i lunghi capelli rossi, lo fissava così, muta, con le lentiggini rigate dalle lacrime? "Chi è lei? Lo sai che non devi parlare con gli sconosciuti."

"Non è una sconosciuta. È Jane."

Jane... Il nome gli diceva qualcosa, ma non l'aveva mai vista prima. "Perché piange?"

"Perché hai perso l'orologio."

"Sono sicuro che è qui intorno. Se mi aiutate a cercarlo,..."

"Devi farlo tu."

"Da solo? È impossibile."

"Non sei solo", aveva replicato Théo, lasciando la mano della ragazza e afferrando la sua per condurlo accanto alla lastra di marmo e indicargli le lettere incise al centro.

"Che c'è scritto? Non capisco."

"Te l'avevo detto, no?", ora Théo aveva messo su l'aria di chi la sa lunga.

"No..."

"Sì invece. E anche loro."

"Chi?"

"Loro. Ascoltali": l'indice puntato verso il Kop, sembrava che stesse contando i soldatini uno a uno.

"Non sento nulla."

"Eppure cantano."

"Chi credi di prendere in giro? Piantala subito, altrimenti niente computer per una settimana!"

Strano poter ricostruire un sogno in ogni particolare, dall'inizio alla fine. Cédric non c'era mai riuscito. Forse un'indagine su internet gli suggerirebbe una spiegazione: ci penserà domani o dopo, ammesso che ne abbia ancora voglia. Ora ha altro per la testa. Ma quando decide di muoversi il primo gesto, istintivo, svela che tornare alla realtà non è semplice come premere il pulsante di un telecomando. Con il palmo della mano, senza guardare, tasta la superficie del comodino alla ricerca di un orologio che non ha mai indossato. Ci vuole un buon caffè, anzi due.

20. 6 GIUGNO 1944, ORE 13:19

... mi stesi tra i cespugli e gli alberi, appoggiando la canna dello Sten su una radice che spuntava dal terreno e tenendola all'ombra della vegetazione.

Meno di quaranta uomini per fermarne una sessantina. Ed io, che mi ero buttato giù all'ultimo momento, ero nella posizione peggiore, con la visuale ostruita da un rilievo del terreno, in grado di scorgerli solo quando me li sarei trovati praticamente di fianco. Per di più non ero mai stato un gran tiratore: al campo ce n'erano almeno duecento più bravi di me, infatti mi avevano assegnato uno Sten, non un Enfield. Da quella distanza avrei fatto centro perfino io, mi dissi, ma speravo che gli altri li avrebbero costretti a ripiegare prima che toccasse a me. Ero certo che li avessero nel mirino perché udivo distintamente parlare a bassa voce, in tedesco, e mi sentivo nervoso. Che aspettava Beltman?

D'un tratto i mormorii diventarono imprecazioni e urla, mentre alle orecchie mi arrivava il crepitio delle armi automatiche. Chi stava sparando? Da dove? E a chi? Mi girai verso gli altri. Nessuno sembrava capire cosa stesse accadendo. "Vai a vedere", ordinò Beltman al suo vicino, che prese a strisciare verso il limite degli alberi e il sentiero. Lo stavo seguendo con lo sguardo quando un rumore secco e un movimento percepito con la coda dell'occhio mi fecero uscire un urlo dalla gola prima che me ne rendessi conto: "Crauti, a destra!"

Erano una decina, penetrati nel parco dopo aver abbandonato il sentiero più in basso, e stavano correndo verso di noi, aggirando i cespugli e gli alberi. Quando mi sentirono sembrarono sorpresi, come se non si aspettassero di vederci. Mentre sparavo - raffiche da tre colpi come raccomandava il capitano, così non mi sarei ritrovato con il caricatore vuoto nel momento sbagliato - la sola preoccupazione era il fuoco dei compagni alle spalle, soprattutto della Vickers, perché i tedeschi erano bersagli stranamente passivi, che tardavano a mettersi al riparo e a rispondere. Non era come alla batteria, dove si sparava alle ombre. Adesso li vedevo, distinguevo le nuvolette di polvere che si alzavano dalle uniformi quando li colpivamo. I più caddero, alcuni cercarono un rifugio dietro i tronchi, altri li raggiunsero da dietro. Sembravano fuggitivi, non aggressori, e come chi li aveva preceduti apparivano disorientati.

"Seguiteli!": l'urlo, in inglese, proveniva dall'altro lato del sentiero. I tedeschi abbandonarono i ripari dietro gli alberi e si mossero verso la casa tentando di evitarci. Alcuni ci riuscirono, scomparendo nella vegetazione, ma subito dopo si sentirono altre raffiche: a bersagliarli era la mitragliatrice sul lato ovest del parco. "Ne arrivano ancora!", la voce di Beltman. Figure in movimento tra gli alberi, a una cinquantina di yarde, più o meno dove avevo visto i primi. Puntai, ma un attimo prima di premere il grilletto riconobbi la sagoma ricurva del caricatore che spuntava dalla canna di un Bren e poi, illuminato per una frazione di secondo dal sole che passava tra i rami, un lembo di giacca mimetica. "Sono i nostri!", gridai.

Gli uomini in mimetica si gettarono a terra. Diedi

un'occhiata a Beltman, che mi rispose con un cenno del capo e ordinò di cessare il fuoco. Da dietro gli alberi arrivò una domanda: "Chi siete?" "Aviotrasportata. E voi?", rispose Beltman. "Commando."

Arrivati, finalmente. Insieme con il sollievo avvertii l'indolenzimento alla nuca e alle spalle irrigidite per prendere la mira e sparare, il formicolio delle dita, il bruciore sul dorso della mano sinistra graffiato non sapevo quando e dove. "Bel colpo, Roger": Beltman mi aveva raggiunto, strisciando sul terreno. Nessuno era uscito allo scoperto: "Venite, vi copriamo noi."

Spuntarono uno a uno dalla vegetazione e si avvicinarono, aggirando i corpi rimasti sul terreno. Erano una quarantina, a guidarli era un ufficiale con i baffi e un forte accento scozzese: "Chi comanda qui?"

"Tenente Beltman, signore."

"Siete soli?"

"No. Vi porto dal tenente colonnello. Vieni con noi, Roger."

Il parco era tornato silenzioso. Cadaveri in grigioverde dappertutto, uno mi colpì più degli altri. Avrà avuto la mia età, biondo, inginocchiato contro un tronco, il volto insanguinato appoggiato alla corteccia, gli occhi chiari che sembravano fissarmi, le labbra socchiuse come se stesse per dire qualcosa, un braccio imprigionato fra il petto e l'albero, l'altro disteso lungo il fianco con la mano chiusa a pugno. Forse, mentre moriva, era convinto di avere con sé il fucile, che invece gli era caduto chissà dove. Nei pressi del corpo si vedeva solo l'elmetto, proiettato sull'erba dal colpo che l'aveva centrato sul lato della testa. Senza che me ne rendessi conto, quell'immagine si stava fissando nella mia memoria. Più del capitano, che avevo appena intravisto quando ero troppo stordito per capire cosa gli era accaduto. Più del compagno a faccia in giù che superai senza fermarmi uscendo dal villaggio, e non sapevo nemmeno chi fosse. Più degli orrori che mi sarebbero sfilati sotto gli occhi nelle ore e nei giorni seguenti, corpi smembrati, lineamenti devastati da una scheggia o carbonizzati dal fuoco. Più di tutto questo perché a ciò che vedevo si sovrapponeva un'allucinazione. Mentre camminavo accanto a Beltman e avevo l'impressione di essere inseguito da quello sguardo spento, mi vedevo in campo, con la maglia degli Spurs, stringere la mano a un ragazzo biondo della mia età, capitano di una squadra tedesca in visita a Londra, e dirgli "vinca il migliore" nella sua lingua perché mi avevano insegnato, ma convinto che i migliori eravamo noi e che, se ce ne fosse stato bisogno, gliel'avrei fatto capire con le maniere forti, un tackle dei miei e si sarebbe portato a casa un livido alla tibia come ricordo del viaggio in Inghilterra. Le maniere forti: com'era cambiato il senso dell'espressione. L'avevo ucciso io? Impossibile, non avevo sparato nemmeno un colpo in quella direzione. Ne fui sollevato e un attimo dopo mi sentii un idiota. Che importanza poteva avere?

"Dove ti eri cacciato, Roger?", il comandante ci aveva visti e ci venne incontro.

Beltman non mi lasciò il tempo di rispondere: "È rimasto con noi, altrimenti l'avrebbero visto. Il ragazzino se l'è cavata bene: si è accorto dei nemici prima degli altri e ci ha impedito di sparare ai nostri ospiti. Sono i Commando, signore."

"Vi aspettavamo da un po'."

"I Crauti ci hanno creato dei problemi, ma anche noi ne abbiamo creati a loro."

"Com'è andata nel parco, Beltman?"

"Li abbiamo presi tra due fuochi. Tutti morti o feriti."

"Non tutti", lo corresse l'ufficiale dei Commando. "Alcuni sono riusciti a scappare; quattro o cinque, direi."

"Poco male. Riferiranno l'accoglienza che hanno ricevuto e forse ci lasceranno in pace quanto basta per organizzare l'attacco al villaggio. E noi? Quante perdite?"

"Quattro feriti nel nostro gruppo, gli altri non so."

"Manda Goldfield a chiedere e fai dare il cambio ai tuoi in

postazione. Andiamo di sopra, maggiore. E tu con noi."

Mentre salivo le scale e fissavo i gradini di cotto scuro con i bordi crepati, che sembravano cento anche se erano al massimo una dozzina, mi sentii stanco per la prima volta da settimane. Le voci degli ufficiali erano rumori di fondo lontani che faticavo a tradurre in parole e frasi. A scuotermi, in cima alla rampa, fu un botto soffocato proveniente dal lato più lontano del parco. Ci risiamo, pensai, tentando di prevedere la reazione del comandante e immaginandomi tornare fuori di corsa, ma lo vidi indicare al maggiore una sedia accanto al tavolo, senza scomporsi. Non si sentì nulla per una decina di secondi. Poi un altro botto, questa volta più vicino, seguito da una nuova pausa. "Mortai", commentò il tenente colonnello: "Se non sanno fare di meglio possiamo stare tranquilli... Roger?"

"Sì signore?"

"Che fai in piedi?"

"... Niente, signore. Cioè... Aspetto ordini."

"Riposo. E non farti venire idee strane. Al villaggio ci andrai, ma con noi."

Mi abbandonai sulla stessa poltrona dove avevo scoperto che l'orologio del capitano era sparito e notai, sulla colonnina destra del caminetto, una sbrecciatura a forma di triangolo allungato che ricordava il calcio di un fucile. Mi chiesi se sarebbe stato possibile colmare il vuoto con un frammento di granito uguale a quello che mancava, applicandolo senza lasciare tracce. Esistevano restauratori in grado di farlo? Come si chiamava il loro mestiere?

Non conoscevo le risposte e nemmeno il motivo per cui mi ponevo quelle domande. Così pensai ad altro, mentre affondavo la nuca nello schienale della poltrona.

21. 4 GIUGNO 2014, ORE 9:47

Lo scenario è da G8. Un hotel di lusso a pochi passi dalla spiaggia e dalle planches di Deauville, cinque piani di balconi e due di finestre incastonate nel tetto spiovente, lo stile Hausmann in chiave normanna per il comfort dei facoltosi appassionati di golf, cavalli e gioco d'azzardo provenienti dall'altra sponda della Manica o da Parigi, monumento frequentato per oltre un secolo dalla crema del jet-set, ombra massiccia e intimidatoria sull'auto di Cédric. La sua berlinetta sembra sbagliata fra i rampolli a quattro ruote dell'aristocrazia meccanica inglese, tedesca e italiana ospitati presso il salone dell'auto di lusso nel quale il cartello con la P all'ingresso sembra un eccesso di understatement. E fuori posto si sente pure lui, mentre fa il proprio ingresso in una hall grande come un campo da tennis, dove tra colonne stuccate e illuminate da appliques va in scena un concerto cromatico dominato dal porpora. Che è dappertutto: tra i motivi geometrici color crema dei tappeti, nelle strisce alternate al bianco avorio della tappezzeria che riveste le poltrone, nei divani rotondi in tinta unita dal cui centro svettano piante con le foglie lucide e carnose, perfino nel velluto del seggiolino -

momentaneamente vuoto - destinato al pianista. Le abat-jour che spuntano dai tavolini perdono il confronto della luminosità con i lampadari di cristallo appesi al soffitto, ma i pochi lettori di giornali seduti sui cuscini di raso sembrano trovarle adeguate alle loro necessità. Chissà se sono ospiti dell'albergo, aspiranti compratori o tutte e due le cose insieme. Cédric si augura che sia giusta solo la prima ipotesi. Non ci si vede a competere con rivali in possesso di mezzi che bastano l'abbigliamento, gli accessori – valigette di pelle, occhiali firmati, cipolloni d'oro che fanno capolino sotto il polsino ingemellato della camicia – e perfino lo sguardo per immaginare troppo superiori ai suoi.

"Primo piano": il concierge in livrea grigia che sorveglia gli ingressi da dietro un pulpito gli indica lo scalone di marmo a fianco della reception. In cima alla rampa, i pannelli con il logo della casa d'aste lo indirizzano verso un corridoio ampio come il giardino di casa sua ma venti metri più lungo, e poi all'interno di una saletta, dove una dozzina di persone sostano davanti al cordone teso tra due colonnine d'ottone che sbarra l'accesso al locale attiguo. Al di là del passaggio a livello, un controllore sorridente in giacca e cravatta si scusa per l'attesa, spiegando che non può ammettere più di venti persone per volta. Lo affianca un addetto alla sicurezza in uniforme blu con il cavetto dell'auricolare che gli corre lungo il collo, accigliato e visibilmente compreso nel ruolo di guardiano.

Quando tocca al suo gruppo, Cédric si trova in un ambiente delimitato da vetrine su tre lati. Davanti al quarto, accanto all'ingresso, un tavolo con due poltroncine da una parte e uno sgabello dall'altra, occupato da un giovane in camice bianco con la lente da orologiaio appoggiata sulla fronte e ditali di gomma sul pollice e l'indice. Al centro, un altro cerbero dall'aria diffidente: l'oggetto della sua attenzione è un trentenne abbronzato con i capelli schiariti dal sole, piedi avvolti in mocassini da cinquecento euro e catalogo aperto tra le mani, colpevole – si direbbe - di sostare troppo a lungo in un angolo invece di passare in rassegna le vetrine. Anche la seconda sentinella ha un partner in abito formale che conversa, in fondo alla sala, con una coppia di mezza età nella quale tutto - il trucco pesante e i gioielli appariscenti di lei, il gesticolare e la cacofonia cromatica dell'abbigliamento di lui - sembra conformarsi al ritratto caricaturale dei nuovi ricchi. In alto, incastonate negli angoli tra il soffitto stuccato e le pareti, due telecamere a circuito chiuso.

Mentre gli altri membri del gruppo si disperdono davanti alle vetrine, Cédric chiede lumi al cane da guardia in divisa, che dà una spiegazione telegrafica senza perdere d'occhio il trentenne: gli oggetti sono esposti nello stesso ordine del catalogo, partendo dalla prima vetrina a sinistra della porta e procedendo in senso orario. Cédric deve alzarsi sulla punta dei piedi per guardare oltre le teste di chi gli sosta davanti e leggere le targhette metalliche applicate sotto gli espositori. Il 110 chiude la serie che coincide con il muro di fronte all'ingresso, dove, dietro le vetrine, pesanti tendaggi impediscono ai raggi del sole di interferire con il contrasto tra i riflessi proiettati dagli oggetti e le luci soffuse dell'ambiente. Non gli rimane che attendere il proprio turno davanti alla prima vetrina dopo l'angolo. 113, 114, 115... Sull'anello di plastica fissato a un piedistallo metallico non c'è nulla: dov'è finito l'orologio? Ritirato all'ultimo momento? Il corso accelerato sul web gli ha insegnato che a volte capita. Certo che sarebbe una beffa. No, impossibile: il notaio gliel'avrebbe detto. La guardia sta borbottando qualcosa nel microfono appeso al cavetto, ma non occorre importunarla una seconda volta perché è disponibile il conversatore elegante, che ha abbandonato i nuovi ricchi e sosta in piedi accanto all'orologiaio.

"115?", il timbro della voce e il tono affettato non lasciano dubbi: Onfray in persona e più o meno come lo immaginava, pochi capelli e molto sussiego, così rigido che i pantaloni e la giacca perfettamente stirati sembrano di legno; "Due signori hanno chiesto di esaminarlo. Può unirsi a loro, se lo desidera."

Davanti al tavolo siedono un cinquantenne corpulento e un anziano che annuisce mentre il tecnico gli parla a bassa voce, in inglese, indicando l'orologio appoggiato su un vassoio con i bordi di legno e il fondo di velluto. Cédric si sposta alle loro spalle nel tentativo di vedere e di sentire qualcosa. La mano ossuta del vecchio, il reticolo delle vene così vicino alla pelle che sembra di vederle pulsare, appoggia il bastone da passeggio al bordo del tavolo e sfiora l'orologio. Che non è il solo ad avere un aspetto familiare. Gli ricordano qualcosa anche il volto scavato e l'impugnatura del bastone con una piccola testa di cane color avorio...

Ma certo: la presentazione del libro, ieri sera. Dopo aver tradotto le domande del pubblico e le risposte dell'autore, Cédric aveva sfruttato l'occasione offerta dalla presenza di un dirigente della casa editrice. Se l'era fatto presentare dal titolare del negozio, l'aveva ringraziato per l'incarico e aveva buttato lì che sarebbe stato felice di lavorare ancora per loro, corredando il tutto con qualche informazione sul proprio curriculum. Mai stato un granché nell'autopromozione, però aveva avuto l'impressione di riuscire convincente, serio senza apparire freddo, gentile senza adulazione, ed era riuscito a superare i pochi secondi normalmente concessi dal manager di una grande impresa a un collaboratore irrilevante. Non solo: terminata la parte professionale della conversazione - guai a insistere, un'offerta spontanea si trasforma rapidamente in accattonaggio molesto - aveva colto al volo una battuta del libraio e si era guadagnato i tempi supplementari alimentando un informale dibattito a tre sul fallimento del Lione nell'ultima Champions League. Ex calciatore dilettante - il fisico massiccio e la statura ne avrebbero tradito l'appartenenza alla categoria dei difensori centrali anche senza precisazioni in merito - fanatico dell'Olympique, abbonato di lunga data, il signor Dubois aveva perso l'aplomb da consiglio d'amministrazione per lanciarsi in un'invettiva che non aveva risparmiato nessuno: i dirigenti inetti, l'allenatore succube dei clan che si erano creati nello spogliatoio, i giocatori-mercenari che non rispettano né il club né il pubblico, i giornalisti ansiosi di scoperchiare tombini maleodoranti. Mentre incoraggiava lo sfogo ricordandogli l'apocalisse di Madrid, sette a zero per il Real, e sorseggiava un succo d'arancia, Cédric seguiva con la coda dell'occhio lo scrittore e un anziano con bastone impegnati in una conversazione animata che si protraeva malgrado, accanto a loro, si fosse formata una piccola coda di compratori in attesa di stringere la mano al protagonista della serata e di farsi firmare il libro. La cordialità con cui lo storico trattava il suo interlocutore l'aveva incuriosito, la testa di cane in cima al bastone, ben visibile perché il proprietario non la stringeva nel pugno ma vi appoggiava il palmo sopra, era abbastanza insolita da rimanergli impressa. Dopo una decina di minuti l'anziano si era avviato all'uscita con lo stesso cinquantenne che ora gli siede accanto, mentre Cédric si rituffava anima e corpo nei dolori del Lione e del suo tifoso numero uno, tema troppo impegnativo per ammettere distrazioni.

Ma ora eccolo qui, il vecchio con il bastone, che gli volge le spalle mentre esamina l'orologio. Cédric si è avvicinato tanto che l'accompagnatore si gira e lo fissa con un'aria interrogativa. "*Sorry*", si scusa, "Vorrei vedere anch'io, ma posso attendere"; e arretra, ma di poco.

L'inglese di mezza età dev'essere un parente, capelli rossicci, stessa pelle chiara e medesima statura ma una quarantina di chili in più, la sua idea di esercizio fisico probabilmente circoscritta al gesto con cui si porta l'indice al naso ogni cinque secondi per rimettere in sede gli occhiali metallici scivolati giù di un millimetro. Il vecchio ha un fisico asciutto e, se non fosse per il volto coperto di rughe e di piccole chiazze scure, gli si darebbe un'età inferiore agli ottant'anni, che invece deve aver superato, e di molto. Freddoloso, a giudicare dall'impermeabile inadatto alla stagione. Con la mano destra tiene l'orologio a pochi centimetri dal volto, ma non può vederlo perché si è portato la sinistra davanti agli occhi come per proteggerli da una luce troppo intensa. Si scuote quando l'altro gli bisbiglia qualcosa: gira l'orologio una volta, due, poi lo sguardo si perde nel vuoto. Il tecnico sorride a Cédric, quasi per scusarsi di un'attesa che non dipende da lui, mentre Onfray ostenta l'impassibilità di chi non vede alcun motivo per intervenire. È il cinquantenne a sbloccare la situazione, mormorando una domanda cui l'altro risponde con una battuta stizzosa: "Certo che sono sicuro!", per poi appoggiare l'orologio sul vassoio, afferrare il bastone, alzarsi salutando l'orologiaio e avviarsi verso l'uscita. Con una rapidità insospettata anche per il suo accompagnatore, che - nell'ansia di raggiungerlo - sembra dimenticare le limitazioni imposte dalla propria stazza e urta la poltroncina con un ginocchio, lasciandosi sfuggire un gemito.

Sicuro di che?, si chiede Cédric seguendoli con lo sguardo, costretto ad ammettere che anche lui può dirsi certo di qualcosa: ha appena incontrato due dei rivali con cui dovrà vedersela tra qualche ora, e non ne è contento.

"Signore?", il tecnico richiama la sua attenzione.

"Sì...?"

"Desidera esaminarlo anche lei, credo."

"Grazie", Cédric si siede e allunga la mano verso il vassoio mentre la sala si vuota; passerà qualche minuto prima che sia ammesso il prossimo gruppo.

Non è un sogno, questa volta: l'orologio di papà, prima ancora di nonno Jean-Jacques e, in origine, di un certo Roach. Testimone di una guerra e di tre generazioni, se potesse parlare Cédric lo ascolterebbe volentieri. Invece deve limitarsi a immaginare cosa può avere provocato la scalfittura più profonda sul metallo, a destra, in corrispondenza delle ore 2: l'urto subito durante uno scontro tra paracadutisti inglesi e granatieri tedeschi o la distrazione di un papà francese che l'ha sbattuto contro il portellone dell'auto mentre caricava nel portabagagli il passeggino di un bimbo di nome Cédric? Quante vite in un oggetto. La prima misteriosa a dispetto delle incisioni sul retro e della firma su un foglio scritto a macchina. Le altre familiari ma invisibili. Ci vorrebbe un laboratorio da telefilm per individuarle nelle tracce di Dna depositate dal sudore attraverso i decenni.

"Può usare la lente", il tecnico gli indica un cilindretto metallico appoggiato sul vassoio e, quando lo vede guardarci dentro da una decina di centimetri, aggiunge, con il tatto di chi sa come impartire una lezione agli interlocutori più sprovveduti senza umiliarli: "Deve accostarla all'occhio dalla parte più larga. E avvicinarla all'oggetto fin quasi a toccarlo."

Sotto i suoi occhi sfilano i dettagli studiati davanti al monitor: la superficie increspata del quadrante nero, le macchioline ossidate sulle cornici metalliche delle lancette, le piccole crepe che si aprono nella zona centrale. E la Freccia Larga: in rilievo come i numeri che indicano le ore, le barrette e i puntini sull'anello esterno, tutti di un giallo vicino all'arancione, sfumature - ha appreso in uno dei tanti siti web - dovute all'invecchiamento della vernice luminescente.

"Vuole che glielo apra?"

"Si può?"

"Certo. Per vedere il movimento. Ce lo chiedono spesso."

Movimento? Già: il meccanismo: "Sì, grazie."

Osservandolo maneggiare un piccolo utensile rettangolare e inserirne gli artigli in due delle tacche disposte a raggiera sulla zona esterna del fondo, per poi farlo ruotare cautamente in senso antiorario, Cédric non può fare a meno di ritrarsi. Ma dalle dita che appoggiano sul vassoio la rondella d'acciaio e l'orologio a faccia in giù non cadono gocce di sangue.

"Lo tenga obliquo rispetto allo sguardo, si vede meglio", gli consiglia mentre Cédric cerca la distanza giusta tra la lente e la radiografia tridimensionale che stringe fra il pollice e l'indice della mano sinistra. Ruote dorate sovrapposte, sottili cilindri argentei con il perimetro frastagliato da decine di denti minuscoli, viti di tre taglie diverse, alcune chiare e altre scurite dall'ossidazione, piastrine dalle sagome sinuose che si fanno eco le une con le altre, incastonate di pietre traslucide rosse: cioè i rubini, che in realtà non sono rubini veri ma sintetici, inseriti nel metallo per attenuare l'usura prodotta dall'attrito fra le parti mobili. Niente male, si compiace nel constatare che quel dettaglio lo ricorda. Un esame di teoria, forse, sarebbe alla sua portata. Ma la pratica è tutt'altra cosa. Come giudicare le condizioni del meccanismo, anzi del movimento? A lui sembra dimostrare tutta la sua età: graffi e macchie, la patina del metallo scrostata qua e là, le cifre sulla più ampia delle piastrine quasi illeggibili.

"I numeri di matricola dovrebbero essere sotto la sigla WWW", il tecnico gli indica l'interno del fondo e Cédric l'associa istantaneamente con le foto del pdf scovato su internet. "Abbiamo compiuto delle ricerche, ma non siamo riusciti a capire perché mancano. Sia qui che all'esterno, dove ci sono lo stemma e il nome. Eppure il pezzo è autentico. Abbiamo un documento che prova la donazione dell'orologio durante la guerra. Se vuole, glielo mostro."

Non è necessario, pensa Cédric: "Lei che ne dice?"

"Di cosa?", l'interlocutore sembra sorpreso.

"Delle condizioni...", domanda ingenua, ma Cédric ha rinunciato a darsi un contegno; l'ha scritto in faccia che è un novizio e ha bisogno di tutte le informazioni possibili.

"Accettabili, tenuto conto che è un orologio militare. È stato usato senza riguardi, ha subito degli urti. Però i collezionisti apprezzano questi oggetti proprio perché hanno un'aria vissuta. E hanno dei vantaggi rispetto ad altri oggetti della stessa epoca. Sono stati progettati per funzionare in condizioni difficili, quindi sono robusti, affidabili, precisi. Mi permetta di mostrarle una cosa." I visitatori entrati nel frattempo sono tutti davanti alle vetrine e il tecnico ne approfitta per dilungarsi un po', compiaciuto di poter esibire, insieme con la competenza, una passione che, nel suo mestiere, dev'essere indispensabile quanto il giraviti. "Nessuno ha messo mano all'orologio dopo che il venditore ce l'ha affidato. Niente riparazioni né lubrificazione. È rimasto decine d'anni in una cassetta di sicurezza. E adesso è fermo, come può notare dalla lancetta dei secondi: quella piccola, in basso. Eppure guardi cosa succede se giro una volta sola la corona di carica. È partito subito. Significa che la fabbricazione è di qualità superiore. Il metallo dei pezzi è stato levigato in modo da non lasciare detriti che con il tempo si sarebbero depositati fra i denti delle ruote e le avrebbero bloccate. E la cassa è davvero impermeabile, altrimenti le macchie di ossidazione sarebbero più evidenti. I requisiti imposti dagli eserciti non lasciavano margini di manovra ai fabbricanti: o li rispettavano o i loro prodotti erano scartati... Mi scusi, credo che abbiano bisogno di me."

Onfray si sta avvicinando, seguito da una signora elegante sulla cinquantina, figura slanciata, camicetta fucsia e filo di perle sotto lineamenti farciti di botulino fino a paralizzarli in una maschera senza vita, caricatura mummificata di un volto che prima dell'incontro con il chirurgo estetico doveva possedere un fascino maturo e aristocratico, e appoggia sul vassoio un braccialetto carico di pietre preziose con un orologio minuscolo e rettangolare al centro.

Cédric le cede il posto, ringraziato dal tentativo di sbloccare i muscoli facciali che ricorda vagamente un sorriso, e si avvia alla porta. Poi cambia idea e torna indietro, attendendo che Onfray riporti l'orologio all'interno della vetrina, e si accosta, un po' per dare un'ultima occhiata e un po' per studiare gli oggetti che lo circondano. Molti incutono soggezione, casse d'oro massicce come lingotti, pulsanti dappertutto, quadranti affollati di contatori e di lancette come il cruscotto di un'auto, marche dai nomi altisonanti e conosciuti perfino a un principiante come lui. Al loro cospetto, il vecchio "Freccia Larga" sembra un parente povero con gli abiti sdruciti o, nella migliore delle ipotesi, un nobile decaduto cui, per rievocare i fasti del passato, rimane solo uno stemma consumato dal tempo. Però continua a camminare. Una piccola, impercettibile sollecitazione è bastata per rimetterlo in marcia, mentre gli altri, pur lanciando bagliori seducenti dagli espositori, sono fermi. Una rivalsa? Il desiderio di farsi notare? Attribuire speranze, nostalgie e vanità a un pezzo di metallo è puerile, riflette Cédric. Però aiuta.

Non gli rimane che registrarsi. Troppo presto, lo informano, suggerendogli di attendere nella sala attigua, dove si terrà l'asta. Cédric si siede in prima fila, sfogliando il catalogo che gli hanno prestato, mentre intorno a lui sono al lavoro gli operai impegnati nei ritocchi finali. La sala è un rettangolo lungo una trentina di metri e largo quindici. Anche qui una delle pareti è interamente coperta da tende: blu invece che porpora, presumibilmente per schermare ancora meglio la luce proveniente dall'esterno. Lungo la tenda, un tavolo stretto con quattro telefoni per registrare le offerte di chi parteciperà senza essere presente. Il pulpito del banditore è di fronte a Cédric, spostato sulla destra e dotato di un'appendice laterale con due computer. Nell'angolo opposto, orientato in modo da essere visibile anche dal pulpito, c'è lo schermo su cui appariranno le immagini dei lotti, accompagnate dalla sequenza dei rilanci in euro, sterline e dollari fino all'aggiudicazione. Contando le poltroncine, due blocchi di dodici file separati da un corridoio centrale, si arriva a un totale che sfiora i duecento posti.

"Ora può iscriversi, se desidera." Onfray l'accompagna al tavolo dell'orologiaio, dove la coreografia è cambiata: al posto del tecnico in camice bianco e dei suoi strumenti ci sono il giovane in giacca e cravatta che dirigeva il traffico all'ingresso e un collega vestito come lui. Entrambi hanno un desktop aperto davanti.

Il terzo grado fila via senza intoppi, Cédric si è preparato su internet. Nome, cognome, indirizzo, documento d'identità, telefono, mail. Modalità dell'eventuale pagamento? Contanti, risponde senza esitare. Niente numero di carta di credito così non potrà usarla, misura autodissuasiva contro la tentazione di commettere follie. Alla fine ha una domanda anche lui: "Posso scegliere il numero della paletta?"

L'addetto all'interrogatorio interpella il vicino, che annuisce continuando a digitare sulla tastiera: "Se ci tiene... Quale vorrebbe?"

"Il 66, se possibile. È la mia data di nascita: 6 giugno..."

Quando gli appoggiano sul tavolo il pannello con lo stelo metallico, non è al suo scopo che pensa Cédric né alle consuetudini delle aste - sollevarlo significa rilanciare del 10% sull'offerta precedente, sempre che non si preferisca scandire il rilancio ad alta voce - ma al numero stampato sulla plastica e alla chiave USB nera che fa capolino da sotto una pila di fogli, tra i due desktop. Cédric la prende e la sistema orizzontalmente tra le cifre. 6-6 come il punteggio di una partita strana. Mai giocata, anzi.

"Ecco dov'era finita!" L'esclamazione gli ricorda che sotto i piedi ha la moquette di un hotel a cinque stelle, non un prato rettangolare delimitato da linee bianche.

"Mi scusi... Immagino sia vostra."

"Grazie, signore. E auguri per questo pomeriggio."

22. 6 GIUGNO 1944, ORE 14:37

... Così pensai ad altro, mentre affondavo la nuca nello schienale della poltrona.

Perché mi sentivo così? Al campo non ero mai stanco, una volta Folgate mi aveva lanciato uno scarpone perché tentavo di convincerlo a giocare una partita di calcio dopo la marcia e mi aveva mancato di poco. Che mi succedeva? Sarei riuscito ad alzarmi di nuovo? Sì, se avessi potuto chiudere gli occhi per un minuto, non uno di più. Senza addormentarmi: solo chiudere gli occhi, poi sarei stato di nuovo pronto. L'avrei fatto per gli altri, non per me. Un minuto solo e la testa sarebbe stata meno pesante, così non avrei rischiato di combinare guai. Ma dovevo resistere. Il "ragazzino", mi aveva chiamato Beltman. Non si fidava ancora, temeva che sarei stato fra i primi a cedere. Se avessi chiuso gli occhi gli avrei dato ragione. Invece sbagliavano tutti e due, lui e il comandante. In gita con la scuola: stronzate. Nel parco li ho avvertiti io dei Crauti e poi dei commando. E gliel'avrei chiesto ancora, di andare al villaggio.

Dimenticavo. Ci saremmo tornati di lì a poco, così nessuno avrebbe potuto impedirmi di cercare l'orologio. Perché l'aveva dato a me? L'avrebbero spedito a casa sua con gli effetti personali e sarebbe arrivato a Jane, come voleva. Perché io? Forse si fidava, anche se al campo non perdeva occasione per rendermi la vita dura. Invece l'avevo perso subito. Lo zaino, non la giberna: lì avrei dovuto metterlo, avvolto nella cerata, al riparo. Idiota.

Che avrei fatto se non l'avessi trovato? Fingere che non era successo niente? Questo no: sarei andato lo stesso, almeno per chiederle scusa. Se fossi riuscito a uscirne vivo, cioè... Un biglietto: avrei scritto due righe da tenere in una tasca della mimetica così, se mi avessero ammazzato, gliel'avrebbero spedito e Jane avrebbe saputo che era stata colpa mia. L'avrei fatto l'indomani, sempre che non mi sparassero prima. No: meglio subito. Certo che avrei dovuto scriverne tanti, di biglietti. Ai miei genitori, a Betty...

***

Betty! Era la prima volta che pensavo a lei da... quando? Due giorni, anzi tre. Un'eternità, in un anno non mi era mai capitato. Da quando andai a casa del signor Worthington per dirgli che mi avevano richiamato. Era stata mia madre a insistere, sosteneva che queste notizie vanno date subito. Le avevo risposto che non ero mai stato a casa sua, che avrei dovuto chiedere un appuntamento, che l'avrei visto comunque la sera dopo, al campo, e lei mi disse di piantarla: sapevo dove abitava quindi niente storie, dovevo informarlo perché tre giorni più tardi sarei partito. Così presi la bici, erano le due del pomeriggio, una bella domenica di agosto. Solo un paio di miglia, ma allungai la strada per passare accanto a White Hart Lane. Chissà quando avrei rivisto la mia seconda casa, stadio e posto di lavoro insieme. E chissà quando avrebbe tolto il disturbo l'Arsenal. Giocava a casa nostra da quattro anni perché gli avevano requisito il campo fin dal '39 per sistemarci un posto di pronto soccorso e un presidio dell'antiaerea, poi gliel'avevano bombardato due volte. Solidarietà da tempo di guerra, ma non poteva esserci ospite più sgradito. Mentre appoggiavo la bici allo steccato del giardino, ripensai alla profanazione e tentai di consolarmi: non erano contenti nemmeno loro, anzi dovevano essere convinti che lo stadio portasse male perché non vincevano quasi niente da anni, loro che si sentivano sempre i migliori.

Suonai alla porta e mi apparve un angelo. Bruna con gli occhi azzurri, labbra così perfette che veniva voglia di toccarle per controllare se erano vere, all'inizio mi sembrò anche alta, invece era solo perché stava due gradini sopra di me, sulla soglia di casa. Farfugliai che dovevo aver sbagliato indirizzo, cercavo un certo Mister Worthington. Rispose che era suo padre e mi chiese chi doveva annunciare. "Roger Englin, gioco nel Tottenham." In realtà facevo ancora parte delle giovanili e quindi il mio allenatore era lui, però ogni tanto mi chiamavano in prima squadra per fare numero, salvo rispedirmi a casa quando arrivava un ospite, come chiamavano i professionisti che in quegli anni sbarcavano il lunario giocando con chi capitava dopo aver chiesto l'autorizzazione al club d'appartenenza. Mi ero presentato allo stadio una dozzina di volte, ma in campo c'ero andato solo quattro e le altre partite le avevo guardate dalle gradinate. Evitando la Tribuna Est: in alto ci avevano messo un obitorio per le vittime dei bombardamenti ed io preferivo tenermi a distanza anche dai gradoni vicini al campo.

Quando fu sulla porta, il signor Worthington mi squadrò dalla testa ai piedi come faceva prima delle partite per controllare se era tutto a posto, capelli pettinati, divisa stirata e scarpe lucide, nemmeno uno schizzo di fango secco sui bulloni - ricordati che indossi la maglia degli Spurs, mi diceva, ma con la faccia di uno che pensava "guarda un po' chi mi tocca mandare in campo" - e mi chiese che facevo lì nella giornata libera.

Fu il momento più imbarazzante della mia vita. Non ricordavo. Colpa dell'angelo, che era ancora lì, a fianco del padre. Mi fissavo la punta dei piedi frugando nel cervello e intanto, con la coda dell'occhio, provavo a catturare un'immagine da ricordare prima che sparisse. Devo dirle una cosa, signore…, balbettai. Allora fallo, rispose, e poi: "Meglio se sfondi nel calcio, non mi sembri adatto per studiare da avvocato." Sentii una risatina soffocata. Era l'angelo, ma sembrava che temesse di offendermi e smise subito. Suo padre ci presentò, lei è Betty lui è Roger, e m'invitò a entrare perché "se aspettiamo ancora un po' tanto vale che andiamo al campo per l'allenamento di domani sera."

Sua moglie fu gentile: mi fece sedere nel soggiorno, un salottino da famiglia né povera né ricca con una gran radio di legno che troneggiava su una mensola troppo stretta, in un angolo, e sembrava dovesse cadere da un momento all'altro, e un pianoforte verticale nero accanto alla finestra. Fu l'angelo, Betty, ad appoggiarmi la tazzina del tè davanti. "Latte, per favore", risposi. Di nuovo quella risatina fresca: no, mi aveva chiesto quanti cucchiaini di zucchero volevo. Povero Roger, intervenne il signor Worthington, oggi non è la sua giornata. Dunque, che volevo dirgli?

Ricordai, finalmente, e parlai senza prendere fiato, con la tazzina in mano. Esercito?, saltò su; non gli avevo nemmeno detto che mi ero arruolato. Avevo paura che non mi accettassero, mi giustificai: se fossero venuti a saperlo i compagni di squadra avrebbero riso di me per settimane. Poi tentai di ammorbidirlo aggiungendo che ero certo di farcela perché grazie a lui ero in forma e avrei superato tutti i test. Mentre parlavo, fissavo il suo braccio destro come quando ci chiamava intorno a sé, durante gli allenamenti. Non lo muoveva quasi, faceva tutto con la mano sinistra e quando raccoglieva i palloni per infilarli dentro il sacco ci metteva del tempo, però non voleva essere aiutato. Una volta avevo chiesto a Ritchie, il custode, e lui aveva risposto "Dunkirk": l'avevano ferito durante la ritirata dalla Francia ed era stato dichiarato inabile al servizio. Forse ci stava pensando e m'invidiava perché sarei stato utile alla causa, oppure aveva paura per me oppure, semplicemente, si stava chiedendo con chi mi avrebbe sostituito nella partita successiva. Walt? Possibile. Ma ero meglio io, questo lo sapeva bene quanto me. Betty chiese quanto sarei partito. Mi fece piacere. La guardai negli occhi e sperai di sembrarle un po' meno stordito di prima: comincio l'addestramento giovedì prossimo, signorina.

Non parlava più nessuno. La mamma di Betty chiese scusa, si alzò e corse in cucina. Il signor Worthington spiegò che pensava a Francis, l'altro figlio, che stava combattendo in Nordafrica. Poi scherzò: cerca di vincerla in fretta questa guerra, così l'Arsenal rimette in sesto quel brutto stadio che ha e ci libera dalla presenza dei suoi tifosi; sono stufo di vederli da queste parti. La battuta mi mise di buon umore: stufo, signore? Io non ne posso più. Già, ribatté: se fanno una colletta per pagarsi i lavori gli allungo una sterlina anch'io, qualunque cosa purché se ne vadano. Scoppiai a ridere, ma notai che Betty non sembrava divertirsi. L'atmosfera era strana, un po' tesa, allora dissi che dovevo tornare a casa. Ti accompagno alla porta, Englin, mi disse. Englin? Non mi aveva mai chiamato così. Sempre per nome oppure "ragazzo." Faceva così con tutti i giocatori della squadra. Forse intendeva farmi capire che per lui ero diventato un adulto.

Quando eravamo sulla porta ed era certo che nessuno potesse sentirci, mi piantò gli occhi in faccia: "Non me l'aspettavo: Mister Fair Play che diventa un imbroglione."

Arrossii senza capire: "Imbroglione...?"

"Ricordi la partita dell'anno scorso con i ragazzi del Crossbrook?" Sì che la ricordavo. E ricordavo che non sapeva se prendermi a calci o farmi i complimenti? Come no. E il motivo? Certo: ricordavo tutto. "L'ho ancora davanti agli occhi l'arbitro che ci dà un rigore sull'1-1 a cinque minuti dalla fine. E tu che corri per dirgli che sei caduto da solo. Niente rigore e tre minuti dopo hanno segnato loro. Più che prenderti a calci ti avrei strangolato, Roger."

"Negli spogliatoi disse che avevo fatto bene..."

"Dopo una passeggiata e una sigaretta, però. Mentre tu la decisione giusta l'hai presa subito. Per questo mi stupisce che adesso racconti delle balle."

"..."

"Cos'hai detto all'ufficio reclutamento?"

"Che volevo arruolarmi..."

"Non fare il finto tonto. Intendo l'età. Non prendono ragazzini di sedici anni."

"Ne ho sedici e mezzo!", protestai.

"Sono pochi lo stesso. Cosa gli hai detto?"

"Diciotto... Non è una vera bugia. Sono forte per la mia età. E quando toccherà a me potrei averne davvero diciotto..."

"Potresti... Non ti è passato per la testa che sei troppo giovane per quello che ti diranno di fare? Che se combinerai delle sciocchezze ci andranno di mezzo i tuoi compagni?" No che non ci avevo pensato, ma non volevo ammetterlo, così rimasi in silenzio, sperando che si calmasse da solo. "Che ne dice tua madre? Con lei avrai parlato, immagino."

"Questa mattina, quando è arrivato il telegramma..."

"Questa mattina? Vuoi dire che nessuno sapeva di questa storia fino ad oggi?"

"A parte il signor Davies...": l'altro capo che avevo a White Hart Lane, negli uffici trasformati in fabbrica di maschere antigas. Ci lavoravo da quando mio padre l'aveva lasciata per partire. Adesso era su una fregata da qualche parte nell'Atlantico, a caccia di U-Boot.

"Che c'entra Davies?"

"È il caporeparto, ho bisogno della sua autorizzazione. Gli ho chiesto di non dire niente a nessuno. È solo colpa mia."

Scosse la testa: "Uno di questi giorni farò due chiacchiere con Davies. E pensare che tra qualche mese avrebbero potuto offrirti un contratto da professionista..."

"Da imboscato, vuole dire."

"Sai benissimo che non è così. Molti si sono arruolati nel '39, prima che li richiamassero."

"... e gli altri hanno fatto di tutto per scansare il fronte."

"Se ti sei arruolato solo perché qualche volta ti hanno rubato il posto..."

"No! Voglio rendermi utile, fare il mio dovere. Come lei, signore." Non vedevo l'ora di andarmene ma ero abituato alle regole del campo, dov'era lui a decidere se e quando avrei potuto farlo.

"Spero che gli istruttori t'insegnino a correre, almeno. Io non ci sono mai riuscito. Vai forte ma butti via un sacco di energie perché sei scomposto. E a volte cadi da solo, come contro il Crossbrook. L'arbitro ti ha dato il rigore perché non ti conosce: io non l'avrei mai fatto", mi sfotteva come quando ci allenavamo, forse la tempesta era passata: "Cerca di tornare presto, capito? Ho bisogno del mio mediano, almeno fino a quando non ne trovo uno che sappia giocare a calcio."

Mi sembrò di vederlo accennare un sorriso, così ne approfittai per chiedergli quanti anni aveva Betty. "Sedici, come te", rispose; "Scusa: dimenticavo che ne hai sedici e mezzo..."

"Chissà quanti ragazzi le girano intorno, carina com'è."

Questa non se l'aspettava. Cambiò faccia ma sembrava sorpreso, più che irritato. Englin che osa fargli una domanda del genere? Ero pronto a incassare un "non sono affari tuoi", invece... "Perché non lo chiedi a lei? Betty, vieni qua."

Mi venne un colpo, balbettai: "Si sta facendo tardi... È meglio che..."

"Se hai paura di lei come fai a batterti con i Crauti?" Eccola di nuovo, l'angelo, con l'aria interrogativa. "Sono preoccupato per il mio giocatore. La prossima settimana gli spiegheranno come usare un fucile, ma oggi non riuscirebbe nemmeno a trovare la strada di casa. Mi faresti il favore di accompagnarlo?"

"Io? Posso uscire da sola?"

"Non sei sola, all'andata c'è Roger. Tranquilla: è un bravo ragazzo. Però torna in fretta, dopo."

Ero così frastornato che le chiesi se aveva una bicicletta anche lei, così avremmo fatto prima. Il signor Worthington mi guardò malissimo e disse che le gomme della sua bici erano a terra, che non aveva voglia di gonfiarle e che dunque potevamo andare solo a piedi. A meno che, aggiunse, non volessi gonfiarle io. Capii che se mi fossi offerto di farlo mi avrebbe messo fuori squadra per sempre, così lo salutai. La passeggiata più bella della mia vita. E la più breve, anche se mi sforzavo di andare piano con la scusa che non ero abituato a camminare tenendo la bici. Parlai a ruota libera, cominciando dalla scuola. Che non mi era mai piaciuta, al punto che fui felice di trovarla chiusa quando, alla fine del '39, tornai a Londra dopo tre mesi nella fattoria dove mamma e papà mi avevano spedito per mettermi al sicuro dalle bombe che sarebbero arrivate molto più tardi. La guerra sembrava una lunghissima vacanza da passare giocando a calcio e guardando le vetrine di Hamleys in Regent Street. Poi mio padre decise di partire - non era obbligato a farlo, feci notare a Betty, perché la fabbrica dove lavorava produce materiale per l'esercito - ed io lo rimpiazzai. Dieci ore al giorno e, ogni tanto, turni di venti consecutive; poco tempo per il pallone, però si guadagnava bene. Di quei soldi avevamo bisogno ed io ero l'unico della famiglia a poter lavorare perché la mamma doveva occuparsi delle mie sorelline.

Le parlai del 1940, del Blitz, dimenticando che quelle vicende le aveva vissute anche Betty. Notti trascorse all'interno del rifugio di lamiera seminterrato nel giardino, provando a ignorare il rombo degli aerei, il frastuono della contraerea, le esplosioni vicine; la bomba che centrò il sotterraneo di Downhills Park, uccidendo centinaia di persone, e molte le conoscevamo entrambi; i crateri profondi come voragini, le porte i e muri crivellati di schegge di shrapnel. Però la feci ridere raccontandole della mattina in cui Kate, la mia sorellina più piccola, notò i vicini che si guardavano in giardino con l'aria smarrita: "Guardate! La famiglia Bianchi e

Neri." Il signor Parks era coperto di farina da capo a piedi: lo stabilimento per la molitura dove lavorava era stato colpito da una bomba durante il suo turno, la notte precedente. Nel frattempo la moglie e il figlio si erano rifugiati in cantina, accanto al deposito del carbone, e ne erano usciti che sembravano due spazzacamini. Quando sentì lo strillo di Kate, mia madre le diede un pizzicotto per farla tacere, ma si misero a ridere anche loro, i vicini. Pace fatta grazie alla guerra: la signora Parks mi teneva il muso da quando avevo centrato la sua gatta con una pallonata, mesi prima, e da allora - giurava - Kitty non era più stata la stessa.

Un'altra storia che piacque a Betty fu quella della tenda. Mio padre era tornato a casa per una licenza e volevamo festeggiare, disposti a tirare la cinghia per una settimana pur di passare una serata in centro insieme. Cena per tre, le sorelle erano rimaste a casa con la nonna, e poi cinema, al sicuro perché nel '42 i bombardamenti erano finiti: per sempre, ci illudevamo. Si parlava da mesi del film americano che proiettavano all'Empire di Leicester Square, quattro ore di avventure e di amori ambientati negli Stati Uniti dell'Ottocento, per di più a colori, una novità chiamata Technicolor. La mamma non stava nella pelle: anche noi avremmo visto "Via col vento." Al cinema versò qualche lacrima come quasi tutte le donne sedute in platea, ma all'uscita dimenticò Clark Gable e Vivien Leigh, o almeno ci provò, per tornare a calarsi nel ruolo della casalinga alle prese con il razionamento, lettrice attenta degli opuscoli governativi con i consigli sulla dieta e la moda di guerra. "Potrei fare come Rossella", pensò ad alta voce.

"Che vuoi dire?", chiese papà.

"Trasformare una tenda in vestito."

Mio padre ed io ci guardammo: chi dei due le avrebbe ricordato che la sola tenda intera rimasta in casa era buona al massimo per farne degli stracci? La mamma era ancora ipnotizzata dalla magia del cinema, pensai, ma tornò rapidamente in sé e cambiò discorso, ispirandosi al documentario che aveva preceduto il film: un inno del Ministero dell'Agricoltura alle virtù nutritive della patata, onnipresente cibo di guerra.

Quando riuscì a fare breccia nel mio muro di chiacchiere, Betty disse che aveva nostalgia della scuola, contrariamente a me. Per questo, ma non solo, aveva tempestato i genitori di appelli dalla casa dove l'avevano spedita per metterla al sicuro dai bombardamenti. Era partita poco dopo di me e non aveva avuto fortuna. La padrona non si accontentava di incassare il sussidio settimanale che spettava alle famiglie d'accoglienza. Le faceva perdere giornate intere di lezioni per metterla al lavoro come una schiava: bucato, cucina, i bambini da accudire. Dopo due mesi di lettere disperate suo padre era andato a prenderla e l'aveva riportata a Londra, dove l'aveva iscritta al Programma d'istruzione domestica, un surrogato della scuola affidato a insegnanti in pensione o rimasti in città mentre i colleghi partivano per i luoghi di destinazione dei ragazzi evacuati. I corsi si tenevano quando le circostanze lo permettevano, presso case private o in qualunque altro locale disponibile.

Fu grazie all'istruzione domestica che Betty imparò a suonare. La signora Walters aveva perso il pianoforte durante il Blitz, distrutto con tutto il resto. Ora lavorava in una fabbrica di uniformi e nel tempo libero insegnava francese, la sua occupazione principale prima della guerra. Una sera, accompagnando Betty a casa dopo due ore di scuola in un magazzino arredato con qualche tavolo e una decina di sedie sgangherate, vide il pianoforte del soggiorno. Da allora era tornata tutte le settimane, un po' per tenersi in esercizio e un po' per insegnare. Il sabato: per questo, aggiunse Betty, non l'avevo mai vista alle nostre partite. Pensai che in realtà non le piacesse il calcio e non volesse dirmelo. E mi stupì che disobbedisse a suo padre, cosa che io non avevo mai osato fare in due anni. Invece di tornare indietro si fermò per mezzora sul marciapiedi, davanti a casa. Forse avrei dovuto invitarla a entrare per presentarle la mamma, ma così non sarebbe stata più tutta per me. Stavo per partire, volevo godermi in pace quei momenti. Quando mi ricordavo di lasciarle dire qualcosa, la guardavo e pensavo: non mi ha mai regalato niente, il signor Worthington; dopo la partita migliore della mia vita si è limitato a ringhiare "visto che se ti alleni come si deve, riesci a combinare qualcosa pure tu?" Ma questa volta... Meglio di un abbonamento in tribuna per la stagione. Al ritorno avrei dovuto ringraziarlo e sperare che l'avrebbe lasciata uscire con me anche in circostanze normali.

Quando disse che doveva proprio andare le prestai la bici: a me non sarebbe servita per un bel po', sarebbe passata a recuperarla mia madre. Finsi di dimenticare la maglia degli Spurs che avevo a casa, lavata e stirata. Avrei dovuto dargliela perché la consegnasse a suo padre, ma non mi andava. L'avrei portata con me, decisi. "Posso scriverti?", chiesi, e lei, senza esitare: "Certo." Mi fermai in mezzo alla strada per guardarla mentre si allontanava, finché arrivò all'incrocio e sparì dietro la casa dei Parks. Non mi mossi, speravo che tornasse perché aveva dimenticato di dirmi qualcosa. Cinque minuti, forse dieci. Poi feci i pochi passi che mi separavano da casa e pensai che la mia vita era cambiata nel giro di tre ore: prima l'esercito poi Betty. E siccome l'avevo incontrata grazie al telegramma, non dovevo lamentarmi se sarei partito senza rivederla.

Le scrissi tre settimane più tardi per raccontarle della mia nuova vita a Fulford, dove mi avevano spedito per l'addestramento. Le vaccinazioni, le corse, le marce, le istruzioni sull'uso dell'Enfield e del Bren. La prima punizione, somministrata da un sergente che doveva aver udito il mio commento sulla sua pancia e, dopo una marcia di dieci miglia, mi obbligò a fare due giri di corsa intorno al campo di calcio con lo zaino in spalla. "Avevo detto due!", urlò dopo che avevo completato il terzo. Mi misi sull'attenti a due passi da lui per fargli notare che non avevo nemmeno il fiatone: "Spiacente signore, avevo capito male." Da allora mi lasciò in pace, anzi non mi rivolse più la parola. Qualche giorno dopo fui convocato nell'ufficio del comandante. Pensai a una nuova punizione: seria, questa volta. Ma fu gentile, mi chiese che ne pensavo dell'esercito e come vedevo il futuro. "Mi annoio un po' signore", risposi senza pensare, come mi capitava spesso. "Che possiamo fare per rendere più interessanti le tue giornate?" "Trasferirmi nell'Aviotrasportata, signore." Mi ero informato: l'addestramento era duro, ma ero certo di farcela e sapevo che i paracadutisti guadagnavano una sterlina, uno scellino e sei pence la settimana, il triplo di quello che prendevo nel King's Royal Rifle Corps. "Nella vita bisogna essere ambiziosi", sentenziò il comandante, e mi congedò. Interpretai il sorriso come una promessa e lo scrissi a Betty, sperando di impressionarla: il suo amico Roger stava per entrare nell'élite dell'esercito.

Mi rispose quasi subito, ma sui Paracadutisti non fece commenti. Era preoccupata per me? Si dilungò sull'incontro tra sua madre e la mia, invece. Si conoscevano appena, ma quando la mamma passò da casa loro per ritirare la bici sembravano amiche di vecchia data. Conversarono a lungo e, per celebrare l'incontro, si scambiarono le ricette copiate o inventate di sana pianta per illudere i familiari che non stavano mangiando le solite patate.

Quando le scrissi di nuovo, non potei nascondere la mia delusione. Terminato il mese e mezzo di addestramento, invece dei Paracadutisti mi era toccato il trasferimento nell'East Surrey Regiment, prima a Malton e poi a Uckfield. Soggiorni deprimenti in baracche con latrine luride, dov'erano quasi tutti troppo magri o troppo grassi. Marce che sembravano passeggiate, forse perché quelli in forma come me erano il dieci per cento al massimo. Quando sarebbe finito quell'incubo?

Betty era contenta, invece. L'avevano accettata nelle

Ausiliarie della RAF e mi ringraziò perché, se non fosse stato per me, sarebbe stato impossibile convincere suo padre: "Se Roger è in fanteria, perché io non posso fare un lavoro molto meno pericoloso?" Ero felice per lei e glielo scrissi. Lo ero meno per me stesso. Al campo si parlava di una licenza ed io mi vedevo già, in uniforme, suonare alla porta dei Worthington: impossibile, pensai, che suo padre mi negasse un'ora o due con lei. Quando arrivai a Londra, era partita e dovetti accontentarmi di fare due chiacchiere con i suoi genitori. Si erano arruolati tre dei miei compagni e il signor Worthington non riusciva più a mettere insieme una squadra. Sua moglie sembrava più tranquilla di quando l'avevo conosciuta qualche mese prima: Francis era stato colpito da una scheggia e ci aveva rimesso tre dita di un piede, ma l'avevano trasferito lontano dal fronte e almeno aveva salvato la pelle.

Dieci giorni più tardi, quando uscii dall'ufficio del maggiore, invece di preparare i bagagli scrissi a Betty. Trasferimento approvato! Avevo bisogno di condividere subito la mia gioia con qualcuno e potevo farlo solo con lei. Mia madre non sapeva nemmeno che avevo chiesto di passare nell'Aviotrasportata. Le avrei comunicato la notizia di persona, alla prima licenza.

A Betty piaceva l'incarico che le avevano assegnato: operatrice in una stazione radar perché la sua voce, le spiegarono, aveva un timbro perfetto per le trasmissioni. Non ero il più indicato per giudicare. L'unica volta che l'avevo sentita, la sua voce mi sembrava venire direttamente dal Paradiso. Promise che sarebbe venuta a vedere la mia prima partita dopo la guerra perché, a forza di ingannare il tempo tra un turno e l'altro guardando un gruppo di ragazzini giocare nel campetto accanto alla base, il calcio cominciava a piacerle.

Le raccontai l'addestramento, ma senza nominare i luoghi. Informazioni riservate, ci avevano ammoniti. La prima tappa fu Harwick Hall per la selezione preliminare: marce e corse con lo zaino pieno, percorsi di guerra con scalate e valico di fiumi, fossati e reticolati, salti dal retro di camion in movimento, esercitazioni di tiro e di combattimento a mani nude, addominali e pesi, corsa campestre e boxe. A chi non ce la faceva consegnavano un ordine con la sigla RTU, Return To Unit, Ritorno all'Unità di provenienza perché inadatto all'Aviotrasportata. Ne vidi partire una dozzina.

Poi ci trasferimmo a Ringway per le simulazioni di lancio. Una settimana di salti attraverso la botola di una passerella di legno, tuffi da uno scivolo e capriole per imparare ad attutire l'impatto, esercizi appesi al soffitto di un hangar con tiranti simili a quelli del paracadute. La seconda settimana si cominciò a fare sul serio, a partire dal test più odiato: il salto dal fondo della cesta assicurata al cavo di un pallone di sbarramento, a settecento piedi di altezza. Ci sedevamo sul bordo della botola e ci lasciavamo cadere per centoventi piedi prima che il paracadute si aprisse mentre l'istruttore, da terra, urlava le indicazioni nel megafono. Dopo due tuffi così, l'aereo fu quasi un sollievo: la corrente d'aria che ci proiettava indietro era meglio della sensazione di precipitare verticalmente come sassi, nonostante la botta e i lividi del primo atterraggio. Sei lanci, poi ci consegnarono l'emblema di stoffa con il paracadute alato da cucire sulla manica destra dell'uniforme. Eravamo dei paracadutisti veri e non avevamo più il diritto di tirarci indietro: da allora in poi chi avesse rifiutato di saltare sarebbe stato condannato a ottantaquattro giorni di reclusione.

Prima di assegnarmi la destinazione chiesero se avevo delle preferenze. Risposi che mi sarebbe piaciuto rimanere con Ted Withe perché avevamo fatto tutto l'addestramento insieme e fummo assegnati entrambi al Nono Battaglione. La caserma di Bulford era la migliore dove avessi mai alloggiato: bagni veri, cibo in abbondanza. Ma l'addestramento era ancora più duro, con marce di cinquanta miglia due-tre volte la settimana, spesso sotto la pioggia. Un giorno ci spostarono a West

Woodhay, dove trovammo la riproduzione della Batteria. Era chiaro che il momento della verità si avvicinava. Non potevo scriverlo a Betty ma la sua ultima lettera, a due settimane dalla missione, fu una conferma. Volle farmi capire che saremmo entrati in azione presto, pensai. Forse aveva udito qualcosa, scambi di messaggi via radio oppure il traffico aereo più intenso del solito.

***

Mentre ero seduto su quella poltrona in attesa di ordini, mi chiesi dove fosse in quel momento. Era a lei che dovevo pensare, così avrei avuto un punto di riferimento, un obiettivo. Non c'erano dubbi su ciò che avrei fatto una volta tornato. Un salto a casa per salutare i miei, poi subito dai Worthington. Dove suo padre, forse, mi avrebbe costretto a fare il primo allenamento sul posto, in giardino.

Piano con i programmi. Meglio dire *se* fossi tornato a casa. Ero ancora lì, ma poche ore dopo… Bisognava occupare il villaggio, tenere la posizione e chissà cos'altro sarebbe accaduto dopo. Era lontana, Betty. Nello spazio e soprattutto nel tempo. Ogni giorno un mattone, come costruire una casa. Però i muratori ogni tanto si riposano. Invece io non potevo. Eppure mi sarebbe bastato un minuto, uno solo. Gli occhi chiusi, senza dormire, solo per stare un momento al buio. Che c'era di male? Se il comandante mi avesse visto, ma stava parlando con l'ufficiale dei commando ed io ero al riparo dietro lo schienale della poltrona, gli avrei detto che mi bruciavano gli occhi e sarei scattato in piedi. E poi perché avrei dovuto vergognarmi? Me l'ero cavata, no? Alla batteria, nel villaggio, nel parco. L'avevano visto tutti che potevano fidarsi. Che poteva succedere se avessi chiuso gli occhi per un attimo?

Purtroppo lo feci davvero e, quando li riaprii, davanti avevo il comandante. Era furioso, mi disse che ero un irresponsabile e che se non avesse avuto bisogno di tutti mi avrebbe spedito davanti alla Corte Marziale. Più tardi Beltman mi spiegò che non diceva sul serio, voleva solo scuotermi.

Furono gli ultimi venti minuti di sonno per due giorni. Qualche settimana dopo mi promossero sergente sul campo: ero riuscito a farmi perdonare.

23. 4 GIUGNO 2014, ORE 13:50

Nulla da eccepire sulla qualità delle cozze, ma mezzora per il servizio e dieci minuti per pagare il conto sono troppi. Quando Cédric rientra in hotel, la sala è quasi piena. Brusio diffuso, conoscenti che si salutano, veterani delle aste, collezionisti o commercianti che si scambiano impressioni indicandosi le immagini sul catalogo. Il banditore è dietro il microfono spento, uno dei telefonisti si alza e lo raggiunge per passargli un foglio: mandato d'acquisto dell'ultimo momento?

Cédric avanza lungo lo spazio centrale alla ricerca di un posto libero. Eccoli. Non che si fosse illuso, ma vederli lo innervosisce. A metà sala, settore di destra. La paletta è sulle ginocchia del cinquantenne, l'altro tiene la mano sinistra appoggiata sul bastone e guarda avanti, apparentemente senza curarsi di ciò che accade intorno. Si gira proprio nel momento in cui Cédric, che lo sta osservando, gli passa accanto abbozzando un sorriso. L'anziano fa un cenno con la testa e attira l'attenzione dell'accompagnatore. Pare siano infastiditi dalla sua presenza quanto lui lo è dalla loro. Cédric torna sui propri passi e occupa una poltroncina due file più indietro, nel blocco di sinistra, accanto al corridoio centrale, da dove potrà tenerli d'occhio.

Benché internet l'abbia messo in guardia, la rapidità delle aggiudicazioni lo coglie di sorpresa. Questione di riflessi, non solo di soldi. I lotti si susseguono a rotta di collo, scanditi dai gesti e dagli annunci del banditore che sembra un poliziotto alle prese con il traffico dell'ora di punta, dalle palette che spuntano sopra le teste come proiettate da una molla, dai sussurri frenetici dei centralinisti in linea con i clienti, dal via vai dei commessi che percorrono la sala distribuendo i documenti d'acquisto ai compratori o ai loro rappresentanti seduti dietro il tavolo. Cédric cronometra mentalmente alcune delle sfide: ce ne sono che non superano i venti secondi e, quando mancano le offerte, ne bastano dieci per passare al lotto seguente. La battaglia per il 111 è la più lunga, due minuti che portano il prezzo a 120.000 euro e sembrano avere un effetto sul pubblico: molti escono dalla sala dopo l'aggiudicazione, apparentemente la più attesa della giornata. Il 112 e il 113 rimangono invenduti, per il 114 sono sufficienti tre rilanci. Il cuore di Cédric pulsa più in fretta mentre il banditore dà una descrizione telegrafica del 115 e ne fissa la cifra di partenza a 1.700 euro, specificando che si tratta di un'offerta ricevuta per iscritto prima dell'asta.

L'altoparlante diffonde il primo rilancio, 1.800 euro, proveniente da una telefonista.

Gli inglesi reagiscono: "1.900!", scandisce il banditore indicando il cinquantenne.

Cédric alza la paletta, "2.000!"; la conferma è accompagnata da un avviso: da questo momento si procede con offerte di 200 euro.

"2.200!", ancora loro; seguono un paio di secondi di silenzio. "2.200. Nessuno offre di più?." La telefonista fa un cenno di diniego all'indirizzo del pulpito e richiude il portatile.

Cédric torna alla carica: "2.400!"

Ormai è una questione tra lui e gli inglesi, che si consultano e rilanciano: "2.600!"

Questa non ci voleva. Continuare significa sfondare il tetto di spesa, ma lasciar perdere per 100 euro... Ultimo assalto: se non basta, Cédric uscirà e cercherà la filiale locale della banca per rimettere i soldi sul conto: "2.800!" È tentato di distogliere lo sguardo come fece davanti alla tv prima dell'ultimo rigore di Liverpool-Milan, finale della Champions League 2005, ma l'ansia non glielo permette. Così spia i rivali per provare ad anticiparne la reazione, decimi di secondo che sembrano ore, finché il vecchio abbassa la testa.

"2.800. Va bene così? Anche per i signori a centro sala? Uno... due... tre... aggiudicato!"

Cédric si abbandona allo schienale della poltroncina: ce l'ha fatta, ha vinto. Ammesso che si possa definirla una vittoria. Tremilaottocento euro. Con Sylvie c'è, o meglio c'era, un accordo: condividere le finanze familiari, consultarsi prima delle spese importanti. Patto che non era mai stato violato, fino ad oggi.

Un commesso trafelato gli si para davanti porgendogli la ricevuta. Mentre se l'infila nella tasca della giacca, Cédric scorge gli inglesi abbandonare i loro posti e avviarsi all'uscita. L'anziano ha un'espressione torva, rifiuta il braccio dell'altro e non presta attenzione a quanto gli dice. Cédric si alza per seguirli e li raggiunge sul corridoio appena dopo che un commesso gli ha chiuso la pesante porta imbottita alle spalle: "Buongiorno. Ho visto che tenevate a quell'orologio. Mi dispiace, ma per me era importante."

A fare da portavoce è il cinquantenne: "Non si preoccupi. Ci eravamo dati un limite, non potevamo superarlo."

In compenso l'hanno fatto superare a lui: "Collezionisti?"

"No... Ci interessava solo quell'orologio. Anzi, interessava a mio zio." Il vecchio si limita a un cenno del capo.

Cédric tenta di coinvolgerlo: "Ci siamo visti anche ieri. A Caen, per la presentazione del libro di Wilkins. Gli facevo da interprete. E sono il traduttore dell'edizione francese ".

"Temo che non potrò leggerla", la voce è roca, da fumatore

o ex fumatore incallito; "Conosco solo l'inglese..."

"Ho visto che vi conoscevate, lei e Wilkins."

"In realtà no", interviene il nipote; "Siamo venuti da Londra per l'asta, ma quando lo zio ha saputo della presentazione è voluto andarci. Alla fine si è presentato e Wilkins si è commosso: diceva che se è venuto al mondo lo deve anche a lui."

"In che senso?"

"Il nonno faceva parte del contingente che sbarcò a Sword Beach..."

"Lo so, ho tradotto il libro. Ma... suo zio?"

"Era con i paracadutisti che hanno attaccato una batteria qui vicina, durante la notte."

"Merville?"

"Proprio così. Se quei cannoni avessero potuto sparare, forse il nonno di Wilkins non ne sarebbe uscito vivo."

"Abbiamo fatto il nostro dovere", taglia corto il vecchio; "E lui pure."

"Può darsi, zio. Però credo che avrebbe voluto abbracciarti: non l'ha fatto perché temeva che non avresti gradito o che gli avresti rifilato una bastonata..."; la battuta si spegne nell'indifferenza dell'altro.

"Perché non ci sediamo qualche minuto?", insiste Cédric. "Vorrei offrirvi qualcosa da bere. Per farmi perdonare la faccenda dell'orologio... e per spiegarvi perché ci tenevo. Se avete tempo, naturalmente."

"Non saprei... Che ne dici, zio?"

"D'accordo. Grazie." Gli occhi dell'anziano sono chiarissimi, Cédric se ne accorge solo ora che li vede aperti e intenti, macchie celesti che emergono dal pozzo scuro delle orbite. Finalmente uno sguardo diretto, per il sorriso si vedrà.

Il bar, annunciato dalla porta vetrata in fondo alla mastodontica hall, è quasi vuoto. I clienti sono due, in piedi davanti al banco, e sorseggiano un caffè conversando con il barman; forse compratori che attendono la fine dell'asta per ritirare i loro acquisti. Cédric guida i suoi ospiti in fondo al locale, accanto a una delle finestre che si affacciano sul giardino interno. L'anziano appoggia il bastone al bracciolo della sua poltroncina, il nipote gli siede accanto e sorride a Cédric: "Non ci siamo presentati. Sono Jeremy Englin e lo zio si chiama Roger. Englin anche lui."

"Cédric Roussel. Forse il cognome vi dice qualcosa. È sul certificato di donazione dell'orologio. Ma può darsi che non..."

"L'abbiamo visto", conferma Jeremy, "però non ricordavo come si chiamava..."

"Jean-Jacques Roussel. Era mio nonno."

"Suo nonno?", ripete Roger, che nel sollevare il busto urta il bastone con il gomito, facendolo scivolare con un tonfo sulla moquette. Jeremy fa per alzarsi e raccoglierlo, ma un gesto sbrigativo dello zio lo blocca.

"Esatto... Vado a ordinare. Cosa desiderate?"

"Una birra per me e un tè per lo zio. Con il latte."

"Stava parlando di suo nonno...", riprende Roger quando Cédric è di ritorno.

"Per questo tenevo all'orologio. È un ricordo di famiglia. Dal nonno passò a mio padre, che lo cedette al suo principale perché era malato e aveva bisogno di soldi. Ora gli eredi l'hanno messo in vendita."

"Sulla donazione c'è scritto che suo nonno ha aiutato gli Alleati durante la battaglia di Normandia": ora nello sguardo di Roger si legge una curiosità genuina.

"Proprio così. Era con le FFI, le Forces Françaises de l'Interieur. La Resistenza, insomma. Abitava a Caen e passava informazioni sulle posizioni dei tedeschi nella zona. È morto prima che io nascessi."

"Peccato. Avrebbe conosciuto un eroe. Lo sa che facevano i Crauti ai partigiani, vero?" Jeremy ha un sussulto e, visibilmente imbarazzato, segue con lo sguardo il barman che sta tornando al suo posto dopo aver appoggiato la teiera, la tazza e i bicchieri sul tavolino. "Stai tranquillo", continua lo zio; "Non è detto che capisca l'inglese."

"Sì, ma cerca almeno di evitare quella parola..."

"Crauti? Era così che li chiamavamo. Che vuoi che succeda se mi sentono? Al massimo si metteranno a ridere e penseranno che sono un vecchio rimbambito, ma non credo che mi sbatteranno in galera. Se non ti va, tappati le orecchie. Ho quasi novant'anni: non dovrai sopportarmi a lungo."

Jeremy si stringe nelle spalle come per scusarsi e Cédric prova a sdrammatizzare: "Non lo racconterò a nessuno, promesso..."

Roger li ignora entrambi: "Quando li prendevano li torturavano, prima di ammazzarli. Invece a noi sparavano subito: in questo eravamo dei privilegiati. Mi sarebbe piaciuto incontrare suo nonno, stringergli la mano. Sarebbe stato un onore... Così l'ha riportato a casa. L'orologio, voglio dire." Curioso: le stesse parole di Levasseur.

"Per puro caso. Il venditore ha scoperto chi sono e pensava che l'orologio m'interessasse perché conoscevo la storia, così mi ha invitato nel suo studio. Invece non sapevo nulla."

"Davvero?"

"Non riesco a spiegarmelo neppure io. Ho perso mio padre quando ero piccolo, ma mia madre non me ne ha mai parlato. Glielo chiederò appena torno a Nizza... Intanto può darmi un'informazione lei, forse. Quel Roach doveva essere un paracadutista, altrimenti non avrebbe fatto incidere lo stemma sul fondo. Mi piacerebbe sapere..."

"Piacerebbe anche a me."

"Quindi non sa chi era."

"So solo chi *non* era."

"Non capisco..."

"Mai visto né sentito nominare, d'altra parte non potevo conoscere tutti i paracadutisti della Divisione. Però il proprietario dell'orologio lo ricordo bene. Quando ho visto la foto..."

"Gliel'ho mostrata io", salta su Jeremy, vispo e di buon

umore nonostante il rimbrotto di qualche attimo prima; "L'ho trovata sul catalogo online dell'asta mentre cercavo qualcosa sull'Aviotrasportata: sa, mio zio racconta poco, così devo arrangiarmi... L'ho salvata perché c'era lo stemma della Divisione e qualche sera dopo, quando è venuto a cena da noi, ha riconosciuto subito..."

"Non era difficile", puntualizza secco Roger, e a Cédric il tono ricorda la battuta - "Certo che sono sicuro!" - captata prima dell'asta; "C'è il nome, oltre allo stemma."

"Un amico?"

"Non esattamente. Pete Kadwell, capitano del Nono Battaglione. Ero nel suo plotone e Jane era sua moglie."

Una ragazza con i capelli rossi e il volto punteggiato dalle lentiggini? Cédric è tentato di chiederlo ma cambia idea, dissuaso dal sospetto di conoscere la risposta: "E quel Roach...?"

"Cosa?"

"Visto che non c'entra,... lei pensa... non so... che potrebbe averlo rubato...?"

"Rubato? Un ladro non dona la refurtiva, le pare?"

"Già... Ma allora come...?"

"Speravo lo sapesse lei perché l'orologio è finito a suo nonno. Invece no. Pare che non saprò mai cos'è successo...".

Jeremy gli appoggia una mano sul braccio: "Vuoi che andiamo, zio?"

"Tornare in albergo non serve. Se l'avessi comprato io, l'avrei regalato al Museo dell'Aviotrasportata di Duxford, in modo che l'esponessero con il nome del capitano. Un omaggio alla sua memoria, ormai non posso più farmi perdonare da Jane... Ma va bene così. Chi meglio del nipote di un partigiano? Credo che sarebbe d'accordo anche lui."

La pausa dura abbastanza perché Cédric si renda conto di avere un'occasione irripetibile: "Il capitano... Come si chiamava...?"

"Kadwell."

"Adesso che ho comprato l'orologio... Mi piacerebbe sapere che tipo era."

"Generoso, leale, uno di cui ci si poteva fidare a occhi chiusi. E un po' gradasso, spaccone. Una volta me lo disse in francese, la lingua di sua madre. Non ricordo la parola, ma la conoscerà, visto che è francese pure lei."

"... Guascone?"

"Proprio così. Bastava sentirlo parlare un minuto per capire che tipo era, anzi bastava guardarlo in faccia. Le mostrerei una foto, ma non l'ho qui."

"Ci penso io", nuova incursione di Jeremy; "Le trasmetto una scansione via mail, se le interessa." Ha l'aria di una brava persona; e paziente, visto il carattere dello zio.

"Certo, mi farebbe piacere"; ora che l'atmosfera è cordiale Cédric si sente autorizzato a osare: "Sa, io... Sono un insegnante di storia, oltre che il traduttore del libro. Non mi era mai capitato... Non avevo mai incontrato uno che c'era... Cioè, francesi sì ma inglesi no. Insomma, mi piacerebbe ascoltare una testimonianza come la sua. In un certo senso mi risarcirebbe del fatto che non ho mai potuto parlare con mio nonno..."

Benché arruffata, o forse per questo, la preghiera sembra aprirsi un varco: "Che vuole sapere?"

"Non so, quello che ricorda..."

"Quello che ricordo?", nella replica c'è una sfumatura benevola, da nonno intenerito per il candore del nipote; "Temo sia più facile ricordare che dimenticare. Io sono ancora su quell'aereo: tutte le sere prima di addormentarmi o quando mi sveglio all'una chiedendomi perché sono disteso su un letto. Dovrei stare seduto, pronto a scattare dietro il capitano appena arriva il segnale. Invece guardo il soffitto e ci metto un po' per capire che nessuno mi urlerà di fare presto, che non ho più la forza per trascinarmi dietro cento libbre di equipaggiamento, che non rischio di bruciare vivo o di essere fatto a pezzi dalla contraerea, che non sarò un bersaglio facile appena il paracadute si aprirà. Devo semplicemente andare in bagno o prendere il bicchiere sul comodino per bere un sorso d'acqua. Sono solo, gli altri se ne sono andati. Ma dentro di me ci sono ancora. Tutti."

Che c'è oltre la finestra, in giardino? Inutile girarsi: ciò che sta fissando Roger non risponde a domande come "chi?" o "dove?", ma dev'essere abbastanza nitido da relegare sullo sfondo il resto, in primo luogo il nipote, voluminoso monumento al bevitore di birra, boccale in mano a mezz'aria, gomito appoggiato sul bracciolo della poltrona, pietrificato dallo stupore. Non deve aver mai sentito suo zio parlare in quel modo.

"Dovevamo mettere fuori uso i cannoni puntati verso la spiaggia. Merville: il nome ce l'avevano detto poche ore prima, ma l'avevo già dimenticato. Non riuscivo a concentrarmi perché il capitano faceva di tutto per attaccare discorso. Mi prendeva in giro sulla sua festa, sugli Spurs..."

"Spurs?"

"Tottenham Hotspur. È una squadra di calcio."

"Lo so", ribatte Cédric: nemmeno un veterano di guerra è autorizzato a dubitare delle sue conoscenze in materia; "Ma... che c'entra?"

"Ci giocavo prima di arruolarmi. Nelle giovanili e qualche volta in prima squadra. Il capitano mi punzecchiava perché era tifoso del Liverpool."

Liverpool?! Questa poi... "E la festa?"

"Il suo compleanno."

"Cioè... È nato il 6 giugno?"

"Del 1920. Bel modo di celebrare, vero?"

Mezzo secolo: quel Kadwell è nato esattamente cinquant'anni prima di Cédric. E ottantasei prima di Théo. Tifoso del Liverpool, per di più. Comincia a piacergli: "E... com'è andata?"

"Se mi lascia parlare glielo dico", nella replica è implicita una domanda: perché continuare a interromperlo dopo avergli chiesto di raccontare? Il professor Roussel prende atto e ammutolisce. In cattedra c'è la Storia, non un insegnante qualunque.

"Tenevo lo sguardo fisso nella penombra per catturare quei bagliori minuscoli..."

24. 4 GIUGNO 2014, ORE 17:39

"*... fui promosso sergente sul campo. Ero riuscito a farmi perdonare.* Sono un po' stanco, Jeremy. Forse è meglio che andiamo."

Come sarebbe? Parla di una ragazzina per un quarto d'ora e liquida la battaglia di Normandia in due battute? Cédric si sente in diritto di rompere il silenzio: "E l'orologio?"

Roger impiega qualche istante per rendersi conto che è stato lui, non Cédric, a cambiare discorso, e per dare una risposta che gli pesa: "Ho eseguito gli ordini, anche se l'avevo perso. Sarei voluto andare da Jane subito dopo il rientro in Inghilterra, in settembre, ma non rispose alle mie lettere. Poi seppi che era a Londra con il Corpo delle Volontarie. L'avevano trasferita quando cominciarono a piovere in città le V1: bisognava assistere i feriti, trovare un alloggio ai superstiti, evacuare le zone a rischio. Trovai la sua risposta in caserma quando tornai dalla Germania, nel 1945, e andai a Liverpool. Mi presentai in abiti borghesi perché temevo che odiasse le uniformi, dopo ciò che era accaduto, invece portava la camicia e la gonna verde delle Volontarie. E sapeva tutto di me, del calcio, della mia famiglia. Non avrei mai immaginato che il capitano spendesse qualche minuto per parlarle o scriverle del soldato più giovane del plotone, né tanto meno che lei se ne sarebbe ricordata così a lungo. Sapeva anche della dedica sull'orologio e trovava logico che l'avesse affidato a me: che altro avrebbe dovuto fare? Non era colpa mia se l'avevo perso, e poi i ricordi più importanti erano quelli che aveva dentro. Non solo ricordi, aggiunse: suo marito c'era ancora, le parlava tutti i giorni e lei lo sentiva. Mi fece pena. Il dolore doveva essere stato così insopportabile che... non so, forse aveva un po' perso la ragione. Però la invidiai perché io non ero riuscito a tenerla con me. Ogni mese che passava mi portava via qualcosa: lo sguardo, i capelli, il sorriso, la voce, perfino la calligrafia..."

Di che sta parlando? Cédric cerca un indizio negli occhi di Jeremy, ma a rispondergli sono le sopracciglia aggrottate in una diffida che sembra una minaccia, fuori luogo su quei lineamenti rotondi e miti.

"Che figura ho fatto", continua Roger. "Sono scoppiato a piangere. Come il bambino che ero, avrebbe detto il capitano. Non mi capitava dal giorno che caddi da un albero e mi slogai una spalla, avrò avuto undici anni. Così fu lei a confortare me, il mondo alla rovescia. La vedova che offre un fazzoletto al veterano di guerra... Pensò che fosse a causa dell'orologio. Poi le spiegai, anzi mi sfogai. Con i miei genitori non ci riuscivo. Avevo visto decine di compagni morire, altri perdere un occhio o un braccio, e a me non era capitato nulla, nemmeno una distorsione alla caviglia. E lei, solo perché aveva approfittato di una licenza per andare a trovare un'amica con sua madre... Che c'è di male a fare un giro da Woolsworth's? Niente, fino a quando non ti cade un razzo addosso."

Cédric raggela, paralizzato da una morsa refrattaria a ogni giustificazione. Non aveva ragione di vergognarsi per la noia provata ascoltando il racconto di un incontro e di uno scambio di lettere fra adolescenti, né poteva sospettare che dietro il sogno di un paracadutista esausto si nascondesse un incubo, eppure si sente in colpa perché quei ricordi hanno lo stesso suono irrimediabile dei colpi di tosse uditi da un bambino di Caen mentre guardava la tv. L'occhiataccia di Jeremy gli ha risparmiato l'imbarazzo di una domanda inopportuna, non la contemplazione di un abisso simile a quello che l'inghiottì tanto tempo fa.

Anche il nipote di Roger sembra a disagio, ma se ad allarmarlo è la prospettiva di una tirata contro i Crauti pare che possa mettersi il cuore in pace: "Ripensai al signor Worthington. Ero andato a trovarlo qualche settimana dopo che... dopo che era successo. Mezzora passata a fissare il pianoforte perché, con quella faccia grigia e la voce che quasi non si sentiva, faceva più paura di quando urlava che se avessi sbagliato un altro passaggio mi avrebbe tenuto in campo fino al giorno dopo. Sembrava morto anche lui, come Betty e sua moglie. Ma loro non soffrivano più."

Roger s'interrompe per bere un sorso di tè. Cédric non ha più bisogno di Jeremy per capire che deve attendere.

"Jane mi chiese se sarei tornato a giocare. Le risposi di no. Perché avrei dovuto? Betty non sarebbe stata al campo per la prima partita, quindi non avevo ragione di esserci nemmeno io. Al mio futuro avrebbe pensato l'esercito. Ero ancora in servizio e di lì a poco sarei partito di nuovo. Per la Palestina. Dovevamo fare i poliziotti, tenere gli arabi separati dagli ebrei. Prima che ci salutassimo, Jane mi fece promettere che le avrei scritto e mi fece ascoltare una canzone."

"Una canzone?"

"Un parente le aveva portato il disco dagli Stati Uniti. Un musical di Broadway, mi pare. Parlava di una donna che aveva perso il suo uomo: se avesse trovato la forza per andare avanti non sarebbe mai stata sola. A Jane piaceva tanto che aveva fatto incidere il titolo sulla lapide del marito. Avrebbe aiutato anche me, disse. Pensai che ci sarebbe voluto ben altro, però la ringraziai. E poi le scrissi davvero, una o due volte l'anno. Della carriera come istruttore delle forze speciali dopo il rientro dalla Palestina, del matrimonio con Maureen, del fatto che non potevamo avere figli... Una volta le telefonai perché volevo chiederle subito se aveva sentito la sua canzone alla radio. Ero sicuro che fosse quella, ma la cantava un gruppo inglese. Come si chiamavano? Jerry e...? Adesso mi sfugge."

"Gerry and the Pacemakers?"

"Mi pare di sì."

Continua a camminare con la speranza nel cuore e non camminerai mai solo...: "You'll Never Walk Alone!"

"La canzone? Proprio quella. La conosce?" Sulla risposta di Cédric, che si limita ad annuire, gli amici del liceo non avrebbero dubbi nemmeno a ventisei anni di distanza dal naufragio tra le onde umane del Kop. "Mi disse che aveva comprato il disco perché il vecchio era così graffiato che non si sentiva quasi più. E riuscì a scherzare: i visitatori del cimitero di Ranville avrebbero pensato che suo marito era un cantante famoso. Avrei voluto chiamarla anche un paio d'anni più tardi per dirle di accendere la Tv, ma ero alla base. Il comandante ci aveva ordinato di seguire la finale di Coppa con lui, in mensa, per festeggiare la vittoria del Leeds. In realtà vinse il Liverpool e verso la fine si sentivano i tifosi cantare You'll Never Walk Alone... Il capitano era tifoso del Liverpool, pensai che sarebbe stato a Wembley o come minimo davanti alla Tv se... Beh, se non fosse rimasto in Francia."

Uno così la forza di cantare l'avrebbe trovata, al contrario di un liceale emozionato. "E Jane? Si è risposata?"

"No. Le scrissi che avrebbe fatto bene a ricominciare, ma rispose che non ne sentiva il bisogno. Lavorava come infermiera in un ospedale di Liverpool e il tempo libero lo dedicava alle attività delle Volontarie. Anche lei era rimasta nel suo esercito, come me. E la sera, quando tornava a casa, parlava con lui."

"Lui?"

"Suo marito. Un'idea fissa, pensai, ma in fondo non c'era

niente di male: l'importante era che trovasse una ragione per andare avanti, come diceva la canzone. Il suo Pierre sarebbe sempre stato con lei..."

"Pierre?"

"Mi sono quasi rotto la schiena, per quel soprannome...", una smorfia divertita gli muta i lineamenti, imprimendovi rughe invisibili fino a un istante prima: "Quando eravamo al campo, gli portavo io la posta. Lo facevo volentieri perché ero il primo ad arrivare in mensa per la distribuzione: volevo sapere subito se c'era una lettera di Betty per me. Una volta vidi il nome Pierre Kadwell su una busta e gli chiesi chi gliel'aveva spedita. Mi rispose che era Jane a chiamarlo Pierre: Pete in francese, per via della mamma. Era talmente abituata che l'aveva scritto nello spazio per il destinatario. Non pensavo fosse un segreto tra loro, anche perché la busta poteva averla vista qualcun altro, così lo dissi a un compagno e la voce fece il giro della base in una sera. Il giorno dopo tutti gli ufficiali lo chiamavano Pierre. Io non avrei osato, naturalmente, però fui il primo con cui se la prese perché era colpa mia: la punizione la ricordo ancora, trenta flessioni sulle braccia con lo zaino in spalla. Agli altri ricordò che si chiamava Pete; però, se volevano fare un po' di boxe con lui, sarebbe bastato dire "Pierre" e li avrebbe accontentati volentieri perché aveva bisogno di tenersi in forma per il torneo della Brigata. L'idea di affrontarlo con i guantoni non piaceva a nessuno, così il soprannome sparì nel giro di quarantotto ore. Solo Jane poteva chiamarlo così, mi spiegò, perché erano legati dal destino: sposati e nati lo stesso giorno. A dire il vero lui era del '20 e lei del '23, ma la data..."

"6 giugno?"

"Già. Non ha portato fortuna a nessuno dei due..."

"Sono morti in tanti, quel giorno..."

"Nel 1944 sì. Però anche Jane è morta un 6 giugno. Doveva essere il 1974 o 1975, quindi aveva poco più di cinquant'anni. Quando il Pastore mi telefonò, fu come veder morire il capitano una seconda volta. Però mi fece piacere sentire che si era come addormentata, durante la notte, senza accorgersene. Al funerale avevo l'impressione di essere l'unico a pensare che la sua vita finisse lì. Dev'essere una bella cosa, la fede. Ricordo ancora ciò che disse il cappellano il giorno prima del lancio: *La Paura bussò alla porta. La Fede aprì e non vide nessuno.*" Occhi lucidi e testa alta, nemmeno un accenno a lambirsi le palpebre con le nocche delle dita, il sergente Englin sembra convinto come settant'anni fa - con o senza fede - che dietro la sua porta non c'è nessuno.

"Il signor Cédric Roussel è pregato di presentarsi al desk del primo piano per comunicazioni riguardanti l'asta di questo pomeriggio. Ripeto: il signor..."

L'avviso diffuso dall'altoparlante e il display del portatile lo fanno sussultare: le sei e tre quarti, l'asta dev'essere finita da un paio d'ore. "Meglio che mi faccia vivo, altrimenti si tengono l'orologio... Vi fermate per le celebrazioni del settantesimo?"

"No", Jeremy ritrova la parola; "Partiamo domani. Lo zio vuole tornare a Londra. E lei?"

"Vado a casa anch'io. Però vorrei rimanere in contatto..."

"Non si preoccupi", sorride Jeremy. "Manterrò la promessa."

"Promessa?"

"La foto..."

"Scusi, me n'ero dimenticato. Grazie fin d'ora."

25. 4 GIUGNO 2014, ORE 18:55

"Pensavo fossero circa 3.800 euro...", balbetta Cédric quando Onfray gli mostra la fattura.

"No, signore. Sommando le commissioni e le tasse all'aggiudicazione di 2.800 euro si arriva a un totale di 3.948. Qui sono indicate tutte le voci, vede?"

Ha ragione lui, ovviamente: il prelievo di Caen si basava su un rilancio di 2.700 euro al massimo. Pessima idea non aver registrato la carta di credito prima dell'asta: "Temo di aver fatto male i conti, non so se..."

"Non si preoccupi. Se preferisce, le inviamo la fattura per posta o via mail. Ma dobbiamo trattenere l'orologio in attesa del pagamento e addebitarle le spese di custodia e d'invio. Dovrebbero essere circa cento euro."

Altri cento? No, se è possibile evitarlo. Cédric fruga nel portafogli alla ricerca dei 148 euro mancanti, sperando che i conti del ristorante e del bar glieli abbiano lasciati. Il totale, al termine di un calcolo febbrile che tiene conto anche delle monete da cinque centesimi, raggiunge 143,15 euro, cui si aggiunge il biglietto da dieci custodito nel taschino della camicia per le emergenze. Mentre segue l'operazione, Onfray è imperturbabile: la flemma nelle circostanze insolite dev'essere un cardine del codice di comportamento assimilato in anni di attività. Alla fine, sul tavolo che li separa ci sono 3.800 euro in una mazzetta di banconote seminuove da una parte, 148 in biglietti di piccolo taglio e monete dall'altra. Vedere tutti quei soldi inghiottiti dalla cassa turba Cedric, che saluta e gira i tacchi per andarsene.

La situazione dev'essere inedita perfino per Onfray, che si lascia sfuggire un sorriso autentico, forse il primo di un giorno votato alla cortesia fredda del rapporto con i clienti: "Non ritira l'orologio?"

"Come?", si scuote Cédric; "Sì... Avete una scatola?"

"Purtroppo no. Quando ci sono gli astucci originali, lo indichiamo nel catalogo e questo non capita quasi mai per pezzi come questo. Ma lei non porta orologi, vedo. Può allacciarlo al polso. Glielo carico e lo metto all'ora giusta, se desidera."

"Grazie, così mi spiega come si fa. L'orologio che mi ha regalato mia moglie funziona con la pila."

"È semplice, ma ricordi di farlo prima di indossarlo perché quando è al polso non rimane abbastanza spazio per le dita e si rischia di piegare l'albero di carica. Deve ruotare la corona nelle due direzioni fino a quando avverte un po' di resistenza: eviti di insistere perché la molla può spezzarsi. Poi la tiri verso l'esterno e la giri per far ruotare le lancette fino all'ora giusta come fa con il suo orologio al quarzo. Infine prema la corona fino in fondo. Tutto qui. L'importante è procedere con delicatezza. È un oggetto che ha settant'anni. Posso...?" Onfray si sporge oltre il tavolo per assicurarglielo al polso sinistro. "Ha bisogno di una revisione come tutti gli orologi che sono andati in asta. Preferisco ricordarlo ai clienti, anche se è scritto sul catalogo. Il cinturino è nuovo, l'abbiamo messo noi. Se lo porta tutti i giorni durerà circa un anno. Quando sarà il momento di cambiarlo perché è crepato o sporco, provi a cercarne uno simile: è in pelle di maiale come gli originali degli Anni 40."

"Maiale?"

"Niente lucertola o coccodrillo: per questi orologi si cercava la robustezza, non l'eleganza. E tenga presente che le barrette sono fisse." Lo smarrimento di Cédric dev'essere così evidente che Onfray si affretta a tradurre: "Voglio dire i perni che tengono in sede il cinturino. Negli orologi normali hanno le estremità elastiche, in modo che si possano asportare per inserirle nei fori. Qui sono saldate alle anse, cioè le appendici della cassa, quindi il cinturino va cucito intorno. È un po' più complicato, ma ci penseranno dove lo comprerà. I documenti sono qui."

Onfray appoggia sul tavolo una cartellina con il logo della Casa d'aste. I fogli si trovano all'interno di buste di plastica che sembrano fatte su misura, grande quella della donazione e piccola l'altra. Cédric dà un'occhiata per verificare se corrispondono alle fotocopie del notaio, appena un attimo e si congeda perché la giornata non è finita.

Per raccogliere le idee sceglie uno dei divani di raso della hall, accanto a un'abatjour. Si sfila l'orologio dal polso e lo mette sotto la luce. L'aspetto è davvero vissuto, per usare l'eufemismo del tecnico. Ne valeva la pena? Di spendere tanto, di affrontare le inevitabili rimostranze di Sylvie?

Lo sguardo accompagna l'unico moto visibile, quello della lancetta più piccola, in basso, su un cerchietto punteggiato da trattini nella fascia esterna. Cammino immutabile nel ritmo e nella direzione, la prova che il tempo è una strada a senso unico. Se con l'orologio fosse stato possibile acquistare il biglietto di ritorno e invertire il senso della lancetta, anzi di tutte e tre, fino a raggiungere papà, il nonno, il capitano, la fabbrica dove qualcuno ha montato quel puzzle metallico, per rivivere le sensazioni di quanti lo hanno controllato, indossato o solo toccato, allora sì il prezzo, qualunque prezzo, sarebbe giustificato. Ma il prodigio non era in vendita. Il minuscolo spillo argenteo intaccato dalla ruggine avanza inesorabile, accompagnato dai fratelli maggiori con le loro crepe al centro, registratori e insieme vittime del tempo che li ha coperti di rughe e indeboliti come per ammonire loro e chi li osserva: anche se si fermassero perché la molla è scarica, il presente continuerebbe a diventare passato e il passato prossimo passato remoto.

Accostandosi l'orologio all'orecchio, Cédric ha l'impressione di imitare se stesso. Ed è un'immagine, non un suono, a raggiungerlo per prima: il sogno, il suo sogno, condensato in un decimo di secondo. Il prato, la tomba, le tribune, i soldatini, il sangue, il tabellone luminoso, Théo, tutto insieme e sovrapposto in una pila di fotografie nitide, trasparenti, vicine, a portata di mano. Ma svaniscono subito, senza lasciargli il *tempo* di metterle in ordine. Il tempo, sempre lui.

26. 4 GIUGNO 2014, ORE 19:47

Chi ha detto che in un hotel per super ricchi costa tutto un occhio della testa? Quando Cédric si è presentato alla reception per pagare i cinque minuti di navigazione su internet, un'impiegata gentile gli ha risposto che non le doveva nulla. Avrebbe fatto finta che la convenzione per i partecipanti all'asta fosse ancora valida benché nella sala del primo piano rimanessero solo gli operai incaricati di smontare e imballare tutto. Meno male: sarebbe stato costretto a pagare con la carta di credito qualunque importo superiore a cinque euro perché in tasca non gli rimaneva di più. La ricerca era stata breve. Sito della Commissione del Commonwealth per i Cimiteri di Guerra, modulo da riempire con il nome, il cognome, la nazionalità e la data della morte. La risposta è andata oltre le sue speranze, fornendo l'ubicazione esatta della tomba. Non gli è rimasto che digitare l'indirizzo sul GPS e lasciarsi guidare fino al piccolo parcheggio, dove sosta un'auto sola. Normale: troppo presto per i preparativi del settantesimo anniversario e troppo tardi per i visitatori ordinari. A dirgli che sono quasi le otto è il display del portatile. Cédric non è abituato a indossare un orologio e, in fondo, non si fida. Funzionerà davvero? Nel dargli un'occhiata avverte un pizzico di apprensione e poi di sollievo: il costosissimo segnatempo vissuto è - momentaneamente? - all'altezza di un telefonino di mezza età.

L'ingresso è uno stretto arco di mattoni chiari, a un paio di metri dalla sede stradale. I muretti laterali si prolungano ad angolo retto verso il bordo della carreggiata, congiungendosi con la siepe che delimita l'area. "Ranville War Cemetery", annuncia la scritta incisa sulla sinistra; a destra appaiono solo due date: 1939-1945. Un velo diafano di nubi, dai contorni indistinti, sembra voler difendere il prato e le lapidi dall'aggressione dei raggi solari anche ora che la giornata volge al termine. La brezza fresca proveniente dal mare è troppo delicata per infastidire. Sembra che non ci sia nessuno.

Cédric supera un gradino e passa sotto l'arco spingendo un cancelletto di ferro battuto scuro. Una trentina di metri più avanti, oltre le prime file delle lapidi, si leva una croce di calcare bianca, alta quanto l'arco, con una spada di bronzo incastonata al proprio interno: la Croce del Sacrificio, secondo la piantina del cimitero. Qualcuno ha già deposto un cuscino di fiori sul primo gradino, colori vivaci in contrasto con il bianco della pietra. Cédric si avvicina. Da sotto la Union Jack di fiori bianchi, rossi e blu spunta un foglio plastificato e imperlato di gocce d'acqua, la pioggerella che ha accompagnato l'ultima parte del tragitto in auto di Cédric. I primi versi della poesia sono nascosti dai fiori, gli altri gli ricordano che questo non è un cimitero come gli altri: "... Ci chiedono perché lo facciamo, perché continuiamo a sfilare ora che siamo diventati vecchi e un po' logori. Non è per la gloria o per le medaglie che portiamo sul petto. È solo perché siamo compagni d'armi che hanno sostenuto la prova finale. In quel 6 giugno fatale, un giorno che non dimenticheremo mai, molti ragazzi hanno sacrificato la vita e pagato il debito finale. Così quando incontrate un Veterano stringetegli la mano perché le medaglie che porta sul petto sono state conquistate in terra straniera. E quando Dio chiederà *Chi sei vecchio mio?*, risponderò con orgoglio: sono un Veterano, Signore."

Oltre la croce, la sequenza delle lapidi riprende per interrompersi nuovamente dove due vialetti intersecano l'ampio rettangolo erboso centrale, passerelle di cemento delimitate da colonne di mattoni identici a quelli dell'arco d'ingresso. In fondo, un altare e un piccolo colonnato dove, al riparo dalla pioggia, qualcuno ha già sistemato le casse acustiche destinate a diffondere le voci delle autorità, tra cui - pare - il Presidente della Repubblica e un rappresentante della Famiglia reale britannica.

Il confine destro del cimitero coincide con un muro alto due metri che ostruisce solo in parte la vista di una chiesa gotica imponente con due file di finestre strette e allungate sui fianchi. Forse vale una visita, ma non ora: Cédric la usa come punto di riferimento, costeggiando il muro per una decina di passi in direzione della strada. La fila è la prima: omaggio involontario o consapevole a uno che voleva sempre essere in testa al gruppo? Mentre percorre i pochi metri che lo separano dal capitano Kadwell, legge le frasi incise sulle lapidi vicine: "Il mio adorato marito William che ha dato la vita perché noi potessimo vivere - Con amore la moglie e il figlio"; "Meglio perdere l'amore che non averlo mai incontrato - Tua moglie Sarah." A quanto pare basta una manciata di parole per raccontare cinque vite, se sono quelle giuste.

"Capitano Pete F. Kadwell - 6. Divisione Aviotrasportata - 6 giugno 1920 / 6 giugno 1944 - You'll Never Walk Alone." Un incoraggiamento invece di un ricordo: chissà se Jane è stata l'unica a pensarci.

"Parente?" Cédric trasalisce e, girandosi, incontra il sorriso di un anziano con la testa troppo grande rispetto alle spalle avvolte in un impermeabile beige, folte sopracciglia grigie esaltate dalla calvizie che confina i radi capelli dello stesso colore alla zona intorno alle orecchie. "Mi spiace, non volevo spaventarla", si scusa in inglese, tendendogli la mano: "Mi chiamo Lickert. Sono venuto a trovare mio padre. Non l'ho conosciuto perché sono nato un paio di mesi dopo... Volevo stare un po' da solo con lui. In silenzio, prima del chiasso di domani e di dopodomani. Sa, la Polizia, le transenne, le autorità, i discorsi, gli elicotteri,... Il capitano Kadwell era suo parente?"

"No, non sono inglese..."

"Francese, allora."

"Sì."

"In fondo lo sono tutti."

"Chi?"

"Loro. Hanno passato più tempo in Normandia che in Inghilterra. Quindi sono diventati un po' francesi."

"Non ci avevo pensato... Beh, su Kadwell ha ragione due volte: sua madre era francese."

"Lo so. Ogni tanto leggo le lettere a casa di mio padre e il suo nome c'è spesso. Hanno passato quasi un anno insieme alla base, erano sullo stesso aereo. E sono morti a Merville tutti e due. Pensavo che lei fosse un parente, per questo mi sono avvicinato."

Lickert? Nome familiare. Già: il caporale che si vantava di conoscere il francese. "Un ex paracadutista mi ha parlato di Kadwell un paio d'ore fa: anche lui era su quell'aereo. Il nome Roger Englin le dice qualcosa?"

"Come no! L'ho conosciuto anni fa durante una cerimonia, a Londra. Mi ha fatto piacere perché nelle lettere si parlava anche di lui. Mio padre lo invidiava: scriveva che era forte come un toro benché fosse giovanissimo, che non aveva mai visto uno così. Quando me l'hanno presentato, così magro, avrei detto che continuava a marciare trenta miglia al giorno come allora", sorride; "Sono contento di sentire che è ancora in vita. Spero di incontrarlo a Merville per le celebrazioni."

"Temo che non ci sarà. Suo nipote mi ha detto che partono domani."

"Peccato. E lei?"

"Devo andare anch'io. Torno a Nizza perché domenica

compiamo gli anni in due, mio figlio ed io."

"Nati il 6 giugno? Avete qualcosa in comune con Kadwell..."

"Già..." Qualcosa o molto? Cédric non è certo di conoscere tutte le voci della lista.

"Devo lasciarla perché mia moglie mi aspetta fuori. Non è voluta entrare, dice che i cimiteri la rattristano. Mi saluti la Costa Azzurra."

Cédric lo segue con lo sguardo fino a quando sparisce dietro l'arco di pietra, poi torna a studiare la lapide. You'll Never Walk Alone. Le lettere formano parole chiare e una frase compiuta, ma più le osserva più gli ricordano il disegno che una volta mostrò in classe la sua insegnante di storia dell'arte: un'immagine ambigua, di quelle che si possono vedere in due modi. A lui sembrava solo il ritratto di una donna anziana, eppure la prof giurava che nei medesimi tratti si celava il volto di una bella ragazza. Mentre tentava di individuarlo si sentiva a disagio. Perché ci metteva tanto? Un deficit visivo o, peggio, intellettivo? Dopo un po' c'era riuscito, con un piccolo aiuto: guarda bene, la narice e l'occhio della befana diventano il mento e l'orecchio della fanciulla... Ora no. Dietro il titolo della canzone c'è qualcosa che gli sfugge come un'iscrizione sul marmo al centro di un campo di calcio, ma qui non c'è nessuno che possa metterlo sulla strada giusta, nemmeno un bambino di otto anni accompagnato da una ragazza con i capelli rossi.

27. 5 GIUGNO 2014, ORE 8:18

Ora che è sveglio e pronto per la maratona al volante, il crollo di ieri sera gli riesce inspiegabile. Tre ore di sonno profondo, vestito e con il televisore acceso. Sullo schermo, aprendo gli occhi, Cédric aveva visto passare le immagini del telegiornale della notte. Si era seduto sul bordo del letto, un po' intontito come accade quando dorme nelle ore sbagliate, e il display del portatile l'aveva lasciato di sasso: mezzanotte e mezzo, quattro telefonate da casa. Volume a zero, aveva dimenticato di riattivarlo dopo l'asta. Sul tavolino erano rimaste le tracce di una cena frettolosa: piatti di plastica, posate, briciole, bucce. Aveva commesso l'errore di riposarsi "per un attimo" prima di pulire e, al risveglio, l'aveva confortato solo il fatto che non avrebbe dovuto giustificarsi con un superiore furibondo. Non poteva chiamare Sylvie, l'indomani si sarebbe alzata presto per il minibasket di Théo, così le aveva inviato un sms e, visto che era sveglio, si era messo a fare la valigia prima di tornare a letto. Ora l'inno di Anfield Road, merseysiders e catalani divisi nel tifo e uniti nel coro diffuso dal portatile, gli ricorda che prima di partire deve fare una telefonata.

"Pronto?", la voce di Théo.

"Ciao, sono io. Come va?"

"Bene. Devo andare in palestra."

"Lo so. Dov'è la mamma?"

"Fuori con Céline. Ci accompagna lei. Quando torni?"

"Questa sera. Spero di arrivare in tempo per salutarti."

"Parti subito?"

"Sì. Ma prima vorrei chiederti una cosa..."

"Hanno suonato il clacson, devo scendere."

"Solo un attimo. Ricordi quando hai lasciato il computer acceso, lunedì?" Silenzio. A Cédric sembra di vedersi davanti la smorfia contrariata di Théo: perché tornarci sopra? Non era bastata la promessa di non farlo più? Il caso doveva essere chiuso, archiviato, dimenticato. "Tranquillo, voglio solo sapere perché sei andato su quel sito."

"Quale sito?"

"Quello dove c'erano le fotografie degli orologi."

"È stata un'idea di Pierre. Te l'avevo detto, no?"

"No..."

"Sì invece."

Intimargli di non fare il furbo e minacciarlo di lasciarlo senza computer per una settimana? Una volta basta: "Già, me n'ero dimenticato."

"Vado, altrimenti la mamma si arrabbia di nuovo."

"Di nuovo?"

"È cattiva, mi ha fatto male...", la voce gli si spezza, poi mette giù. Odia farsi sentire mentre piange.

Mezzora più tardi, sistemata la valigia nel portabagagli, Cédric si siede in auto, ma prima di accendere il motore vuole vederci chiaro.

"Sì?"

"Ciao Sylvie. Perché ci hai messo tanto per rispondere?"

"Sono dovuta uscire dallo spogliatoio perché l'allenatore mi ha guardato male, sai quant'è fanatico. È meglio se ci sentiamo più tardi. Il tuo sms l'ho visto..."

"Solo una cosa. Prima ho parlato con Théo, che è

successo?"

"In che senso?"

"Si è comportato male,... l'hai picchiato?"

"Picchiato? Che ti salta in mente?"

"Ha detto che gli hai fatto male..."

"Male... Appena un po', forse. Come avrei fatto, se no?"

"Fatto cosa?"

"Questa mattina si è presentato in cucina con la faccia coperta di lucido nero. Lucido da scarpe, ti rendi conto? L'aveva preso dall'armadietto e se l'era spalmato in viso. Così abbiamo saltato la colazione tutti e due perché ho dovuto pulirlo. Avrà sentito male perché ho strofinato forte. Non potevo mica mandarlo in palestra così, no? E poi mi sono dovuta cambiare perché il lucido mi aveva macchiato i pantaloni. Senti, cerca di tornare a casa e di parlare con tuo figlio perché questa storia di Pierre mi ha stufata."

Tuo figlio, formula riservata ai commenti sulle trovate meno apprezzabili di Théo: "Che c'entra Pierre?"

"Dice che vuole avere la faccia come lui, così diventa coraggioso e vince. Ne parliamo quando arrivi. Comunque non preoccuparti: sta benissimo, anche se dà i numeri."

Sembra di pessimo umore prima ancora di sapere dell'orologio. Ci manca solo che, al ritorno dalla palestra, dia un'occhiata al sito internet della banca per controllare il saldo del conto.

28. 5 GIUGNO 2014, ORE 22:46

"Bentornato, maritino."

Cédric ha preso tutte le precauzioni possibili per evitare di rompere il silenzio della casa addormentata, levandosi le scarpe appena varcata la soglia, appoggiando con delicatezza la valigia sulla cassapanca dell'ingresso e salendo le scale al buio, a piedi scalzi. Non gli va di parlare: troppo stanco per affrontare l'argomento dell'orologio. La porta della camera è socchiusa come sempre. Una richiesta di Théo, così gli sembra che i genitori siano a portata di voce in caso di necessità. Cédric ha raggiunto il bagno praticamente ad occhi chiusi, sfiorando il muro del corridoio per evitare il listello di parquet, al centro, quasi completamente scollato. In attesa di un motivo supplementare per chiamare il falegname hanno memorizzato tutti la sua posizione e si sono abituati a evitarlo. Nessun rumore molesto, ma...

"Bentornato, maritino."

"Scusa, non volevo svegliarti."

"Le scuse non bastano. Un bacio."

Cédric obbedisce prontamente, aggiungendo un "Mi sei mancata" più caloroso e, deve ammetterlo, meno genuino del solito: meglio accumulare un piccolo credito in vista della resa dei conti.

"Cosa mi racconti?"

"Che vorrei sapere di Théo", svicola; "cosa succede al piccoletto?"

Sylvie si siede sul letto sfiorandosi la fronte con il dorso della mano, gesto che nel suo linguaggio corporeo è un sintomo inequivocabile di malumore: "Dà i numeri, te l'ho detto. La novità di oggi è che ha perso per colpa mia."

"Che vuoi dire?"

"Non l'ho mai visto così dopo una partita. In palestra non ha detto niente, ma in macchina... Pianti, urla, non dovevo pulirgli la faccia, gli ho tolto il coraggio, un delirio. Quando tira fuori delle sciocchezze per farmi arrabbiare lo capisco, ma questa volta sembrava che ci credesse. Poi, appena arrivati a casa, si è calmato. Anche troppo. Avrà detto dieci parole fra pranzo e cena e per il resto se n'è sempre stato in camera sua. L'ho sentito borbottare per qualche minuto verso le nove, forse voleva rimanere sveglio per salutarti, ma ora credo che dorma. È meglio se domani gli dici qualcosa..."

"Intanto vado a dargli un'occhiata."

"Non svegliarlo, c'è la festa... A proposito: sembra che non gli importi più, non ne parla da due giorni."

"Questo sì che è strano", sorride Cédric.

***

Come le somiglia... La constatazione di sempre, ma dopo qualche giorno d'assenza lo coglie di sorpresa come incontrare la stessa persona in due ambienti diversi. Sylvie in miniatura: nel colorito acceso, nel naso affilato, nei capelli scuri e lisci e - ora che sta dormendo - perfino nella posizione supina, con le braccia distese lungo i fianchi, sull'attenti. Eppure qualcosa di diverso c'è, svelato dalla lampadina notturna che Théo, metodico come in nessun altro aspetto della sua vita quotidiana, inserisce la sera nella presa di corrente accanto al letto e il mattino seguente, alle sette in punto, ripone nel cassetto del comodino. Mai capito perché non si limita ad accenderla e a spegnerla con l'interruttore.

Cédric raccoglie lo sgabello rovesciato ai piedi del letto e gli siede accanto. Sotto le palpebre, gli occhi sono immobili, il respiro così leggero che Sylvie ha abbandonato solo pochi anni fa la consuetudine della verifica serale, da mamma troppo ansiosa di un figlio unico, quando, prima di andare a dormire, si avvicinava per sfiorargli il petto con il palmo della mano. Qualcosa di diverso. Ma cosa? Cédric cerca un indizio nei lineamenti fino a quando un movimento improvviso gli suggerisce la soluzione. Théo si porta l'indice al labbro superiore spegnendo sul nascere il disagio di un prurito passeggero senza che nulla, neppure un fremito, alteri la compostezza del sonno, poi abbandona la mano sul cuscino. Un gesto sicuro, da adulto. È già partito per il viaggio verso un altro se stesso? È dovuto diventare grande prima del tempo? In appena quattro giorni, mentre suo padre era lontano? Lontano... Si direbbe che lo fosse anche prima di partire.

Sulle guance e sulla fronte s'intravedono le tracce del lucido che nemmeno la robusta frizione cui le ha sottoposte Sylvie in mattinata hanno potuto cancellare del tutto. La superficie del comodino, consueta versione in scala ridotta di una discarica, sembra escludere l'ipotesi della maturazione precoce: due fazzoletti di carta appallottolati, le briciole di una merendina trafugata in cucina e consumata di nascosto prima di dormire, un bicchiere di plastica vuoto con tracce di succo di frutta sul fondo, un foglio a quadretti spiegazzato con puntini, numeri e frecce dappertutto - gli schemi da imparare prima della prossima sfida sul parquet? - e un pennarello nero orfano del tappo.

Eppure, a osservare con attenzione, dal brodo primordiale emergono elementi inediti. Non ancora l'annuncio di un futuro in cui la scarpa da basket destra terrà compagnia alla sinistra, possibilmente sul pavimento e non sul davanzale della finestra, o sarà almeno visibile nelle vicinanze: quella rimane fantascienza, per ora. Un embrione d'armonia, piuttosto, dietro il quale potrebbe nascondersi una logica. Il difficile è afferrarla.

La sveglietta di Winnie Pooh con il tasto alzato e la freccia puntata sul 12, per cominciare. Se Théo si sente così stanco da averne bisogno per alzarsi a mezzogiorno ha fatto male i conti: la suoneria lo strapperà dal sonno tra poco, a mezzanotte. E i soldatini? In fila per due, dietro lo stelo flessibile della lampada, quasi attaccati al muro, tutti con la faccia colorata di nero. Adesso è chiaro a che serviva il pennarello, non il motivo dell'intervento estetico e dell'adunata. Da sotto la base della lampada spunta l'angolo di un post-it giallo piegato in due con i lembi che combaciano al millimetro, in contrasto stridente - e indicativo della mutazione in corso? - con il foglio a quadretti. Aprendolo, Cédric vi legge poche parole che fino alla settimana passata avrebbe trovato così incomprensibili da dimenticarle subito: *google www esercito britannico numero 9*. La grafia è di Théo ma diversa dal solito, frettolosa. A Cédric sembra di vederlo, mentre prova a tornire le lettere come fa abitualmente e ogni tanto, irritato dal ritmo incalzante, alza la testa per ribellarsi: "Vai piano! Come faccio a starti dietro?"

Mentre rimette il foglietto al suo posto, Cédric si sente osservato. Gli occhi: l'eccezione alla regola del tutto-Sylvie, l'unico elemento del viso inequivocabilmente riconducibile a lui. Non tanto per il colore, via di mezzo tra il suo castano e il nero profondo della mamma, ma per il taglio arrotondato che li fa apparire più grandi. Lo sguardo è coerente con le novità intuite o presunte: diretto, di chi vuole comprendere e non solo osservare. Una volta, nel vedersi qualcuno accanto al letto, si sarebbe seduto di scatto; ora rimane disteso, girandosi appena. La voce, almeno quella, è la solita: "Che ore sono?"

"Te lo dico solo se prima mi saluti."

"Ciao. Quando sei arrivato?"

"Poco fa. Buon compleanno."

Théo lancia un'occhiata ansiosa alla sveglietta: "È già mattina?"

"Le undici di sera. Volevo essere il primo."

"Grazie..."

"Beh?"

"Cosa?"

"C'è qualcun altro che compie gli anni tra un'ora, mi pare."

"Auguri, papà."

"E Pierre?"

Théo pianta i gomiti sul materasso e solleva il busto, l'aria di chi fiuta il trabocchetto e non ha intenzione di caderci: "Pierre?"

"Quando lo vedi, digli buon compleanno anche da parte mia."

"...?"

"Te n'eri dimenticato? Strano."

"No, ma...", negli occhi spalancati di Théo il sollievo fatica ad avere la meglio sul dubbio: possibile che l'incubo sia davvero finito?

Cédric gli mostra il polso: "E ringrazialo."

"È quello lì? L'orologio del nonno?"

"Dovresti riconoscerlo."

"..."

"Sei stato bravo."

"Ho solo acceso il computer."

"E hai trovato la pagina giusta."

"Lunedì mi hai sgridato, però..."

"Non avrei dovuto. Mi dispiace."

"Facevi finta?"

"Finta?"

"Di essere arrabbiato. E quando strizzavi l'occhio alla mamma, ridacchiavi, guardavi dalla parte sbagliata in garage? Era una commedia?"

"No, niente commedie."

"E allora perché?"

"Io... È che... non sapevo dell'orologio."

Spiegazione lacunosa, da insegnante che non ha preparato a dovere la lezione. Per fortuna Théo è un allievo comprensivo, pronto a corrergli in aiuto: "Forse avevi ancora il buio dentro e non lo sapevi."

Di nuovo quella storia: "Che c'entra il buio?"

"Per questo non riuscivi a distinguere gli amici dai nemici."

"Ti ho già detto che sono sempre stato capace di riconoscere un amico."

"Allora perché quando eri piccolo lo trattavi male?"

"Chi?"

"Lui. Lo minacciavi, gli urlavi di andare via. Però almeno gli parlavi e invece adesso... Che ti succede?"

"Niente..."

"Sei diventato bianco in faccia."

"Pallido: si dice pallido. Sarà la stanchezza. Da Caen a Nizza è un viaggio lungo." Però pensava di averci messo una dozzina d'ore, non trentanove anni.

"Stai tranquillo, non è arrabbiato. Anzi, rideva", e sembra divertirsi anche Théo, alle spalle di suo padre: *Ti rendi conto?*, diceva, *Un nanetto di cinque anni che osa minacciare uno come me! Ci vuole una bella faccia tosta. Però era coraggioso: quando tua nonna gli chiedeva di scendere in strada a comprare qualcosa ci andava, anche se sapeva che ero sulle scale e pensava che volessi fargli del male. Da bravo soldato, come te.*"

"Non sapevo che fossi diventato un soldato."

"Come facevo a parlarne? Non mi ascoltava nessuno."

"Già... Alla festa dovrò scusarmi anche con lui."

Théo si rabbuia: "Non ci sarà."

"Perché?"

"Va via questa notte. Con loro."

"I paracadutisti? Ti ha detto lui di colorarli così?"

"È per la missione. Con la faccia nera si nascondono

216

meglio al buio. Appena suona la sveglia, li porto in garage, poi partono. Devono entrare nella fortezza dei cattivi e distruggere i cannoni in modo che non possano fare del male ai loro amici."

L'apprensione sul viso di Théo è così evidente che Cédric azzarda una battuta per sdrammatizzare: "Sembra il piano di Gyorx."

"Questo non è un film", il disappunto è venato d'irritazione: se papà ha davvero capito, perché si mette a parlare di pupazzi in un momento simile? Forse gli occorre una lezione di storia: "E i cattivi sono veri. Per liberare i buoni non basta invertire il flusso dei virotroni come sulla Galassia Perduta. È molto pericoloso, si rischia la vita."

"Vero", annuisce convinto Cédric: prima di passare oltre ci tiene a chiarire che ha afferrato il concetto. "Vai in garage da solo? Di notte?"

"Sono i miei ordini."

"Pensavo che avessi paura del corridoio."

"Ha detto che se la guardo in faccia mi passa. Come facevi tu. Anzi, per te era più difficile perché avevi il buio dentro. Peccato che non l'hai lasciato parlare, il buio se ne sarebbe andato subito."

"Davvero?"

"Sì: voleva aiutarti, dire una cosa... Ma tanto l'hai capita quando sei diventato grande."

"Ho paura di no. Devo essere meno intelligente di quanto pensa."

"Ma sì... la canzone che ascolti sempre. Quella del telefonino, che non sarai mai solo anche se hai perso qualcuno che ti vuole bene. Io le parole non le capisco, me le ha tradotte lui."

"Puoi fidarti, conosce l'inglese."

"Vale per tutti?"

"Cosa?"

"La canzone."

"Certo."

"Quindi anch'io non sarò mai solo...", la prima debolezza da quando si è svegliato: Cédric potrebbe essere tornato in tempo per vederlo crescere.

"Non preoccuparti. Ci siamo noi..."

"... e Pierre."

"... e Pierre. A proposito: dormi, altrimenti sarai troppo stanco quando suona la sveglia. Non vorrai arrivare in ritardo?"

"Che faccio se la mamma mi vede girare per casa? Cosa le dico? Si arrabbierà di nuovo."

"Inventerò qualcosa, tenterò di distrarla."

"È cattiva", scandito con una calma gelida, l'atto d'accusa è più inquietante di quando Théo l'urlò tra i singhiozzi, al culmine della battaglia (perduta) per l'autorizzazione a farsi tingere una doppia Y rossa sui capelli come Sam-Sam Youny, il suo playmaker preferito.

"Non è vero e lo sai. Pensava che ti fossi sporcato per farle un dispetto."

"Dispetto? Non sono mica un bambino. Volevo..."

"... essere come lui per diventare coraggioso, lo so. Ce la farai ugualmente, non hai bisogno di annerirti la faccia. Guarda in faccia la paura."

"... e se non basta, penso alla canzone."

"Te l'ha consigliato lui?"

"No, è un'idea mia."

"Vedrai che funziona."

"Però... perché tu capisci e la mamma no?"

"È diversa da noi."

"Per forza: è una donna."

"Non in quel senso. Tu ed io abbiamo qualcos'altro in comune. E anche Pierre."

"...?"

"Non ricordi che giorno è domani?"

Colpo di vento che spazza via l'ultima nuvola

dall'orizzonte di Théo, la rivelazione merita di essere celebrata ricorrendo al lessico di Gyorx, più creativo - su questo sarebbe d'accordo anche il sergente Englin - di quello in uso tra i paracadutisti inglesi nel 1944: "... È lampostellare!"

"Se vuoi ti accompagno."

"No!", Théo arrossisce, si libera del lenzuolo con una manata e balza in piedi sul letto: per diventare più alto, più coraggioso o tutte e due le cose? "Devo andare da solo."

"Dimenticavo: gli ordini."

"E tu?"

"Vado in camera a tenere d'occhio la mamma. Non deve sapere nulla del piano e di quello che ci siamo detti. In guerra si fa così: mai mettere in pericolo chi non c'entra. Intesi?"

"Allora continuerà a sgridarmi..."

"Se ne dimenticherà presto. L'importante è che facciamo tutti il nostro dovere. Ne va della missione." E della sicurezza di Pierre, è tentato di aggiungere, ma cambia idea: Théo è già abbastanza preoccupato.

"Non vedo l'ora di dirgli dell'orologio. Sarà contento."

"Lo spero. Dormi, adesso."

Théo si corica senza perdere di vista il polso di suo padre, lasciandosi coprire con il lenzuolo fino al petto: "Ciao."

"In bocca al lupo", Cédric esita, prima di dargli il bacio della buona notte. Roba da bambini, potrebbe offendersi. Invece no: Théo l'abbraccia forte e ricambia. Si vede che quell'"in bocca al lupo" è importante.

***

Cédric non ha più sonno: gli capita, quando è davvero stanco. Invece di tornare in camera passa dallo studio e accende il computer per controllare la posta elettronica. Riflesso condizionato, difficile che sia arrivato granché di sabato. Mentre attende l'avvio, si sfila l'orologio dal polso e gira la corona di carica avanti e indietro una trentina di volte, poi se l'avvicina all'orecchio. In auto lo faceva continuamente: all'inizio per rompere la monotonia del viaggio ed evitare colpi di sonno, poi perché gli piaceva. E lo confortava, dopo aver azzerato il volume del lettore CD, scoprire che, facendo attenzione, riusciva a distinguere il tic-tac malgrado il suono invadente e compatto del motore, dell'aria sul parabrezza, delle gomme sull'asfalto. Risarcimento sensoriale: costretto ad ammettere che non sempre comprende ciò che vede, Cédric provava a convincersi di poter piegare almeno l'udito alla propria volontà.

Quelle pulsazioni metalliche sono già diventate un elemento irrinunciabile della sua colonna sonora personale. E lo rimarranno anche se lo getteranno in pasto a Kevin, allievo indolente del liceo giunto all'ultimo anno per forza d'inerzia, trascinato da capacità indubbie quanto la pigrizia, che si scuote e diventa fin troppo brillante quando conquista il centro del palcoscenico con le imitazioni degli insegnanti e dei loro tic. Nel novembre scorso, dalla soglia dell'aula, Cédric l'ha visto prodursi nella camminata rigida del preside e ha faticato a trattenere un sorriso mentre i compagni, che si erano accorti della sua presenza, gesticolavano per farlo smettere. Qualche settimana più tardi si è arrestato un attimo prima di entrare in bagno perché dall'interno arrivava una voce femminile stridula: aveva sbagliato porta lui o la professoressa Jacquet, storia dell'arte? Gli era bastato rimanere in ascolto pochi secondi per riconoscere l'inflessione provenzale di Kevin, impegnato nella descrizione di un'opera di Delacroix con lo sgradevole gorgheggio della prof e un eloquio infarcito di oscenità da trivio al posto della terminologia dei critici

Di qui a poco toccherà a lui. Un giorno scorgerà Kevin portarsi il dorso della mano sinistra alla guancia e spiegare ai compagni che, come insegnante di storia, è tenuto a verificare costantemente in quale secolo si trova. Pazienza: se ne farà una ragione e poi Kevin è a poche settimane dal diploma. Dopo sarà il turno dei docenti dell'università, ammesso che ci vada e non trovi più attraente una carriera da comico.

Invece di mettersi l'orologio al polso o di riaccostarlo

all'orecchio - è la contemplazione di un futuro da zimbello a dissuaderlo, anche se non vuole ammetterlo? - Cédric l'appoggia sul tavolo, accanto alla tastiera, con l'ardiglione della fibbia in un foro del cinturino e il quadrante, quasi perpendicolare al ripiano, che sembra guardarlo. Imitato, quando il monitor si accende, da tre volti sorridenti.

Gli capita spesso di indugiare sull'immagine che ha scelto come sfondo. Ha un potere euforizzante come la cioccolata, però non fa male ai denti e adesso è un colpo di spugna sulla minaccia-Kevin. Pare impossibile che sia l'opera casuale di un passante. La famiglia al completo ad Aix-en-Provence, immortalata da un turista giapponese che, alla loro richiesta, si era schermito annunciando di non essere un granché e poi - fortuna o la padronanza della tecnica attribuibile a chiunque provenga da un Paese che è sinonimo di macchine fotografiche? - gli aveva regalato un capolavoro. La luce calda del pomeriggio avanzato, le ombre morbide, l'equilibrio della composizione con il gruppo in primo piano e le facciate settecentesche di Corso Mirabeau sullo sfondo, appena uno spicchio di cielo invece del nulla azzurro che occupa la metà superiore dell'immagine quando dietro l'obiettivo c'è un principiante.

Prodigio irrealizzabile, naturalmente, se i soggetti non avessero fatto la loro parte. Il viso abbronzato di tutti, il sorriso spontaneo, gli occhi bene aperti e perfino l'armonia cromatica degli abiti, la polo di Théo candida e stirata di fresco sopra i bermuda celesti, il vestito giallo-rosso-blu-nero di Sylvie, tavolozza di motivi geometrici stampati su un tessuto brillante, la camicia con le maniche corte di Cédric, sottili righe verdi e blu sopra i jeans. Nemmeno l'incontro tra un professionista e una famiglia reale avrebbe saputo produrre un risultato migliore. Solo lui non era stato all'altezza: nel salvare il file dopo averlo adattato alle dimensioni del monitor, l'aveva battezzato con un banale "Aix." Quel trio felice nel sole della Provenza meritava di meglio, ne è sempre stato convinto ma non sapeva come rimediare.

Ora sì. Apre la cartella contenente le immagini di famiglia, clicca sul nome e lo cambia: YNWA. Perché non ci ha pensato prima? Forse perché gli sembrava roba da iniziati, inaccessibile per Sylvie e Théo, oppure perché non sapeva che il suono di cinquantamila voci può scolpire una lastra di marmo. Inaccessibile? C'è sempre Google: quattro milioni di risultati, se non ricorda male. E appena quattro lettere per raccontare una gita estiva, uno stato d'animo, un destino atteso dal giorno in cui la puntina del giradischi gliel'aveva annunciato scovandolo tra i solchi di un vecchio vinile.

L'unico messaggio nuovo della cartella "Posta in entrata" ha un mittente sconosciuto, tale jer.eng@o2.co.uk, ed è accompagnato da un punto esclamativo: possibile minaccia, avverte il programma antispam. Una trappola ribollente di virus di ultima generazione? Meglio non rischiare: Cédric sta per ricorrere al cestino, ma l'immagine che gli si para davanti lo induce a controllare meglio. "Pete and Roger", annuncia l'oggetto della mail. Pare che il buon Jeremy non si sia limitato a mantenere la promessa. È stato anche rapido, trasmettendo la scansione subito dopo il rientro a casa, poche ore fa. "Maggio 1944", si legge nell'angolo in basso a destra; nessun dettaglio sul luogo, si vede che nelle settimane prima della missione il segreto sugli spostamenti del battaglione si estendeva perfino alle foto ricordo.

Al centro una coppia di giovani sorridenti, in piedi uno accanto all'altro davanti a uno steccato oltre il quale sembra stendersi una superficie erbosa piatta, forse la pista d'atterraggio. Sono in uniforme da riposo, scarpe lucide, pantaloni stirati, camicia spessa con i tasconi sul petto abbottonata fino al pomo d'Adamo, basco con l'emblema del paracadute alato. Un momento di pausa, più probabilmente - a giudicare dai volti rilassati - all'inizio che alla fine di una giornata di addestramento. Non è difficile individuare Roger: lo tradiscono i capelli che spuntano da sotto il basco, crespi e chiari, e i lineamenti immaturi, in contrasto con la corporatura. Aveva ragione: chi poteva sospettare un bluff sull'età da un ragazzone alto e robusto quasi come il suo superiore, che di anni ne aveva sei di più?

Il capitano: eccolo, finalmente. Physique du rôle e personalità debordante, a giudicare dal sorriso incerto, quasi intimorito, di Roger. L'espressione ne farebbe il candidato ideale per un film da interpretare nella parte di se stesso, il paracadutista pronto a invadere la Normandia da solo. Una smorfia familiare, sfottente, con le labbra piegate all'insù solo ai lati. "Mister Ghigno, I presume", bisbiglia Cédric. Meglio questa foto del ritratto di Merville. Più spontanea. E più rassicurante di una visione paurosa nascosta fra le ombre del passato. Lo sguardo è attento, diretto e non solo. A Cédric sembra di scorgervi una nota protettiva, chissà se ispirata dai dubbi sulla solidità del pulcino cresciuto troppo in fretta che gli sta accanto - per questo gli passa un braccio intorno al collo, come un fratello maggiore? - o dal ricordo di Jane. A volte la conoscenza inquina il giudizio, un po' come quando si osserva un quadro mentre la guida del museo snocciola una serie interminabile di retroscena biografici, dettagli tecnici e nozioni storiche. Interessante, ma Cédric preferisce osservare prima e chiedere dopo. Qui è lo stesso. Che effetto gli farebbe quello sguardo se non sapesse nulla di Pete Kadwell?

Da dietro la nuca di Roger spuntano l'avambraccio del capitano e la manica della camicia che si solleva scoprendo il polso. Eccolo! Cédric ingrandisce l'immagine, che però si sfuoca di più a ogni clic. Se non lo è, gli somiglia, riflette mentre prende l'orologio e, tenendolo davanti al monitor, tenta di individuare un particolare in grado di fornire il riscontro definitivo, la prova, ma senza successo.

Cédric lo ripone accanto alla tastiera mentre un altro pensiero spazza via tutto il resto, lanciato a tutta velocità nella notte di un cervello con i semafori spenti. In tre hanno indossato quell'orologio prima di lui e tutti se ne sono andati troppo presto. La constatazione dovrebbe allarmarlo almeno un po': benché non sia superstizioso, qualche volta gli capita di ripetere una sequenza di gesti o di frugare nel cassetto per cercare la stessa camicia indossata in una circostanza felice. Invece la contempla con freddezza, come una notizia proveniente dal mondo remoto dell'alta finanza. Al capitano, al nonno e al papà l'orologio è stato regalato. Lui l'ha comprato e gli piace pensare che, insieme con l'aggiudicazione, le tasse e la commissione, ha pagato la garanzia di veder crescere non solo Théo ma anche i suoi figli. Anzi, è pronto a scommetterci. Perché? Non lo sa e non gli importa. A quest'ora qualunque certezza ha diritto di cittadinanza, anche la più ingiustificata.

"Non vieni a dormire?" Sylvie si affaccia dalla porta socchiusa dello studio e si avvicina, il passo leggero accompagnato dal fruscio dei pantaloni del pigiama color crema. Gli appoggia una mano sulla spalla, ma la ritrae subito, allungandola verso l'oggetto appoggiato sul tavolo. Non porta le lenti, deve mettterselo a una spanna dal naso per verificare che è effettivamente una novità: "Cos'è?"

La risposta migliore che gli viene in mente è un condensato della verità: "L'orologio di mio padre."

"Non l'avevo mai visto. Dove lo tenevi?"

"L'ho trovato ieri."

"Trovato?"

Se provo a fare il furbo è peggio, si dice Cédric: "Comprato, in realtà. A Deauville."

"Hai comprato l'orologio di tuo padre a Deauville? Non ti seguo..."

"C'era la foto sul sito di una casa d'aste. Mi ha colpito lo stemma del Reggimento Paracadutisti inglese che ha partecipato al D-Day: questo qui, vedi? Allora mi sono chiesto a chi appartenesse in origine perché speravo che saltasse fuori qualcosa interessante. E in effetti..."

"Posso...?", gli chiede Sylvie mentre si siede sulle sue

ginocchia. Ascolta in silenzio, con l'orologio in mano, che gira di tanto in tanto per studiare le incisioni. Onfray, il notaio, Merville, Roger, l'asta. La relazione è particolareggiata. Ma incompleta, inevitabilmente. "Sicuro? Sembra... non so... incredibile."

"I documenti li ho con me. Se vuoi, te li mostro."

"Potevi parlarmene prima."

"Temevo che mi dicessi di lasciar perdere."

"Perché avrei dovuto?"

"Costa un sacco di soldi. È vecchio, ti sembrerà anche brutto. Però ai collezionisti piace."

"Un sacco di soldi?"

"Già... Del nostro conto."

"Ah..." Mentre attende l'inevitabile richiesta di dettagli e, soprattutto, di spiegazioni, Cédric si chiede come farà Sylvie ad apparire credibile quando si arrabbierà. Tanto per cominciare dovrà alzarsi perché non è serio litigare con il marito standogli seduta sulle ginocchia, poi correre in bagno per mettersi le lenti: gli occhioni teneri da miope sono inadatti alla circostanza. In realtà non si muove se non per mostrargli il palmo della mano: "Dimmelo domani, quanto hai speso."

"D'accordo. Mi dispiace..."

"E non fare quel muso da cane bastonato. Forse anch'io, al posto tuo,... Cos'è stato?"

"Cosa?"

"Il rumore. Nel corridoio."

"Non ho sentito niente", una piccola bugia se la può concedere, ora che ha vuotato il sacco.

"Allora devi fare un test dell'udito. Vado a vedere."

Cédric le afferra un braccio appena prima che possa schizzare via: "Non ce n'è bisogno. È Théo."

"Non va mai in bagno di notte. Hai dimenticato la faccenda dei pipistrelli?"

"È in garage che va, non in bagno."

"Tu che ne sai?"

"Me l'ha detto lui, prima si è svegliato. Ha un appuntamento con Pierre."

Gli occhi sgranati di Sylvie gli dicono che ora sta esagerando: "Sei impazzito anche tu o vi siete messi d'accordo per fare impazzire me?"

"Ha deciso che Pierre sta partendo e vuole salutarlo."

"Salutarlo?"

"Mi ha promesso che è l'ultima volta. Se non è vero me ne occupo io. Ma se ho ragione prometti di fare la pace con lui."

"Chi ha detto che siamo in guerra? Non vedo l'ora di sbaciucchiarlo un po'."

"Anche lui, ne sono sicuro. Per favore..."

"Cosa?"

"Lascialo andare. È il suo compleanno..."

"Non è giusto, due contro una...", sospira Sylvie, sfiorando il mouse mentre appoggia l'orologio sul tavolo. Il monitor riprende vita e le mostra la foto. "Chi sono?"

"Il primo proprietario dell'orologio e il suo amico, quello che ho incontrato a Deauville. Suo nipote mi ha mandato la foto via mail. Guarda, si vede l'orologio: secondo me è proprio questo."

"Se lo dici tu... Beh, io torno a letto. Sempre che non abbia altre stranezze da raccontarmi."

Ora no. Probabilmente nemmeno domani. Forse mai: "Non mi pare. Arrivo tra poco."

**

Uscendo dallo studio, Cédric lo vede spuntare dalle scale e avanzare con cautela lungo il corridoio illuminato dalla luce accesa del bagno, senza pantofole, solo tubolari da basket ai piedi. Non sembra spaventato anche se, quando lo vede, spalanca gli occhi.

"Com'è andata?", gli chiede sottovoce Cédric.

"Sono partiti... Credo."

"Credi?"

"Avrei voluto aspettare, ma mi ha mandato a letto."

Poco male. Non ha bisogno di essere presente per aiutarli a controllare il paracadute e le armi, ridere alle loro battute, salutarli uno a uno mentre salgono sull'aereo, seguire con lo sguardo il Dakota che sale verso la luna fioca appesa con un cavo al cielo di cemento scrostato, rimanere in ascolto finché si spegne il rombo dei motori. Può farlo prima di addormentarsi. O subito dopo. "Ha ragione. Devi riposarti."

"L'ha detto anche lui."

"Buonanotte, allora."

"Papà...?"

"Sì?"

"Quando torna?"

La stessa domanda. La *sua* domanda, ripetuta mille volte, finché la mamma aveva accantonato le risposte sul paradiso che Cédric non ascoltava più e si era rifugiata in un sorriso triste, e lui aveva abbandonato il rito serale dei primi tempi, quando chiudeva gli occhi e si fingeva addormentato appena appoggiava la testa sul cuscino perché era convinto che pochi minuti più tardi avrebbe sentito la porta della camera aprirsi e papà sfiorargli la guancia con le dita per svegliarlo, dirgli buonanotte, scusarsi di essere partito senza salutarlo e promettergli di non farlo più. Quando torna? Se lo sarà chiesto anche Jane, ma sapeva che nessuno sarebbe stato in grado di rispondere perché non era una bambina. Théo sì, invece. E Cédric anche, tanto tempo fa. A quell'età non esistono partenze senza ritorno né spiegazioni convincenti. Si può solo prendere tempo: "Non so. Gliel'hai chiesto?"

"Ha detto che non dipende da lui."

"È un soldato, deve eseguire gli ordini."

"E poi... che significa che qui ha finito?"

"Che ha compiuto la sua missione, immagino."

"Quale missione?"

"Secondo te perché è venuto da noi?"

"Per giocare con me."

"... e per aiutarti."

"Sono io che l'ho aiutato. Ho preparato i suoi amici e glieli ho portati."

"... attraversando il corridoio di notte. Non lo facevi da un anno. È stato lui a convincerti."

"Lo so, ma..."

"Poi ti ha insegnato come aiutare me. Non possiamo chiedergli di più, ti pare?"

"No... però voglio che torni."

Le parole non bastano più, ci vogliono i fatti. O qualcosa del genere: "Anch'io. Mi è venuta un'idea. Sai che facciamo? L'aspettiamo insieme"

"Aspettarlo?"

"Domani sera, dopo la festa. Ci sediamo in auto e l'aspettiamo in garage. Se tutto va bene questa notte forse trova il tempo per passare a farci gli auguri. Che ne dici?" Cédric non l'ha mai visto così, non saprebbe dire se più incredulo o raggiante, troppo agitato per replicare. La vera gioia è senza parole ma Cédric non ha bisogno di istruzioni per capire cosa passa per la testa di Théo. Gli adulti sono prevedibili, non muovono un dito se non hanno un obiettivo; anche i suoi genitori, sempre qualcosa da fare e mai tempo da perdere. Il papà non si sognerebbe nemmeno di passare una serata o una notte intera seduto in macchina per aspettare qualcuno che non sa se arriverà davvero, dunque non ci sono dubbi: tornerà. "Allora? Ti va?"

"Sì!!"

"Bene. Però non gli piacerà scoprire che hai disobbedito agli ordini."

"...?"

"Ti ha detto di riposare, mi sembra."

Théo sparisce in camera senza una parola, socchiudendosi la porta alle spalle, e accende la lampada del comodino, il chiarore si vede attraverso lo spiraglio, ma subito dopo la spegne. E la luce notturna? Deve aver dimenticato di rimetterla nella presa di corrente. Oppure non ne ha più bisogno.

29. 6 GIUGNO 2014, ORE 10:13

Sono mesi che odia questi istanti. Il din-don del campanello, nitido dietro la porta chiusa, è un segnale d'allarme, l'annuncio dell'ansia sottile che risale dallo stomaco e poi si gonfia, bloccandosi a metà dell'esofago. Cédric tenta di anticipare il verdetto studiando il ritmo dei passi in avvicinamento - rapidi e netti o lenti e strascicati? - in modo da non lasciarsi cogliere di sorpresa quando, dopo lo scatto della serratura, saprà che domenica sarà. Se lo chiede tutte le settimane mentre percorre troppo lentamente il corridoio al secondo piano del casermone in cemento armato, come se dovesse lottare contro il vento contrario. Da quando? Non ricorda né il giorno né il mese: ha rimosso la data, visto che non poteva eliminare il resto. Una visita della domenica mattina, con lui c'era Théo, stranamente ombroso, ma Cédric era certo che le coccole della nonna avrebbero fornito la soluzione giusta. Infatti Théo si era calmato appena aveva intravisto il tavolo della cucina apparecchiato, la tazza pronta ad accogliere il cioccolato caldo e le due fette di ciambella su un piattino - niente colazione a casa, la domenica si mangia dalla nonna - e lui, invece, era impietrito. Cos'era quella chiazza al centro della testa, pozza argentea che sembrava allargarsi a vista d'occhio per inghiottire ciò che rimaneva della tinta color bronzo? Avevano saltato la visita della settimana precedente perché la squadra di Théo giocava di domenica, a Mentone, ma che poteva essere accaduto in quindici giorni?

"E i capelli?": Cédric non aveva potuto trattenersi, mentre la mamma versava la cioccolata.

"Il colore non mi faceva ringiovanire, così ho deciso di smettere."

Cédric cercava di guardare altrove, mentre arrotolava i lembi del tovagliolo e li infilava nel colletto della camicia di Théo, dietro la nuca, ma non ci riusciva. Piccola, fragile come la mano tremante che teneva la teiera, affaticata, il grigio dei capelli che sembrava riflettersi su tutto: le sopracciglia, gli occhi, le labbra, le rughe. Settantacinque anni: pochi minuti prima era un numero, ora diventava una domanda. Quante altre visite della domenica mattina? Quanti anni prima che la mano smettesse di tremare? Si era seduta accanto a loro, il respiro troppo corto, e contemplava Théo che addentava la ciambella come se assistesse a un miracolo. Da adulto Cédric non aveva mai provato uno sconforto così invincibile. Si era alzato annunciando che l'avrebbe lasciata sola dieci minuti con Théo per andare a prendere il giornale.

"Ma la domenica non lo compri mai..."

"Oggi sì, c'è un inserto sulle auto."

Era schizzato fuori senza rivolgere nemmeno un cenno a Théo e si era precipitato giù per le scale: niente ascensore, sarebbero stati troppi anche cinque secondi di attesa perché non gli andava di farsi vedere da un vicino. Una volta fuori, sul marciapiede, era riuscito a controllarsi. Quasi. "Tutto bene?", gli aveva chiesto un passante anziano con cane al guinzaglio.

"... Sì. Grazie, non si preoccupi." L'aveva toccato, l'interessamento di quell'estraneo con il vestito della domenica, e aveva dovuto impegnarsi per respingere la tentazione del luogo comune: cortesia d'altri tempi, un diciottenne avrebbe tirato diritto senza degnarlo di uno sguardo, e così via.

Si era avvicinato alla propria auto parcheggiata davanti allo stabile e ne aveva usato il lunotto posteriore come specchio. Ciò che vedeva consigliava di prolungare la passeggiata: non poteva ripresentarsi con quella faccia, gli occhi rossi e sbarrati da zombie, la mamma si sarebbe preoccupata e l'avrebbe bombardato di domande, trasmettendo la propria ansia a Théo.

"E il giornale?", gli aveva chiesto nel rivederlo sulla soglia una ventina di minuti più tardi.

"Troppo tardi. L'avevano finito anche alla Maison de la Presse." Lui e Théo si erano trattenuti più a lungo del solito. La disperazione era passata; rimaneva l'angoscia, però avrebbe dovuto imparare a conviverci e tanto valeva cominciare subito.

Il guaio è che non sembra esserci rimedio contro il supplizio degli attimi passati dietro la porta, sospeso fra il timore del peggio e la speranza del nulla di nuovo, unico "meglio" concepibile. Quando sente il suono metallico della serratura, gli sembra di avere una pistola puntata contro, la sua roulette russa.

Oggi no. Eccolo, il regalo di compleanno: serena come non la vede da settimane, perfino felice. Merito della festa, quella di Théo più della sua senza dubbio. Il volto è mobile come nelle giornate migliori, le emozioni gli si stagliano sopra a caratteri nitidi e lo sfondo sbiadito non conta. "Già qui? E Théo?"

"Dorme. Ieri sera è stato sveglio fino a tardi."

"Hai fatto bene a lasciarlo a letto, oggi è la sua giornata. Ma tu...?"

"Dormo poco perché sto invecchiando, allora ho pensato di anticipare la visita. Il problema è che tu mi fai sentire ancora più vecchio. Sei in gran forma."

La battuta abituale della domenica mattina, ma questa

volta non è un espediente per strapparle un sorriso spento e la prontezza della reazione glielo conferma: "Non fare il cretino e siediti, devo prepararmi."

"Prenditela comoda, ho detto a Sylvie che arriveremo all'ora di pranzo. Ti è rimasto un po' di caffè?"

"In cucina, sul fornello."

Il bricco tiepido è un altro presagio favorevole: la giornata comincia bene e continuerà così. Ora dipende da lui. Cosa dire, come dirlo, quando dirlo. Ci pensa da giorni e ha cambiato strategia cento volte. Alla fine ha lasciato stare: gli sarebbe venuta un'idea al momento opportuno. Il momento opportuno è adesso e l'idea non è ancora saltata fuori. Cédric scava con il cucchiaino come se sperasse di trovarla sul fondo, dove si deposita lo zucchero imbevuto di caffè. Quando era piccolo, gli piaceva farlo con la tazzina della mamma, un'abitudine prima di andare a scuola, dissodare la poltiglia scura per diffonderne l'aroma e gustarla pochi grani alla volta. Lei chiudeva un occhio, che male potevano fargli porzioni così infinitesimali di caffeina? Sapore di casa. Cédric appoggia il cucchiaino con il manico sul bordo della tazza, a mo' di promemoria, così riprenderà più tardi, e si slaccia il cinturino dal polso.

"Questa o questa?", la voce della mamma interrompe una contemplazione che, come sempre da due giorni, non c'entra con il bisogno di sapere che ora è. Nella mano destra un appendiabiti con una camicetta nera, disegni floreali opachi su fondo lucido; nella sinistra una rosa con il colletto e sottili righe grigio perla.

"È una festa di compleanno, non un funerale. E tu sei troppo giovane per vestirti come un corvo. Per quanto mi riguarda puoi anche bruciarla, la camicetta nera."

Si finge risentita, altro rituale delle giornate migliori: "Non c'è colore più elegante. Ma tu che ne sai? Era meglio chiedere a Sylvie."

"Chiamala, se non ti fidi di me."

"Ha troppo da fare. E tu l'hai lasciata sola, come al solito."

"Avevo un buon motivo per tagliare la corda."

"Quale sarebbe?"

"La mia mamma preferita."

"Usarmi come pretesto... Vergognati. Dimmi di Caen, piuttosto."

"La libreria era piena. Molti giovani, si vede che le vicende della guerra sono ancora attuali. E quel Wilkins è un tipo brillante, ha una cultura straordinaria. Normale: è un insegnante di storia come me..."

"E i parenti? Li hai visti?"

"Non ho avuto tempo, ma non importa. Verranno qua per Natale. Però ho trovato qualcosa. Perché non ti siedi un momento? Non c'è fretta..."

Mentre la osserva agganciare gli appendiabiti alla maniglia della porta, Cédric si chiede se potrà contare su una distrazione e su qualche minuto di solitudine per far sparire la camicetta nera. "Che ne dici?", le chiede appoggiando l'orologio sul tavolo, con il cinturino ripiegato sotto la cassa.

Getta un'occhiata rapida e alza gli occhi, incuriosita. Incuriosita e basta: "Cosa dovrei dire?"

"L'ho appena comprato. Guardalo bene. Anche dietro."

"Sembra vecchio..."

"Solo vecchio?" Cédric la fissa per non lasciarsi sfuggire nemmeno un battito di ciglia o un fremito delle labbra e cogliere il momento in cui non occorrerà porle altre domande. Ma la reazione, dopo che ha girato l'orologio, gli ricorda che è uno sforzo inutile. La mamma non ha mai saputo dissimulare: tende a impallidire, come lui. E ora sembra in uno stato che gli ispira un po' di rimorso. Bisognava prepararla, non sottoporla a un quiz.

"Dove...?", sulle labbra affiora un sussurro quasi impercettibile.

"A Deauville, in un'asta. Mi è costato parecchio, ma sono contento. E spero che sia contenta anche tu. È stato un caso.

L'ho visto su internet." Resoconto incompleto, come con Sylvie. Il resto è importante solo per lui. E per Théo.

"Il tuo regalo..."

"Regalo?"

"Diceva sempre che te l'avrebbe dato per il diploma del liceo. L'avresti al polso da... quanto? Ventisei anni: oggi ne compi quarantaquattro."

"Invece l'ha venduto."

"Chi te l'ha detto?"

"L'erede del compratore, un notaio di Caen. Ma avrei preferito sentirlo da te."

"Papà non voleva, è stato umiliante. Non c'era ragione di tornarci sopra dopo che... Non ne avresti saputo nulla."

"Beh, adesso puoi raccontare."

"C'è poco da dire. Lo portava sempre, gliel'aveva lasciato suo padre e sarebbe diventato tuo. Poi si è ammalato, ha dovuto lasciare il lavoro. Erano momenti difficili, che avrebbe potuto fare?"

"E il nonno? Con l'orologio mi hanno dato un certificato di donazione..."

"Volevano ringraziarlo del suo aiuto. È scritto sul diario: non dovevi vederlo perché parlava anche dell'orologio, ma..."

"Quale diario?"

"Il suo. C'è il racconto di quei mesi, di quando era partigiano..."

"Hai un diario del nonno e me l'hai tenuto nascosto?"

"Te l'ho detto che..."

"Mamma! Lo sai che lavoro faccio, no? Ho appena tradotto un libro sulla battaglia di Normandia, un giorno o l'altro vorrei scriverne uno io. Quello che c'è su quel diario..." È sicuro delle proprie ragioni, Cédric, ma ammutolisce, e non solo perché inveire non gli piace, non è nelle sue abitudini, tanto meno contro sua madre; a smontarlo è il sorriso di lei, più compiaciuto che conciliante.

"... Lo conosci già."

"Cosa?"

"Il diario. A parte l'orologio."

"Che vuoi dire?"

"Forse non ricordi, eri un bambino. Però sembravi già uno storico pignolo, mi chiedevi se era tutto vero o se mi ero inventata qualcosa."

"L'ho fatto una volta sola. E tu hai cambiato discorso."

"Ma era la verità, quella che ti raccontavo."

"La verità..."

"Se non mi credi, controlla. Il diario è in camera, vado a prenderlo."

Potrebbe almeno fingersi pentita, pensa mentre la osserva allontanarsi. Trentacinque anni di omissioni e sembra contenta, perfino ringiovanita, convinta di non aver nulla da rimproverarsi, il ritratto dell'innocenza. Cédric si rimette l'orologio al polso, traccia un cerchio con il cucchiaino sul fondo della tazzina e sorride, immaginando una scena che nei giorni bui sarebbe tabù, troppo realistica per diventare un soggetto da barzelletta: la mamma alle porte del Paradiso che, interrogata da San Pietro sugli argomenti a favore della sua ammissione, giura di aver sempre detto la verità, tutta la verità, *più o meno*.

Le camicette sono rimaste agganciate alla maniglia della porta. Alla giustificazione estetica, ora, se ne aggiunge una morale: l'odiosa seta nera sarà immolata per placare l'indignazione di Cédric. Che però esita. Nemmeno lui ha detto tutto. Prima che possa prendere una decisione, la mamma è di ritorno: "Eccolo. Dagli un'occhiata mentre mi vesto." Lo sguardo con cui le risponde Cédric dev'essere inequivocabile perché, mentre recupera gli appendiabiti, aggiunge: "Va bene, metto la rosa."

30. 6 GIUGNO 2014, ORE 11:04

L'ora della battaglia sta per arrivare / Il dado è tratto

Queste sono le prime parole in cui s'imbatte Cédric, nel punto in cui la brossura del quaderno con la copertina marrone si sfilaccia fin quasi a spezzarsi. Forse il nonno li aveva trascritti sotto la data del 27 maggio perché era quella, anche allora, la pagina su cui cadevano gli occhi nell'aprire il diario, così avrebbe finito con l'impararli a memoria e li avrebbe riconosciuti al momento giusto. Che arrivò la sera del primo giugno, quando aveva l'orecchio quasi incollato alla radio nascosta in soffitta per sottrarla alla requisizione ordinata dai tedeschi mesi prima. La trasmissione in francese della BBC era cominciata con i soliti messaggi personali, decine di appelli in codice per i gruppi della Resistenza. Ma questa volta, oltre ad annunciare che "Clémentine può curarsi i denti" e che "le carote sono cotte", lo speaker di Radio Londra aveva declamato la frase più attesa: *L'ora della battaglia sta per arrivare.* Jean-Jacques non l'aveva detto a sua moglie, troppo presto. Infatti c'erano voluti quattro giorni prima che il conduttore confermasse: *Il dado è tratto.*

La scena è così nitida che Cédric ha l'impressione di

assistervi come in teatro, da una poltroncina della prima fila, sotto il palcoscenico. Jean-Jacques che si precipita giù per la scala e irrompe nella camera del piccolo Clément troncando la favola con cui Colette sta cercando di addormentarlo e di fargli dimenticare la fame. E lei che intuisce senza chiedere, leggendo negli occhi del marito una parola quasi impossibile da pronunciare dopo anni di attesa vana. *Arrivano.* Questa volta è vero. *Arrivano.* Tra poche ore. Non la fine del buio, non ancora, ma l'inizio della fine. E l'opportunità, o meglio il dovere, di guadagnarsi il primo spiraglio di luce. Il nonno sapeva da giorni cos'avrebbe fatto la mattina dopo l'annuncio. Una dozzina di chilometri in bicicletta per ritirare un biglietto, smontare la sella, inserirlo arrotolato nel tubo obliquo del telaio, recapitarlo al solito destinatario. Senza leggerne il contenuto, come sempre, ma non sarebbe stato difficile immaginarlo: istruzioni sull'obiettivo da sabotare nelle prime ore dell'invasione, un tratto di strada o di ferrovia, una linea elettrica o telefonica.

Storie già ascoltate, gli ha garantito la mamma. Ora è diverso perché le tocca sulla carta ingiallita e corrugata dall'umidità, ne avverte le asperità come se viaggiasse su un'auto senza sospensioni, sballottato dal periodare zoppicante di un ferroviere che s'improvvisa corrispondente di guerra per descrivere la vita come la vedevano i francesi in quelle settimane, un singhiozzo convulso di timori, speranze e disillusioni, righe ondulate dietro le quali sembra nascondersi un clandestino costretto a scrivere in fretta e a interrompersi a ogni fruscio. Impacciato nella sintassi ma meticoloso nella scansione: ogni giorno una pagina nuova, con la data in alto.

La mamma ha acceso la Tv in camera sua: le tiene compagnia mentre si pettina, seduta davanti allo specchio, ma la lista degli scioperi non arriva alle orecchie di Cédric, sovrastata dal crepitio delle armi automatiche. Chissà se lo stupore fu più grande della paura, quando il nonno si trovò tra due fuochi mentre attraversava un incrocio crivellato di buche con il suo rotolino di carta dissimulato nel telaio della bici. Fermarsi sarebbe stato più rischioso che andare avanti, si disse, così continuò a pedalare finché scorse un gruppo di uomini armati in mimetica acquattati nella voragine scavata da una bomba e si sentì apostrofare in inglese. Già qui? Possibile? Appoggiò la bici sul ciglio della carreggiata, li raggiunse e cercò di rendersi utile mettendoli in guardia sul contingente che difendeva il paese, ma l'ufficiale gli parve sospettoso. I resistenti non potevano portare segni di riconoscimento, non ancora.

Uno degli inglesi schizzò fuori per raggiungere una casa diroccata cento metri più in là, davanti all'incrocio e sotto il fuoco che sembrava venire dal campanile della chiesa, mentre a Jean-Jacques non rimaneva che rassegnarsi: impossibile ripartire, i tedeschi l'avrebbero abbattuto appena si fosse affacciato. Poco dopo vide una trentina di soldati in mimetica sbucare dalle finestre al piano terra della casa e correre sul lato opposto della strada, poi attraversarla per tuffarsi nel cratere. L'ultimo gli piombò addosso, abbattendolo come un birillo e rischiando di fratturargli una spalla. Jean-Jacques s'inginocchiò, la gamba destra dei pantaloni migliori che gli erano rimasti intrisa di un liquame scuro, e fu colpito dall'aspetto e dallo sguardo del suo investitore, che lo fissava dal fondo della buca con due occhi celesti, chiarissimi: alto, robusto e giovane, non più di diciotto anni, sembrava domandarsi - e domandargli - se era ferito. Il nonno si affrettò a rassicurarlo, poi sopraggiunse l'ufficiale e gli ordinò di alzarsi. Quando arrivò anche l'ultimo del gruppo, rimasto indietro per coprire gli altri, si allontanarono rapidamente verso l'imbocco della strada d'accesso al paese, quella che doveva percorrere anche lui.

Cédric sorride, pensando a Roger che avrebbe voluto stringere la mano al nonno. In realtà ha fatto di meglio, benché la presentazione non abbia seguito alla lettera le regole del galateo. Perché la mamma non gli aveva mai raccontato l'incontro, o meglio lo scontro? La spiegazione arriva poche righe più sotto.

Mentre gli inglesi ripiegavano, Jean-Jacques notò il riflesso proveniente da un oggetto metallico seminascosto fra i detriti, sul fondo della buca. Allungò la mano e, invece di un bossolo, afferrò un orologio. Doveva essere caduto a uno di loro perché sull'acciaio era inciso un emblema simile a quello delle uniformi. Cercò di attirare l'attenzione urlando e alzando la mano sinistra che stringeva l'orologio. L'ultimo della fila era il ragazzo, che si girò e, dopo avergli fatto cenno di tacere, continuò. Allora il nonno s'infilò in tasca l'orologio e rimase al coperto in attesa che i tedeschi cessassero il fuoco.

"Alt!": l'intimazione, accompagnata da una raffica di mitra in aria, lo raggiunse mentre, risalito sulla strada, si accingeva a recuperare la bicicletta. Cinque tedeschi avanzavano a piedi, preceduti da un semicingolato con il cannoncino che spuntava dallo scudo d'acciaio dietro l'autista. L'ufficiale alla guida della pattuglia sembrava un mastino, corporatura tozza, passi corti e domande abbaiate una dietro l'altra senza attendere risposte che il nonno non avrebbe potuto dare nemmeno volendo perché non comprendeva una parola. Avrebbero tentato di farsi capire o l'avrebbero ucciso subito? Sempre meglio che se avessero trovato il biglietto perché allora l'avrebbero consegnato alla Gestapo o agli sgherri francesi della banda Hervé e di lui si sarebbe occupato uno specialista dei cosiddetti interrogatori: unghie strappate, ossa frantumate a colpi di mazza e scariche di corrente nei testicoli, la prassi abituale - l'avevano ammonito i capi quando era entrato nell'organizzazione - per vincere la reticenza dei sospettati. Poi, che parlasse o no, il plotone d'esecuzione avrebbe archiviato la pratica. Peccato non avere un'arma: avrebbe sparato per primo costringendoli a reagire e così si sarebbe risparmiato la tortura. In un modo o nell'altro sarebbe morto, pensò. Senza rivedere la moglie e il figlio ma convinto che in quella buca, insieme con la fanghiglia di cui si era imbrattato, aveva incontrato le prime gocce della tempesta che avrebbe spazzato via i Boche.

Cédric s'interrompe. Ha stretto i denti, ma non è la mascella indolenzita a dargli fastidio. È la voce interna che gli pone la domanda di ogni momento passato a leggere le storie di quegli anni. Chi sarebbe stato lui? Il buono? Il cattivo? Uno dei tanti che cercavano di sopravvivere e basta? Troppo facile scrollare le spalle e rispondere "dalla parte degli eroi, ci mancherebbe altro." Come fa a esserne sicuro se non ha vissuto la fame, la paura, l'ansia per un padre, un fratello, una moglie, un figlio o un amico? Ecco perché quello non è mai stato solo un capitolo delle vicende collettive e familiari. Per quanto provi a immedesimarsi, non saprà mai come si sarebbe comportato davanti alla prova suprema. Invece il nonno l'aveva superata prima di sapere se gli sarebbe toccata una fine rapida, una atroce o un'improbabile salvezza.

Conosceva una dozzina di parole in tedesco e una sola frase compiuta, "ich verstehe nicht", non capisco. La ripeté invano due o tre volte poi uno dei soldati, rivolto all'ufficiale, si offrì di fare da interprete. Salvandogli la vita, probabilmente. Che faceva lì? Da dove veniva? Dove andava? Cosa gli avevano detto i nemici? Dov'erano diretti? Ancora e ancora, per metterlo alla prova e arrestarlo alla prima contraddizione. Era in paese per farsi prestare degli utensili, spiegò, sapendo che il falegname locale avrebbe confermato: era stato lui a passargli, insieme con il messaggio, il fagotto che portava a tracolla, dove aveva infilato un martello, un seghetto arrugginito e un paio di giraviti. Non si era accorto dei paracadutisti, continuò; li aveva visti solo calandosi nel fosso. Paracadutisti?, lo interruppe l'ufficiale; come sapeva che erano paracadutisti? Le ali sulla manica dell'uniforme, rispose, aggiungendo dettagli con cui sperava di guadagnarsi un pizzico d'indulgenza: era stato minacciato, se avesse fiatato o si fosse mosso l'avrebbero ucciso. L'inquisitore non pareva incline a commuoversi: quanti erano? Una trentina, mentì, però non avrebbe saputo dire se ce n'erano altri nei dintorni; si erano allontanati seguendo la strada e puntandogli le armi contro.

D'un tratto ricordò e il cuore prese a battere più forte: l'orologio! Che sarebbe accaduto se gliel'avessero trovato addosso, con il paracadute bene in vista sul fondo? Come l'avrebbe spiegato? L'unica giustificazione possibile era quella vera, ma suonava falsa perfino a lui. Uno dei soldati si era chinato per raccogliere la bicicletta ed era montato in sella. "Bella...", commentò ad alta voce dopo qualche colpo di pedale. Almeno quella era in regola: il nonno aveva in tasca la ricevuta che gli avevano dato dopo il censimento del 1943. "Posso...?", chiese all'ufficiale, che lo squadrò a lungo, scuro in volto, forse combattuto fra la tentazione di sparargli e l'inquietudine per un futuro - che sapeva prossimo - in cui rischiava di essere chiamato a risponderne, poi girò i tacchi, incamminandosi verso il semicingolato. Jean-Jacques non osò muoversi fino a quando il tedesco con la bicicletta gliela allungò e quello che aveva fatto da interprete l'invitò ad allontanarsi: in fretta perché non sarebbe stato così fortunato una seconda volta.

Pedalò senza fermarsi per una decina di chilometri tra i campi, su tratturi dissestati, tenendosi alla larga dalle strade più frequentate, fino a raggiungere il suo contatto, un piccoletto di mezza età con gli occhialini metallici che conosceva solo come Philippe e sembrava fuori posto mentre lo attendeva accanto a una stalla fumando una sigaretta, l'aria di un impiegato più che di un combattente. Gli consegnò il foglietto e lo lasciò senza pronunciare una parola, come sempre. Vietato fare conversazione: anche un dettaglio insignificante, svelato o ascoltato parlando del più e del meno, avrebbe rischiato di tradire la rete se uno dei due fosse stato arrestato.

Erano le dieci. Qualche ora prima, allontanandosi dalla città, il nonno aveva udito le esplosioni e si era girato: raid sulla stazione, riusciva a distinguere i puntini neri delle bombe che si staccavano dalla pancia degli aerei e scendevano sempre più veloci fino a sparire nel fumo. Si chiese che ne era stato di Michel e Valentin, i colleghi con cui avrebbe dovuto condividere il turno sui binari quella mattina, e sperò che avessero avuto il tempo di mettersi in salvo. Lui non si sarebbe presentato comunque e il giorno dopo avrebbe consegnato in ufficio uno dei certificati che il dottor Debailly gli passava senza chiedere spiegazioni, lasciando in bianco lo spazio per la data: sospettava i motivi di quelle assenze, ma li approvava abbastanza da correre dei rischi.

Se non l'avesse capito nel villaggio, il nonno si sarebbe accorto che stava accadendo qualcosa d'importante dalle strade semideserte di Caen, dove le code davanti ai negozi erano meno lunghe del solito e gli altoparlanti sul tetto delle poche auto in circolazione raccomandavano ai civili di non muoversi da casa. Le nuvole del mattino e il fumo delle bombe si erano diradati, il sole illuminava una tranquillità di cui nessuno tra i passanti sembrava fidarsi. Invece di tornare a casa, Jean-Jacques prolungò il viaggio per raggiungere la fattoria dei suoceri, a Eterville, pochi chilometri a sudovest dalla città. Visita non annunciata, come sempre, ma il motivo era implicito. Quando trovavano qualcosa in più da mangiare, in campagna qualche volta capitava, gliela tenevano da parte, nascondendola sul pavimento della cantina, dietro la scaffalatura da cui si affacciavano, impolverate e vuote, le damigiane nelle quali un tempo maturava il vino.

La prima volta che gli avevano mostrato il nascondiglio ci aveva intravisto una soluzione per il diario. Tenerlo a casa era diventato rischioso, dopo l'attentato alla stazione e gli arresti tra i colleghi: meglio nasconderlo, pazienza se non avrebbe potuto aggiornarlo tutti i giorni. Quel pomeriggio aveva promesso di rimettere a posto lui dopo aver lavato i panni che si era portato da casa, dove l'acqua arrivava a singhiozzo, ma appena era rimasto solo aveva abbandonato la biancheria e le camicie nella vasca di pietra per tornare in cantina e studiare il muro. Il coltellino arrugginito che portava sempre con sé era bastato per scavare nella malta e staccare due pietre di fiume malferme, all'altezza delle ginocchia. Quella sarebbe stata la casa del quadernetto. E la spiegazione, pensa Cédric, della carta intaccata dall'umidità.

L'idea gli era sembrata buona. Se i tedeschi avessero spostato il mobile, avrebbero trovato al massimo un cartoccio con un po' di farina, un uovo, una manciata di fagioli, difficilmente della carne secca, e l'avrebbero sequestrato, ma non avrebbero sospettato che trenta centimetri più su c'era qualcos'altro. Quando aveva rimesso a posto le pietre per coprire la nicchia, sarebbe stato arduo per chiunque notare una differenza dal resto della parete perché il nonno era un "bricoleur" nato. I superiori lo chiamavano Ripara-tutto e ogni volta che avevano un problema - cioè spesso, in tempi di pezzi di ricambio quasi introvabili - interpellavano lui. L'unica difficoltà, durante le visite successive, era stata convincere i padroni di casa che non aveva bisogno d'aiuto e che si sarebbe arrangiato da solo, recuperando le provviste dopo aver vuotato gli scaffali, e poi li avrebbe spinti di nuovo contro il muro. Avevano accettato dopo qualche esitazione, complici i dolori di schiena del padre di Colette, e lui aveva sempre avuto una decina di minuti di libertà per scrivere. Una volta la suocera l'aveva sorpreso seduto sul pavimento, con la schiena appoggiata sulla breccia. Si era infilato il diario sotto la giacca, spiegando che aveva dovuto sedersi perché gli girava la testa, ma stava meglio perché aveva mandato giù un po' dello zucchero che gli avevano lasciato. Poco dopo, mentre completava il restauro, si era chiesto se stava facendo la cosa giusta. Li metteva in pericolo, loro che non c'entravano. Sarebbero riusciti a farsi credere, in caso di necessità? Gli piaceva sperarlo, ma un altro dubbio si era coalizzato con le apprensioni di quei mesi per agitargli il sonno.

Il 6 giugno fu semplice grattare il fondo della nicchia per

ricavarne qualche centimetro di spazio supplementare. L'orologio trovò posto dietro il diario, avvolto in un fazzoletto. Poi il nonno sistemò nel fagotto degli utensili le due uova che gli avevano lasciato i suoceri, avvolte nella carta di giornale, e si sedette per annotare gli eventi di una giornata straordinaria. L'anagrafe della storia l'avrebbe battezzata D-Day, ma per lui si sarebbe rivelata giusta la definizione di Rommel: il giorno più lungo. Mentre scriveva, non immaginava che le ore successive sarebbero state peggiori di quelle trascorse né che sarebbe tornato al diario così presto, la sera del 7, ansioso di fissare sulla carta quanto aveva visto per poterci credere fino in fondo e soprattutto per sfogarsi.

Il rombo dei bombardieri e le esplosioni provenienti da Caen, all'una e mezza, quando era ancora alla fattoria; la paura per i familiari mentre pedalava verso il fumo che oscurava l'orizzonte, squarciato dai lampi e dalle fiamme; la rabbia provata davanti a un posto di blocco improvvisato, dove un paio di tedeschi sbarravano la strada a chi tentava di passare; la decisione di provarci comunque, fino a trovare un vicolo incustodito; il tragitto fra i muri che crollavano con boati assordanti, la polvere soffocante e giallastra, l'orrore del cadavere carbonizzato sulla barella trasportata da due preti; l'arrivo in rue de la Fontaine, dove il Monoprix e la scuola sembravano torce immense, il sollievo nel vedere la casa intatta e, spalancando la porta d'ingresso, il rigonfiamento sotto il materasso disteso ai piedi del muro portante. Il piccolo Clément era lì sotto, rannicchiato fra i cuscini, e quando suo padre aveva sollevato per dare un'occhiata non sembrava terrorizzato, solo preoccupato perché la mamma non era con lui. Dov'era finita Colette? Jean-Jacques era corso al piano di sopra e l'aveva vista trascinare un altro materasso sul pavimento, verso le scale. L'aveva aiutata, poi si erano riparati entrambi al piano terra, abbracciando il figlio in attesa di una tregua.

"Non avranno più una città da liberare se continuano così",

mormorava Colette, mentre il nonno prendeva una decisione: dovevano fuggire, rifugiarsi dai suoceri, a costo di attraversare il centro sotto le bombe e di mancare un appuntamento importante. "Viene anche Simone!", l'implorò lei: la vicina di casa e amica del cuore, al nono mese di gravidanza, con il marito François. Appena sentì l'ultimo stormo di aerei allontanarsi, il nonno uscì per cercare un mezzo di trasporto. Impresa ardua: la benzina era riservata ai tedeschi e ai servizi essenziali. Ma un'ora dopo eccolo di ritorno, seduto su un furgone accanto al garzone del fornaio, il sorriso compiaciuto da Ripara-tutto che ha compiuto la sua impresa più memorabile. Caricarono le valigie riempite in fretta e impiegarono più di un'ora per lasciare la città perché i crateri e le macerie li obbligarono a cambiare continuamente rotta e su Boulevard Bertrand dovettero procedere a passo d'uomo per evitare la gente terrorizzata che attraversava la strada correndo alla ricerca di un riparo mentre sopra le loro teste, a bassa quota, sfrecciavano i caccia alla ricerca delle postazioni tedesche da colpire.

Arrivati alla fattoria, si sistemarono tutti e cinque nel granaio. Vi passarono una notte insonne, scandita dall'eco della devastazione di Caen e dal passaggio delle colonne motorizzate, costrette a spostarsi al buio perché di giorno sarebbero state un bersaglio facile per gli aerei alleati. La mattina dopo, malgrado Colette tentasse di dissuaderlo, il nonno volle tornare a casa per recuperare la bicicletta che aveva dimenticato nell'ansia di partire, sperando in una pausa dopo il martellamento durato fin quasi all'alba. Sette chilometri a piedi fra i campi, percorso scomodo ma meno rischioso delle strade.

Passando accanto a una casetta diroccata, sentì un grido in inglese. Erano una decina, uniforme kaki ed elmetti a padella, appostati dentro il rudere, lo videro e gli intimarono di entrare. Che facevano dietro le linee nemiche? Non l'avrebbe stupito scoprire che si erano persi perché su quanto stava accadendo circolavano le voci più disparate. Il garzone del fornaio li aveva informati che gli Alleati stavano consolidando la testa di ponte. No, aveva smentito François: erano stati ricacciati in mare, secondo un poliziotto che aveva incrociato al mattino. False entrambe le notizie, aveva garantito un vicino dei suoceri: lo sbarco sulle spiagge vicine serviva per distrarre i tedeschi dall'invasione vera e propria, che sarebbe cominciata di lì a poco nella zona di Calais.

L'ufficiale che li guidava parlava francese. Gli chiese dov'era diretto e se aveva informazioni sulla posizione delle truppe tedesche nei dintorni. Dunque gli inglesi sapevano dove si trovavano: erano di pattuglia, incaricati di riferire sui movimenti del nemico. Jean-Jacques si offrì di dare un'occhiata. Convennero di incontrarsi due ore più tardi nello stesso luogo, poi il nonno riprese il cammino verso Caen.

Una passeggiata all'inferno. Tra i calcinacci di Boulevard Arthur Leduc vide quelli che in un primo momento gli sembrarono stracci inzuppati di sangue, ma dentro c'era qualcosa. Frammenti di cadavere, inorridì, distogliendo lo sguardo e allungando il passo, ma rallentando subito dopo per contemplare lo spettacolo surreale di uno dei pochi immobili rimasti in piedi, privo della facciata e sezionato verticalmente come una casa di bambole. Dietro il sipario di una tenda lacera, agitata dalla brezza che si apriva un varco tra le rovine e aggrappata alla sua barra d'ottone come per proteggere ciò che rimaneva di un'intimità violata, s'intravedevano le travi carbonizzate, il lavandino appeso a uno spicchio di parete intatto, un quadro con il vetro in frantumi, tubi e cavi che spuntavano da ciò che rimaneva dei pavimenti e dei soffitti.

Poco più in là due ragazzi delle Equipes d'Urgence soccorrevano un ferito appena estratto dalle macerie e un loro collega cospargeva di calce viva quelli che al nonno sembrarono due cadaveri. Quando si avvicinò capì che era uno solo, tagliato a metà: solo l'abbigliamento lasciava intuire che si trattava di una donna. Entro certi limiti era possibile sottrarsi alla vista, ma contro l'odore non c'era difesa nonostante il fazzoletto legato davanti al naso. Jean-Jacques temette di svenire sulla strada, dove forse avrebbero scambiato anche lui per una vittima delle bombe. A rianimarlo fu la visione della bicicletta appoggiata al muro. Intatti entrambi, la casa e la bici, miracolo inspiegabile tra le rovine di una via quasi cancellata dalle bombe.

I detriti ostacolarono i suoi spostamenti, cumuli di mattoni sbriciolati che aggirava o scalava con la bici in spalla per guardarsi intorno tentando di memorizzare le posizioni dei pochi pezzi d'artiglieria e blindati visibili: difficile orientarsi, i connotati della città non erano più gli stessi. Una volta ebbe paura, all'imbocco dell'unico viale percorribile che aveva visto dal ritorno in città, dove si muoveva una colonna di quattro camion preceduti da un Panzer e da un'avanguardia di tre uomini, S.S. in mimetica con le maniche rimboccate e la testa scoperta che gli puntarono le armi contro appena lo videro spuntare da una via laterale. Il nonno ebbe l'impressione che non ci sarebbero stati colpi d'avvertimento e invertì la marcia, pedalando per qualche decina di metri, poi si fermò per riprendere fiato, piegato sul manubrio e stupito di essere ancora vivo: forse i Boche avevano l'ordine di risparmiare le munizioni.

Arrivò quasi puntuale all'appuntamento, ma all'interno del rudere non c'era nessuno. Costretti a ritirarsi, catturati, uccisi? Il nonno si sedette, esausto, per concedersi una pausa prima di riprendere il tragitto. Da ragazzo sognava di diventare un ciclista vero, professionista. Nel diario non c'è traccia di queste fantasie, cancellate dalla guerra. Cédric lo sa solo perché una volta gliene parlò la mamma e, mentre legge, prova a indovinare i pensieri che attraversarono lo sconforto di quei minuti, il tentativo di cancellare gli orrori di cui era stato testimone immaginandosi all'arrivo di una Parigi-Roubaix, le braccia alzate, il podio, i fiori. Niente gara, invece, e nemmeno un allenamento, ma lo sport sbagliato: chilometri di ciclocross tra fossi, crateri e montagne di calcinacci, cercando la traiettoria giusta e sapendo che quella sbagliata conduceva all'incontro con una bomba o una pallottola, fino al traguardo, una casupola in rovina con le mattonelle spezzate del pavimento coperte di tegole, un mozzicone di trave appoggiato all'unica parete che superava i due metri, il tubo sfondato di una caldaia come trofeo per il vincitore. E tutto questo per niente: gli inglesi erano spariti.

Bonjour, Monsieur. Eccolo: Jean-Jacques lo vide quando gli spuntò alle spalle, da dietro il muro. Solo. "Ho lasciato i miei uomini vicino all'incrocio. Le auto e le moto possono passare solo di lì." Non si fidava del nonno, ovviamente, e prima di avvicinarlo voleva accertarsi che non li avesse traditi facendosi seguire da un plotone di tedeschi. "Sono il Maggiore Landon Roach."

Roach! *Quel* Roach? La donazione è a casa, nel cassetto della scrivania, ma Cédric non ha bisogno di controllare. Il grado corrisponde, il cognome pure. In più c'è una coincidenza di cui si avvede solo ora: il nome di battesimo, Landon come l'amico inglese del nonno che la mamma citava nei suoi racconti. La stessa persona? E che c'entrava con l'orologio trovato il giorno prima a quindici chilometri di lì? Il diario non risponde.

Al ritorno presso la fattoria, Jean-Jacques ebbe due sorprese. I tedeschi avevano piazzato una mitragliatrice davanti alla facciata, costringendo i suoceri e tutti gli altri a rifugiarsi dalla parte opposta dello stabile, nella sala da pranzo. E c'era un ospite in più: il bambino appena nato di Simone, che aveva partorito qualche ora prima con l'aiuto di Colette e dormiva sodo sul petto della mamma, distesa sul pavimento, una coperta spessa a mo' di materasso, pallidissima. "Come hai fatto?", chiese il nonno a sua moglie. "Esperienza." "Quale esperienza? Tu fai la sarta." "Ho avuto un figlio anch'io." Passare informazioni agli inglesi era pericoloso, si disse, ma più facile che assistere una partoriente, almeno per lui.

Al calar della sera i tedeschi si spostarono altrove con la loro mitragliatrice e i rifugiati ripresero possesso del granaio. Jean-Jacques poté concedersi una visita in cantina per scrivere, certo che nessuno l'avrebbe disturbato: Simone e suo figlio erano al centro dell'interesse generale, l'allattamento un rito pubblico nel quale tutti, Colette compresa, cercavano un appiglio per sperare nel futuro.

Che fare per rimettersi in contatto con i compagni dell'organizzazione? La risposta si trovava in una cascina di Le Mesnil, a pochi chilometri di lì, ma comportava dei rischi sia per lui sia per i padroni di casa. Jean-Jacques conosceva di fama il proprietario della tenuta perché aveva aiutato Michel, il suo migliore amico, a evitare il Lavoro obbligatorio in Germania e l'aveva indirizzato verso conoscenti "animati da un forte sentimento patriottico", gli stessi con cui sarebbe entrato in contatto lui. In quella casa si diceva che avessero trovato rifugio alcuni militari alleati abbattuti sopra la Normandia, ma al nonno sembrava impossibile perché i tedeschi vi si erano installati fin dal 1940. "Vado dai Richier", mormorò a Colette dopo averla presa da parte; "Forse hanno un po' di pane anche per noi. Non dire nulla agli altri, inutile dargli delle illusioni." Un cenno d'assenso confermò che sua moglie aveva intuito qual era il motivo principale della visita.

Arrivato in vista della villa, quando era già sulla via d'accesso sterrata, il primo impulso fu allontanarsi il più rapidamente possibile. Una grossa auto scoperta procedeva nella sua direzione occupando l'intera sede stradale, con i fanali accesi benché ci fosse ancora luce. Non occorreva attenderla per verificare che si trattava di tedeschi: nessun altro poteva circolare con mezzi simili. Se avesse ceduto alla tentazione di tornare indietro si sarebbe messo nei guai perché l'avevano già visto, pensò, così si fece da parte e attese sul ciglio della strada. Erano solo due, uno alla guida e un ufficiale sul sedile posteriore, e non lo degnarono di uno sguardo, anzi accelerarono subito dopo essergli passati davanti.

"Mi chiamo Roussel", disse alla donna di mezza età che gli aprì, presumibilmente la signora Richier; "Mi sono rifugiato a Eterville dopo il primo bombardamento di oggi. Siamo otto... Mi chiedevo se avete un po' di pane."

"Entri", invito cortese ma distaccato, in quei tempi era difficile fidarsi di un estraneo.

Intorno al tavolo della cucina sedevano tre uomini, uno tra i quaranta e i cinquanta, gli altri più giovani, che lo osservavano. Il nonno si stupì nel constatare quanto somigliassero a lui non solo nella magrezza ma anche nell'abbigliamento, l'uniforme dei francesi sotto l'occupazione: colori scuri, camicie con i polsini e il colletto lisi, pantaloni sgualciti, scarpe con la tomaia consumata.

"Buonasera, sono Philippe Richier", il commensale di mezza età, capelli precocemente ingrigiti, si alzò per tendergli la mano.

"Jean-Jacques Roussel. Sono un amico di Michel."

"Michel?"

"Quello che le ha chiesto aiuto l'anno scorso per evitare un viaggio all'estero. Andiamo molto d'accordo."

"D'accordo?"

"Su tutto. A parte il formaggio. Lui detesta il Livarot."

"Non è un buon normanno, allora", intervenne uno degli altri due, occhi scuri penetranti e barba mal rasata.

"L'importante è che sia un buon francese."

"Giusto", sorrise il nuovo interlocutore; "Benvenuto fra noi."

Esame superato. Quando gli avevano insegnato la sequenza delle battute, l'aveva trovata un po' ridicola, ma ora si rallegrava di averla ricordata: "A giudicare da ciò che ho visto, non è il momento giusto per parlare."

"Se ti riferisci allo sgradevole ospite del signor Richier, puoi stare tranquillo. È partito con il suo autista. Siamo soli e lo rimarremo a lungo, credo. Pare che sulla costa abbiano bisogno di tutti gli uomini disponibili", constatazione accompagnata da un ghigno velenoso.

"Gli amici mi conoscono come Max. E lei...?"

"Arc-en-ciel. Max? Quello del biglietto di Amfreville?"

"Sì, ma come..."

"Pare che te la sia cavata per miracolo. Dopo la sparatoria, il falegname ti ha visto parlare con i Boche. All'inizio ha sospettato qualcosa, poi ha capito che eri nei guai. E Philippe ha riferito che sei arrivato quasi puntuale all'appuntamento. Bravo."

"Oggi ho fatto il bis", aggiunse il nonno, chiedendosi se Arcobaleno sapeva anche questo.

"In che senso?"

"Mi sono quasi fatto sparare dalle S.S. mentre li spiavo a Caen. Me l'aveva chiesto un ufficiale inglese che ho incontrato qui vicino. Il problema è che ieri avevo un appuntamento con Tortue. Forse potete raggiungerlo voi, comunicargli dove mi trovo, oppure..."

"Troppo tardi", scosse la testa Arc-en-ciel.

"Cos'è successo?"

"Ucciso durante il bombardamento del primo pomeriggio, l'auto è stata centrata in pieno."

"Auto?"

"Della Gestapo. L'avevano appena arrestato. Sono morti anche i nostri connazionali che lo stavano portando in Rue des Jacobins. Magra consolazione."

Nel silenzio che seguì, il nonno fu certo che tutti pensassero la stessa cosa: a Tortue - nome di battaglia appropriato, rideva, perché era stato campione interscolastico dei 100 metri - sarebbe andata peggio se fosse arrivato vivo al comando. "Che faccio adesso? Era lui a darmi le consegne, a tenere i contatti con gli altri..."

"Un'idea l'avrei...", Arc-en-ciel aveva preso l'iniziativa, Richier li ascoltava in silenzio e il terzo sembrava più interessato alla propria zuppa di patate e cipolle che alla conversazione. "Ti va di ripetere quello che hai fatto oggi? Dare un'occhiata dove ti diremo e poi riferire agli inglesi? Il signor Richier ti dirà quando e dove."

"D'accordo", risposta immediata per dissipare i dubbi prima di vederseli davanti con i volti di Colette e di Clément. Al rischio di lasciarsi dietro una vedova e un orfano avrebbe pensato dopo, mentre inforcava la bicicletta per tornare a Eterville, dimenticando di prendere con sé il pane che la signora Richier gli aveva appoggiato su una credenza dell'ingresso, avvolto in un foglio di giornale.

"Bene. Ora lascia che ti presenti il tenente Pickard. Ha perso il suo Spitfire ma non la voglia di combattere." Il mangiatore di patate e cipolle alzò gli occhi nel sentire il proprio nome, di certo la prima parola che aveva capito dall'arrivo di Jean-Jacques. "Domani gli faremo attraversare le linee. Ero qui per dargli le istruzioni. E in più ho trovato un nuovo informatore. Meglio di così..."

Il nonno frugò nello scarno dizionario inglese che aveva in testa e disse, tendendogli la mano: "*Friend.*" L'inglese scattò in piedi e, con un sorriso che gli scoprì i denti cavallini, rispose convinto: "*Friend!*" Dunque la realtà andava oltre a quelle che Jean-Jacques giudicava leggende: un pilota della RAF soggiornava a casa di Richier sotto il naso di un ufficiale tedesco e del suo attendente. Se gliel'avessero detto, non ci avrebbe creduto. D'altra parte chi avrebbe creduto a lui, se avesse raccontato di aver incontrato gli inglesi tre volte in meno di due giorni?

La mattina dopo, il nonno e gli altri profughi della fattoria si resero conto che nemmeno Eterville era sicura. I tedeschi non avevano scelta: dovevano muoversi anche alla luce del giorno, mimetizzando le auto, le moto e i blindati sotto le frasche raccolte nei boschi e balzandone fuori appena sentivano il rombo di un caccia in avvicinamento. La scena si ripeteva una dozzina di volte al giorno, sotto gli occhi di

François e Jean-Jacques che avevano preso a scavare una trincea nel campo di patate davanti alla fattoria e, quando i Boche si sparpagliavano per mettersi al riparo, ci si gettavano dentro. Il passaggio a bassa quota e le raffiche coprivano per qualche secondo il brontolio lontano dei cannoni, poi la colonna ripartiva, il più delle volte aggirando o spingendo nel fosso una carcassa fumante, e loro tornavano ad affondare i badili nel terreno. Il 9 rabbrividirono: sulla strada passavano, in fila per due, almeno trecento prigionieri canadesi, scortati da SS orgogliosi del bottino. Che stava accadendo? E cosa aspettava Richier per farsi vivo? Il nonno voleva sapere, oltre che informare.

Il segnale arrivò il 12, trasmesso da un operaio della tenuta di Le Mesnil che lo invitava a presentarsi alla cascina in serata. Si trattava di tornare a Caen la mattina dopo, annotando ciò che vedeva sulla strada e in centro, per poi riferire a un ufficiale inglese che si sarebbe presentato in abiti civili e in bicicletta. L'unico dettaglio della missione che lo preoccupò davvero fu il luogo scelto per l'incontro: uno dei rifugi scavati dai tedeschi nei campi circostanti, baracche incastonate nel terreno con il tetto al livello del suolo. Deserto fin dal 6 giugno, gli assicurò Richier, ma il giorno prima Jean-Jacques aveva udito il racconto di una giovane madre in lacrime che passava con i familiari davanti alla fattoria. Non si dava pace perché aveva convinto il marito che una di quelle casupole vuote sarebbe stata il riparo ideale: vi avevano lasciato le valigie con tutto ciò che avevano potuto salvare dai bombardamenti e il giorno dopo, tornandoci con i figli, si erano visti sbarrare la strada da una pattuglia di S.S. che aveva intimato di allontanarsi, naturalmente senza restituire le valigie. Prima di partire, il nonno spiegò ai suoceri e a François che sarebbe passato da casa e dal Liceo Malherbe; di lì avrebbe tentato di inviare un messaggio ai parenti di Besançon per tranquillizzarli.

Il miracolo non era durato: dalle macerie che una volta

erano la sua abitazione, non si levava nemmeno un filo di fumo, le bombe dovevano averla distrutta diversi giorni prima. Ciò che vide al Malherbe, monastero benedettino del dodicesimo secolo trasformato in scuola e, ora, in Centro d'Accoglienza, aveva qualcosa d'apocalittico. Migliaia di rifugiati accorsi da tutte le parti della città, attirati dalle enormi croci rosse dipinte sul tetto e sul pavimento del cortile che, speravano, li avrebbero salvati dagli aerei e dall'artiglieria. Gente dappertutto, molti in pigiama e pantofole perché erano fuggiti da casa durante la notte fra il 6 e il 7, accalcati nei sotterranei tra muri di pietra spessi tre metri, nei corridoi, negli uffici, nel porticato del chiostro. Aule trasformate in obitori o sale operatorie, con i tavoli del refettorio che fungevano da lettighe, il giardino usato per sepolture provvisorie e frettolose. Bambini che giocavano nonostante tutto accanto alle madri che aiutavano a preparare i pasti, materassi sui pavimenti per i malati, unici ad averne diritto mentre gli altri dovevano arrangiarsi con la paglia.

Il nonno chiese indicazioni a un barelliere ubriaco di fatica, occhi arrossati e viso coperto di polvere sotto il casco bianco della Difesa Passiva, che lo condusse al cosiddetto ufficio postale, ripostiglio con un tavolo al centro dietro il quale, seminascosto da una montagna di carta, sedeva un ragazzo in canottiera - un allievo del Liceo? - che si fece consegnare la busta e la gettò dentro il sacco di tela appoggiato sul pavimento. La lettera sarebbe partita il giorno dopo, disse: impossibile fare previsioni sul suo arrivo. Poi gli fece notare il manifesto incollato sul muro alle proprie spalle. Un appello firmato dal prefetto e dal sindaco, l'invito a lasciare la città il giorno dopo per rifugiarsi a Trun, qualche decina di chilometri a sud, percorrendo un tragitto che i tedeschi avrebbero lasciato libero per l'esodo. "Che ne pensa?", chiese il nonno. "Di qui partiranno in pochi", rispose il ragazzo; "La maggior parte ha paura di trovarsi tra due fuochi."

Uscito dal Malherbe, il nonno si stupì nel constatare che i

tedeschi erano pochissimi. Il gruppo più nutrito, una dozzina al massimo, l'incrociò in una strada parzialmente risparmiata dalle bombe. Non erano impegnati nel pattugliamento o nel consolidamento delle difese, ma in un'attività che agli occupanti sembrava riuscire più congeniale perfino della tortura: il saccheggio. Avido, metodico e diffuso a dispetto dei cartelli affissi qui e là dalla Feldgendarmerie in cui si ricordava che la pena per gli sciacalli era la fucilazione immediata. Se il monito avesse un fondamento, fu l'amara constatazione di Jean-Jacques, non ci sarebbe bisogno degli Alleati perché i Boche si ammazzerebbero tra di loro. Un lampadario, un colabrodo, un tappeto liso, una sveglia, coperte, lenzuola e un cassetto pieno di posate, dalle case abbandonate usciva di tutto. Il nonno tirò diritto indisturbato e, probabilmente, invisibile agli occhi degli uomini della Wehrmacht che andavano e venivano. Qualche centinaio di metri più in là, fu testimone di uno spettacolo paradossale. Davanti alla porta sfondata di un magazzino erano schierate due file quasi parallele di S.S. e volontari della Difesa Passiva che si passavano pesanti sacchi di farina in una gara di velocità tra concorrenti che s'ignoravano a vicenda. Vinta dai francesi, per una volta: la necessità di sfamare i profughi dei Centri d'Accoglienza ne moltiplicava le energie al punto che sul loro furgone finivano tre sacchi nel tempo impiegato dai Boche per caricarne due sul camion parcheggiato lì vicino.

Avrò ben poco da raccontare, pensò il nonno mentre montava in sella per allontanarsi dal centro. Si sbagliava. Man mano che le macerie si diradavano, i tedeschi aumentavano di numero, fino a diventare postazioni d'artiglieria e colonne corazzate all'esterno dell'abitato. I Panzer che si diceva stessero facendo strage tra i carri anglocanadesi erano mimetizzati sotto gli alberi e tra le siepi. Lo fermarono spesso, a volte sparando un colpo in aria, altre chiedendogli i documenti e intimandogli di tornare indietro. Il nonno fingeva di obbedire e cambiava itinerario fino al posto di blocco successivo, dove spiegava che non sapeva come tornare a Eterville. Il rimpiattino durò fino all'ora dell'incontro presso il rifugio, che era davvero vuoto e abbandonato.

Roach! Di nuovo lui, con una bici più arrugginita della sua e senza i baffetti che dovevano sembrargli troppo inglesi, addosso un abito civile sdrucito e stretto: travestimento fin troppo realistico, si disse il nonno nel passargli i fogli dove aveva tracciato le piantine sommarie con la localizzazione dei pezzi d'artiglieria e dei carri. Al momento del congedo Roach annunciò, con l'aria soddisfatta, che si sarebbero visti ancora. Eppure rischiavano di essere fucilati entrambi come spie, pensiero che Jean-Jacques si sforzò di allontanare mentre riprendeva la strada della sua residenza provvisoria.

S'incontrarono altre due volte, in effetti. La prima il 18, quando il nonno spiegò a François che usciva per cercare un mezzo di trasporto: bisognava fuggire come avevano fatto gli abitanti dei villaggi vicini, dove il fuoco dell'artiglieria non dava più tregua. Il veicolo non lo trovò, ma vide Roach e, oltre a passargli le ultime informazioni, gli annunciò l'intenzione di allontanarsi con la famiglia. "Buona idea", rispose il maggiore; "Se ce la fate, me lo diranno gli amici di Le Mesnil."

In realtà lui e gli altri abitanti della fattoria dovettero passare buona parte delle giornate successive nel campo di patate, all'interno della trincea, riparandosi alla meglio dal fuoco delle artiglierie contrapposte. Fu lì che, il 23, lo scovò l'emissario di Richier. La ricognizione fu fissata per il primo pomeriggio dell'indomani, ma Jean-Jacques anticipò la sortita a metà mattina per precipitarsi in centro. Il figlio di un vicino era stato ferito al collo da una scheggia, bisognava chiamare un'ambulanza e il nonno era l'unico ad avere una bici. Dopo aver inviato sul posto il furgone che sostava davanti al Bon-Sauveur, compì una visita più lunga delle altre e vide passare il primo sintomo della disfatta: tre Panzer diretti a Vaucelles, riva destra dell'Orne, seguiti in disordine da piccoli gruppi di uomini stremati, con le uniformi lacere e sporche.

Il 29 i tedeschi intimarono di evacuare Eterville, destinata a trasformarsi in zona di battaglia di lì a poco. Il nonno convinse gli altri a rifugiarsi al Malherbe, che rimaneva quasi intatto mentre intorno la città si sbriciolava. Nel fienile, tra la paglia, i suoceri avevano nascosto mesi prima le ruote della vecchia Peugeot nera parcheggiata nel capanno degli attrezzi, sperando di salvarla dalla requisizione. Lo stratagemma aveva funzionato; non rimaneva che montarle e versare nel serbatoio il contenuto del bottiglione custodito nella credenza della cucina come fosse vino pregiato, e invece era benzina. Sui sedili davanti trovarono posto i padroni di casa, dietro Simone con il neonato e Colette con Clément, nel portabagagli tutto ciò che riuscirono a stiparvi. Dopo averli visti partire, Jean-Jacques e François si avviarono a piedi tra i campi evitando le bestie che vagavano muggendo, terrorizzate dalle esplosioni, mentre sulla strada una colonna tedesca era sotto il fuoco simultaneo dell'artiglieria e dei caccia.

A Bretteville avvistarono la Peugeot nera: il suocero si era fermato perché avevano trovato un carrettiere disposto a trasportare Jean-Jacques e François fin dove le macerie avrebbero consentito al suo mulo di passare. L'ultimo tratto lo fecero tutti a piedi. Vedendo il padre di Colette girarsi di continuo e scuotere la testa all'indirizzo della Peugeot abbandonata lungo il muro di una chiesa, Jean-Jacques tentò di consolarlo: difficile rubarla, il serbatoio era quasi vuoto. Giunti al Malherbe, furono indirizzati al Salone delle Feste - nome che sembrava uno scherzo di pessimo gusto - e di lì a una delle cantine dell'edificio principale, ampie volte in pietra e pilastri rassicuranti tra i quali alloggiavano centinaia di sfollati. L'accesso era uno solo, ma tutti i locali possedevano una botola sul soffitto e una scala a pioli che consentiva di entrare e uscire abbastanza rapidamente. Per chi voleva prendere una boccata d'aria c'era il chiostro, invitante ma anche pericoloso perché nessuno poteva garantire che l'anomalia del liceo - quasi intatto dopo tre settimane di incursioni - si sarebbe prolungata.

Settemila persone in un centro che avrebbe dovuto accoglierne seicento, eppure c'era da mangiare per tutti. La Difesa Passiva batteva i pascoli alla ricerca degli animali sfuggiti alle bombe, li caricava sui propri camion e li sistemava nel recinto allestito presso il Bon-Sauveur; quando trovavano animali morti da poco li trasportavano al Malherbe, dov'erano subito macellati; le Squadre d'Urgenza facevano il giro dei centri tutte le mattine per fornirli del latte munto dalle vacche ammassate alla Prairie; non mancavano nemmeno i formaggi e il vino. L'unico problema era l'acqua, oggetto di un traffico continuo di camion che la trasportava in barili da duecento litri, ma troppo rara e preziosa per destinarla all'igiene. Così si mangiava, in turni di cinquecento persone, con posate, piatti e bicchieri da lavare una volta sola, alla fine.

Nuovamente privo di contatti - cos'era accaduto a Richier? Era ancora vivo? - il nonno tornò a fare il Ripara-tutto - le occasioni non mancavano - e si arruolò nel servizio di sicurezza del centro, sorta di polizia interna incaricata, fra l'altro, delle ronde notturne. Non sarebbe stato un problema, pensò: avrebbe dormito poco in ogni caso perché le incursioni aeree continuavano. La più pesante, la sera del 7 luglio, iniziò mentre giocava con Clément sotto i portici del chiostro, in attesa che Colette li raggiungesse dal locale dove passava diverse ore al giorno per rammendare: servizio essenziale anche quello perché il novanta per cento dei rifugiati, quando si strappavano gli abiti indossati il giorno dell'arrivo al Malherbe, non aveva altro per coprirsi. Il singulto metallico della contraerea costrinse Jean-Jacques ad alzare gli occhi: il cielo era oscurato dagli Halifax e dai Lancaster che volavano a bassa quota, cinquecento metri al massimo, in squadre di dodici o ventiquattro. Non ebbe il tempo di chiedersi verso quale quartiere della città fossero diretti. Le prime bombe caddero vicine come non era mai accaduto prima, diffondendo il panico con la stessa violenza dello spostamento d'aria che sbatteva la gente contro i muri del chiostro. Urla, fumo, corse disperate in direzione delle cantine, il nonno prese in braccio Clément e si gettò verso il corridoio da cui sarebbe dovuta emergere Colette. S'incontrarono, quasi si scontrarono, dietro una colonna e poi corsero verso le scale che conducevano ai sotterranei, dove la gente si accalcava disperata. Il capo della Difesa Passiva urlava di stare calmi: gli aerei erano passati, nessun'altra bomba sarebbe caduta nelle vicinanze. Ma il palazzo tremava fino alle fondamenta e, quando Jean-Jacques riuscì a raggiungere il rifugio con i familiari, si chiese se aveva fatto la scelta giusta: dal basso, i colpi avevano un suono cupo che accentuava la sensazione di essere sepolti vivi. Una ragazza, seduta sul pavimento accanto a loro, fu colta da una crisi di nervi: urlando come un'ossessa, prese a strapparsi la gonna. Convinto che il giorno dopo sarebbe toccato a Colette occuparsi di quella stoffa a brandelli, Jean-Jacques le agitò un pugno sotto il naso minacciandola di picchiarla, se non si fosse calmata. Alla poveretta il nonno dovette sembrare ancora più terrificante delle bombe perché ammutolì e le dita che stringevano l'orlo della gonna si aprirono; con quegli occhi sbarrati sarebbe sembrata morta, non fosse stato per i singhiozzi che la scuotevano. Il nonno abbassò la testa per evitare lo sguardo di Colette e di Clément: si vergognava di ciò che lo aveva fatto diventare quella catacomba.

I tre quarti d'ora più lunghi dallo sbarco alleato, il colpo di grazia per una città in ginocchio. Le notizie portate dai soccorritori che andavano e venivano dal Malherbe erano spaventose: rasi al suolo i quartieri che erano stati risparmiati dalle incursioni precedenti, la biblioteca universitaria in fiamme, letteralmente polverizzata la chiesa di Saint-Julien, crollato ciò che rimaneva del Municipio. Jean-Jacques si offrì di dare una mano. Non gli chiesero nemmeno cosa sapeva fare, gli misero un casco in testa e lo spedirono fuori con un partner e una barella. La descrizione di ciò che vide quella notte è frettolosa. Meglio così: a Cédric bastano poche righe - mai riferite dalla mamma, e in questo non può darle torto - per decidere che è meglio girare pagina. Uno dei corpi che raccolsero aveva la testa ma non il volto, la pelle sciolta come fosse di cera. Eppure in quei resti c'era ancora vita, bollicine che si formavano sulla superficie di un grumo di sangue, all'altezza di quello che non si capiva se fosse il naso o la bocca. "Siamo della Difesa Passiva, la portiamo all'ospedale", gli mormorò prima di adagiarlo sulla barella con tutta la delicatezza di cui era capace un ferroviere che non possedeva alcuna nozione di pronto soccorso, chiedendosi un attimo dopo come avrebbe potuto udirlo un moribondo senza orecchie.

Di ritorno al Malherbe, il nonno si accasciò sotto il portico del chiostro, imitato dal suo compagno, e fu come se non l'avesse mai visto prima, se non si fosse accorto di aver passato ore tra le macerie illuminate dalle fiamme insieme con un ragazzino che doveva avere quindici anni al massimo. Che ci fa qui?, pensò Jean-Jacques: dovrebbe essere nel suo letto con un pigiama pulito addosso e preoccuparsi tutt'al più perché non ha studiato abbastanza per l'interrogazione di domani. Ma il pigiama, il letto e la scuola doveva averli persi da tempo, e forse anche la famiglia. Si congedarono all'alba, dopo un breve riposo, senza conoscere nulla più che il nome di battesimo l'uno dell'altro.

"Sono arrivati!" La mattina del 9, quando sentì il grido risuonare nella navata di Saint-Etienne, il nonno era a Messa con Clément e Colette. Anche la chiesa adiacente al Malherbe era stata trasformata in dormitorio. Tra i paglioricci dove dormivano centinaia di rifugiati, i credenti seguivano l'omelia tendendo le orecchie per distinguere la voce dell'Abate, sovrastata ogni cinque secondi dal pianto dei neonati che reclamavano il latte o dai lamenti dei malati. Ma la notizia la sentirono tutti e quelli troppo esausti per svegliarsi furono scossi dai loro vicini. Il nonno si precipitò fuori insieme a decine di altri e, sulle prime, non fece caso alle due figure che avanzavano lentamente verso di loro, circospette, fucile in mano e uniforme kaki. Non era così che aveva sognato la Liberazione. Si attendeva una parata, la musica, i fiori, i discorsi ufficiali davanti al Municipio... Già, ricordò: il Municipio non esisteva più.

I due si fermarono a una decina di metri da loro e li guardarono come se non credessero ai propri occhi. I primi civili che vedevano a Caen dovevano avere un aspetto ancora più malridotto di quanto si aspettassero, ma nemmeno loro sembravano in gran forma: impolverati, lo sguardo spento, così sfiniti che doveva riuscirgli intollerabile perfino il peso dell'elmetto. Uno dei due se lo levò e si passò uno straccio sporco sulla fronte, poi, con una voce che si sentiva appena: "*Bonjour. Nous sommes canadiens.*" Non si mosse nessuno fino a quando una donna si staccò dal gruppo, avvicinò il canadese senza elmetto, l'abbracciò alzandosi sulla punta dei piedi per compensare la differenza di statura, almeno venti centimetri, e gli schioccò un bacio sulla guancia. Quello si girò verso il compagno come per chiedergli aiuto, mentre la gente applaudiva. Poi, nel francese strano che si parla in Canada, spiegarono il motivo dell'imbarazzo: erano convinti che sarebbero stati preceduti da un blindato pieno di cioccolata e sigarette da distribuire nelle strade, invece il mezzo doveva essersi incagliato in uno dei crateri che rendevano quasi impossibile la circolazione, lasciandoli soli. Così furono i rifugiati a offrire loro due bicchieri di vino e a portarli in giro per mostrarli a quanti non potevano muoversi, come trofei conquistati in una gara di pétanque.

Poche ore dopo si diffuse una notizia sorprendente. Alcuni membri della Resistenza erano riusciti a portare da Vaucelles, dove si erano asserragliati i tedeschi in ritirata, un tricolore con la croce di Lorena cucita sulla banda bianca: impresa alla quale avrebbe voluto partecipare anche lui, scrisse il nonno con un pizzico d'invidia. Nel tardo pomeriggio, annunciarono, la bandiera sarebbe stata issata nello spiazzo incastonato tra la facciata di Saint-Etienne e il parlatorio del Liceo. Jean-Jacques non si sarebbe accontentato di assistere: voleva essere degno della circostanza, ma non sapeva come procurarsi i bracciali che vedeva indossare dai reduci della spedizione di Vaucelles. Un cencio bianco in condizioni accettabili l'aveva, quello dove aveva avvolto l'orologio partendo da Eterville - *eccolo di nuovo!* - ma come ci avrebbe tracciato la croce a doppia traversa?

"Ho un'idea", sorrise Colette, e dalla valigia sgangherata dove avevano custodito il poco che rimaneva alla famiglia Roussel tirò fuori il più improbabile degli accessori.

"Ti sei portata il rossetto nel rifugio?", sgranò gli occhi lui.

"Volevo credere che un giorno l'avrei usato di nuovo. Intanto può servire a te."

Jean-Jacques si mise al lavoro e in una decina di minuti confezionò la sua alta uniforme, un fazzoletto bianco con il simbolo scarlatto della Francia libera da legarsi al braccio, sulla manica destra della giacca invece della sinistra perché così avrebbe nascosto il rammendo più visibile.

E l'orologio? L'avrebbe rimesso in valigia, tra la biancheria? Meglio al polso, decise: aveva partecipato alla Liberazione anche lui, dunque aveva il diritto di assistere. Si accostò al pennone con mezzora di anticipo sull'inizio della cerimonia e, lì accanto, vide un gruppetto di uomini con il bracciale regolamentare, alcuni in uniforme e gli altri in borghese. Uno gli fece un cenno di saluto e si staccò dagli altri per avvicinarsi. Arc-en-ciel! Quasi irriconoscibile con la barba rasata di fresco, il basco, la giacca militare, il cinturone con la pistola nella fondina: "Complimenti per il bracciale. È così bello che il mio sembra finto", rise, e l'abbracciò; "Vieni a trovarmi al Municipio provvisorio. Abbiamo bisogno di gente come te." Il cortile si riempì velocemente, la gente sgomitava per avvicinarsi al giovane che assicurava la bandiera al cavo del pennone e la issava con lentezza studiata per accentuare la solennità del momento.

A cominciare fu un piccoletto con la voce da baritono che da dove si trovava, dietro decine di schiene e di teste, doveva vedere ben poco. Volle farsi sentire, però, e ci riuscì perché in un lampo la seguirono tutti. Spiando i vicini con la coda dell'occhio, Jean-Jacques si chiese come tanti riuscissero a cantare la Marsigliese mentre piangevano, poi capì che la stessa domanda avrebbero potuto farla a lui. E fu certo che il suo libro di grammatica, quello delle elementari, sbagliava. Se libertà fosse un nome astratto come gli avevano fatto credere, non avrebbe potuto udirla, assaporarla, ammirarne i colori. Invece su quel piazzale sentiva e vedeva tutto: il coro di mille voci, il salato delle lacrime che gli scivolavano tra le labbra, il bianco-rosso-blu della bandiera lasciata a mezz'asta per ricordare i caduti della città, il marrone delle uniformi anglocanadesi indossate da un gruppetto di ufficiali sull'attenti, con le punte delle dita appoggiate sulla visiera del cappello.

Alla fine Jean-Jacques ne avvicinò uno che stava salendo sulla propria jeep perché aveva notato che portava il grigioazzurro della RAF. "Era proprio necessario radere al suolo la città?", gli chiese dopo essersi presentato, facendo attenzione a non suonare brusco o, peggio, ingrato. L'altro esitò così a lungo che il nonno si chiese se aveva capito la domanda - non ci si poteva attendere che tutti gli inglesi conoscessero il francese - poi replicò con una frase che sapeva di versione ufficiale, "È stato l'ultimo bombardamento a permetterci di entrare", accompagnata da uno sguardo in cui si leggeva un misto d'imbarazzo e di tristezza. Quella domanda gliel'avevano già rivolta, pensò Jean Jacques; anzi, se l'era fatta da solo e non aveva trovato una risposta soddisfacente.

Per lui la guerra non era finita. Nelle due settimane che seguirono, il Malherbe diventò un bersaglio per l'artiglieria tedesca appostata sulla riva destra, che lo colpì diverse volte, uccidendo una decina di rifugiati e spingendone centinaia a salire sui camion messi a disposizione dagli Alleati per trasferirli verso la costa, lontani dal fronte. Perché i Boche si accanivano su quello che rimaneva un Centro per l'assistenza ai civili, si chiedeva la gente? Forse ci tengono a lasciare un ultimo ricordo prima di abbandonare la Normandia, commentò il nonno, che però non partì. Arc-en-ciel, che ora conosceva con il vero nome di Albert Girault, gli aveva chiesto di rimanere al Malherbe fino a quando la situazione si fosse normalizzata, e lui aveva acconsentito volentieri. Gli piaceva rendersi utile, sentirsi uno dei protagonisti della ricostruzione che partiva, e Colette l'assecondò, declinando non solo l'invito a seguire gli altri ma anche quello dei genitori a tornare a Eterville con loro.

La più inattesa delle soddisfazioni fu scoprire il volto comico della libertà e poterne ridere con un'allegria chiassosa, incondizionata, senza freni. Accadde una sera, quando lui le raccontò la scena cui aveva appena assistito nel refettorio. Due omoni armati di secchio, stracci e ramazze avevano appena portato a termine l'impresa titanica di lavare il pavimento per la prima volta da settimane e, rivolti a un giovane con l'uniforme da capitano dell'esercito francese, gli avevano garantito, visibilmente soddisfatti: "Era dai tempi dei Boche che non si puliva così bene." Quello aveva strabuzzato gli occhi e, paonazzo in volto, li aveva investiti con uno sfogo furibondo in cui i vocaboli ricorrenti erano "disfattisti" e " tradimento", concluso con la minaccia di sequestrargli il compenso e di denunciarli alla polizia. Quando si fu allontanato, toccò al nonno confortare i due malcapitati, garantirgli che non avevano nulla da temere e regalare una dozzina di sigarette a ciascuno dopo averle trafugate dal magazzino di cui gli avevano affidato la chiave. Era diventato un traditore pure lui, commentò terminando la cronaca, poi fu travolto e contagiato da Colette come quando avevano diciotto anni entrambi. E Clément, che non aveva mai visto i genitori ridere così, li imitò senza capire perché, ma felice.

Jean-Jacques non aveva dimenticato che doveva saldare un debito. "Oggi sono andato a restituire l'orologio", esordisce nella pagina che porta la data del 27 luglio. Pedalava lentamente su una bicicletta che gli avevano prestato al Malherbe - la sua era rimasta a Eterville il giorno dell'evacuazione e i suoceri, tornando a casa la settimana prima, ne avevano constatato l'inevitabile sparizione - osservando la gente che si aggirava tra le macerie in cerca di qualcosa, un oggetto qualunque in grado di ricordarle l'esistenza di un passato prima dell'orrore. Arrivato allo stabile di rue d'Hastings dove gli Alleati avevano stabilito il quartier generale dei Civil Affairs, chiese se qualcuno conosceva un certo maggiore Roach. Fu indirizzato a un ufficio del primo piano, dove lo accolse un capitano che, facendo sforzi encomiabili quanto inefficaci per esprimersi in francese, l'informò che Roach era assente e che sarebbe stato lieto di aiutarlo lui. Alla vista dell'orologio con l'incisione sul fondo, però, s'irrigidì. Jean-Jacques spiegò due volte il motivo della visita, lentamente e scegliendo con cura le parole tra le più comuni nella speranza di farsi comprendere; ma invano, a giudicare dalla diffidenza con cui lo trattava il suo interlocutore. Mentre ne subiva le domande scandite con un accento che in altre circostanze gli sarebbe suonato buffo, Jean-Jacques cominciò a chiedersi perché si era messo nei guai da solo facendosi trattare come un ladro, anzi uno sciacallo.

"Roussel! Sei davvero tu?", la voce della salvezza, alle sue spalle, accompagnata dal suono dei tacchi del capitano che scattava sull'attenti. Il nuovo arrivato attraversò l'ufficio quasi correndo e strinse vigorosamente la mano del nonno. "Che piacere vederti!"

"Piacere mio, maggiore", non era mai stato così felice di incontrarlo e ora poteva indulgere in convenevoli che le circostanze degli appuntamenti di giugno rendevano impossibili: "Stai meglio in uniforme e con i baffi."

"E tu da uomo libero. Te la sei cavata, grazie al cielo."

"La pelle dura dei normanni e molta fortuna."

"Che possiamo fare per te? Se vuoi una medaglia, hai sbagliato indirizzo: devi chiederla ai tuoi amici delle FFI."

Il capitano, sempre sull'attenti perché Roach continuava a ignorarlo, li fissava ma, a giudicare dallo sguardo, non aveva alcuna speranza di comprendere le ragioni della familiarità tra il suo superiore e un civile francese.

"Strano: c'è il simbolo del Ministero ma non il numero di matricola", commentò Roach studiando l'orologio; "e senza quello è difficile risalire al proprietario."

"Ci sono lo stemma, il nome..."

"Dove hai detto che li hai visti?"

"Ad Amfreville, la mattina del 6 giugno."

"Amfreville? Ho letto i rapporti: la settimana dopo il D-Day se la sono vista brutta, in quella zona. Molto brutta. Temo non ne siano rimasti tanti, di quelli che hai incontrato."

E il ragazzo con gli occhi celesti?, si chiese il nonno. Che gli era accaduto? Morto anche lui? Forse l'orologio era suo. Forse aveva una fidanzatina di nome Jane che aveva già ricevuto una brutta notizia. "Posso lasciartelo? Se il proprietario se l'è cavata, è più probabile che lo incontri tu..."

"Ho un'idea migliore: lo tieni tu."

"Cosa?"

"Omaggio dell'esercito britannico. Te lo meriti, hai rischiato la pelle"; poi, nel vederlo titubante: "Meglio se scrivo qualcosa." Dettò due righe al capitano e infilò il foglio in una busta, timbrato e firmato: "Se qualcuno ti chiede da dove viene l'orologio, mostragli questo e digli che sono stato io."

Magari tutti i misteri avessero una spiegazione così semplice, pensa Cédric, sorridendo nel leggere il commento del nonno: se proprio gli inglesi ci tenevano a sdebitarsi, lui avrebbe preferito una bicicletta nuova. Naturalmente evitò di tradurre i pensieri in parole: "Non so come ringraziarti..."

"Io sì. Mi offrirai una cena a casa tua, quando ne avrai di nuovo una", e gli rifilò una pacca sulle spalle mentre lo accompagnava alla porta sotto gli occhi del capitano, smarriti come e più di prima. Il testo della lettera gli aveva fornito una spiegazione, ma la prassi adottata dal maggiore doveva apparirgli come minimo discutibile.

Cédric chiude il diario e lo appoggia sul tavolo. Adesso è suo, regalo di compleanno arrivato a destinazione con decenni di ritardo e tante immagini che la mamma, più o meno volontariamente, aveva tralasciato. La più bella: papà da bambino al riparo sotto un materasso, tra i cuscini, preoccupato ma non spaventato. Che avesse ereditato un po' di coraggio da Jean-Jacques? Se è così, potrebbe averlo passato a Cédric, dandogli la forza di affrontare il pericolo anche quando non esisteva. E a Théo.

"Sono pronta", annuncia la mamma dalla sua camera.

"Io quasi", mormora Cédric, estraendo il portatile dal marsupio per digitare un promemoria. Nel primo pomeriggio dovrà appartarsi per mezzora, anzi un'ora, con la porta dello studio chiusa a chiave e la scusa che ha qualcosa da fare prima della festa, correzione di test o appunti per una lezione. L'importante è che lo lascino in pace perché il fotoritocco esige concentrazione e lui, fino ad oggi, si è cimentato solo con gli occhi rossi dei ritratti con il flash.

31. 6 GIUGNO 2014, ORE 23:07

"Sono stanca, vado a letto." Come darle torto, povera Sylvie? Il peso della festa è ricaduto quasi interamente su di lei: la mamma di Cédric aveva ragione almeno in questo. Anzi, *solo* in questo. Lui si è limitato a sciacquare i piatti e ad avviare la lavastoviglie dopo che se n'erano andati gli ultimi ospiti. Ma lei è entrata in azione tredici ore fa, passando dalla pasticceria per ritirare la torta, e da quel momento non si è più fermata.

Tutto è filato liscio: i giochi, i regali, i trucchi del padre di Malik che si è improvvisato prestigiatore, le candeline spente al primo tentativo da Théo e al secondo da lui, il sole, la brezza che rinfrescava l'aria, i venticinque invitati tutti presenti all'appello, nuovo record del festeggiato principale. Che però, unico neo, sembrava assente, e non solo con la testa. Di tanto in tanto spariva per ricomparire due minuti più tardi, lo sguardo interrogativo che tentava di incrociare quello del papà e tradiva l'ansia di parlargli da solo. Impossibile, con tutta quella gente, e inutile: Cédric conosceva le domande, non le risposte. Così l'unico punto di riferimento di Théo era una sedia vuota. Sapeva che non sarebbe servita, ma aveva voluto ugualmente sistemarla davanti alla Tv; "non si sa mai", gli aveva bisbigliato dopo pranzo.

Ora che Sylvie si è ritirata, talmente esausta da non chiedergli nemmeno quando l'avrebbe raggiunta, sono rimasti soli. Nel vederlo con il telecomando, Théo si alza di scatto dal divano: "Andiamo?"

"Prima guardo cosa c'è in tv. Vai avanti, arrivo subito."

"No, ti aspetto..."

"Pensavo che non avessi più paura."

"Certo che no", s'indigna; "Voglio guardare anch'io." Teme che suo padre dimentichi la promessa? O, peggio ancora, che non la trovi abbastanza importante da mantenerla?

"Tranquillo, stasera non occorre nemmeno dare spiegazioni alla mamma. Secondo me sta già dormendo"; alla strizzatina d'occhio risponde un sorriso nervoso, forzato.

Meteo, vecchi telefilm, film ancora più decrepiti, un documentario sugli orsi, niente sport. Menù tutt'altro che seducente, ma al decimo cambio di canale Cédric riconosce un luogo familiare. Se n'era quasi dimenticato: settantesimo anniversario, giorno di celebrazioni. Le immagini arrivano da Colleville-sur-Mer, cimitero militare americano, sintesi della giornata a tarda ora. Quando lo zapping s'interrompe, l'impazienza di Théo - che è rimasto in piedi, forse nella speranza di mettere a disagio papà per abbreviare l'attesa - diventa ansia. Però non fissa più Cédric come se temesse di vederselo svanire sotto il naso e, pur continuando a tenerlo d'occhio, sembra colpito dalla banda in alta uniforme, dal podio dell'oratore, dalla tribunetta delle autorità, dal pubblico.

Cédric c'è stato due volte: la prima da bambino, gita educativa organizzata dalla sua scuola elementare di Caen; la seconda vent'anni più tardi, quando insegnava alle medie e, ancora privo di obblighi familiari, prolungò un viaggio di studio estivo trascorrendo un paio di giorni in Normandia invece di rientrare subito a casa da Parigi. Caen e i parenti ma anche Colleville. La ricorda bene, quella giornata, a cominciare dai contrattempi. Arrivò a poco più di un'ora dalla chiusura perché era partito troppo tardi dalla casa della cugina di suo padre e aveva sbagliato strada un paio di volte, ma il malumore svanì alla prima tappa della visita, nel buio e nel silenzio della sala dove proiettavano un film sui caduti, vinto dalla commozione. La sua e quella degli altri spettatori, intuibile nei fazzoletti che, ogni tanto, spuntavano dalle tasche e dalle borsette. Quando le luci si accesero, seguì il flusso dei visitatori nell'ambiente dedicato alla ricostruzione storica: fotografie e testi sui muri, filmati sugli schermi disposti al centro, come diaframmi tra una zona e l'altra della mostra.

Il tempo stringeva, così uscì e, percorrendo un sentiero alberato dal quale si domina la spiaggia dove, in poche ore, persero la vita 2.000 ufficiali e soldati americani, raggiunse i gradini del Memoriale, ampia terrazza delimitata su tre lati da un colonnato semicircolare. Osservò la statua di bronzo al centro, poi si girò verso l'area delle tombe e rimase senza fiato. La scena era la stessa che sta mostrando la tv. Oltre il laghetto rettangolare popolato dalle ninfee e i vialetti che ne costeggiano i lati lunghi fino ai pennoni con le bandiere a stelle e strisce, il verde smeraldo dell'erba continua solo sull'ampio corridoio centrale, interrotto da una piccola cappella; sui lati si ritira, cedendo il posto al bianco delle croci, decine di file che sembrano riflettersi l'una sull'altra come immagini replicate all'infinito da una sequenza di specchi, gli alberi visibili in lontananza unico punto di riferimento, la prova che non si tratta di un'illusione ottica. Per la prima volta il megaschermo Full HD gli sembra piccolo, inadeguato, impotente. Ma fu lo stesso anche al cinema, quando vide "Salvate il soldato Ryan." Non esistono immagini in grado di rendere la vertigine che lo colse come se guardasse giù dall'ultimo piano di un grattacielo, né impianti audio abbastanza perfezionati da riprodurre fedelmente il silenzio accarezzato da quel fruscio lontano, i passi e le voci dei visitatori condensati in un sussurro unico.

Cédric aggirò il laghetto e camminò fino alla cappella,

dove si soffermò sulle scritte in inglese e in francese dei muri esterni; poi si unì alla folla che lentamente, in ordine, defluiva verso l'uscita. Peccato non poter indugiare e mormorare un "grazie" davanti ad almeno una di quelle croci. Dovette accontentarsi di catturare qualche nome al volo, mentre passava, ripromettendosi di tornare, un giorno o l'altro, con più tempo a disposizione.

La regia tv passa all'ammainabandiera, cominciando con un'immagine che mostra il cerchio quasi perfetto formato da una ventina di spettatori cui una voce interna sembra aver indicato qual è la distanza giusta da tenere per assistere senza disturbare. Poi segue i passi di un uomo anziano, avrà l'età di Roger, magro e alto, con i capelli bianchissimi, che si dirige lentamente verso il pennone, tenendo per mano due bambini fra gli otto e i dieci anni. Li precede un accompagnatore in uniforme blu che, giunto accanto al collega con la bandiera, se la fa consegnare e la tiene come fosse un vassoio, reggendola con entrambe le mani e i gomiti ad angolo retto. Il compagno lo raggiunge, solleva un lembo triangolare e lo ripiega sulla parte sottostante, mentre l'altro parla, rivolto al trio che si era tenuto in disparte, e con un cenno del capo invita l'anziano ad avvicinarsi con i bambini. La mano del più grandicello, guidata da quella del nonno (o del bisnonno?), sfiora la bandiera e asseconda il regista della cerimonia che, una piega dopo l'altra, ne riduce le dimensioni fino a plasmarla in una sorta di scatola larga e piatta, con le facce perfettamente lisce. Il tutto in assenza di commenti appropriati: il cronista della Tv parla d'altro, forse perché nessuno l'ha messo al corrente del fuoriprogramma, così l'identità dell'anziano invitato - un veterano, il fratello di un caduto? - è solo immaginabile.

La trasmissione si chiude subito dopo. Lo spettatore ha l'impressione di entrare nella cappella e di avvicinarsi all'altare di marmo nero su cui spicca una frase in inglese che rimane in primo piano e ben visibile anche quando parte la sigla di chiusura, titoli che sfilano in orizzontale lungo la parte inferiore dello schermo invece che verticalmente.

"Che c'è scritto?", il bello di Théo è che la curiosità prevale sempre, anche quando - come questa sera - ha ben chiara in testa la gerarchia delle priorità .

"*Donerò loro la vita eterna ed essi non periranno mai.*"

"Periranno? Che vuol dire?"

"Moriranno."

"Sì che sono morti. Tutte quelle croci..."

"Non hai sentito cosa dice la Tv? Hanno combattuto per la nostra libertà. Noi siamo ancora liberi, dunque loro sono ancora vivi." Sillogismo così traballante che per storcere il naso non è indispensabile una laurea in filosofia, ma Théo prende atto senza obiezioni e tace, gli occhi bassi. Ha ragioni valide per lasciarsi convincere che i Cavalieri della Libertà sono immortali.

32. 7 GIUGNO 2014, ORE 3:11

"Papà...?" Il collo irrigidito, il formicolio e la rivista aperta che cade dalle ginocchia gli ricordano l'interminabile volo alle Maldive, quando - riemergendo da un sonno scomodo e travagliato - si era chiesto dove fosse finita la mano destra. L'aveva rinvenuta tra due poltroncine, la sua e quella su cui Sylvie dormiva con un'irritante beatitudine dipinta sul volto, ignara del rischio di cancrena incombente sul neo-marito, e l'aveva estratta con uno strattone della spalla intorpidita, dubbioso sull'eventualità che un giorno sarebbe tornata a funzionare. La stessa mano che ora giace priva di sensi sotto la gamba, ma Cédric non potrà dedicarsi alla rianimazione con la sollecitudine che vorrebbe. "Ti sei addormentato...", lo rimprovera la voce di Théo.

"Pare di sì. E tu prima di me."

"Come facciamo se...? Cioè..., se è passato e non ce ne siamo accorti."

"*Tu* non te ne sei accorto. Io sì. Mi sono addormentato dopo."

"Dopo cosa?"

"Dopo che se n'è andato."

"Andato?! Quando?", Théo sembra dimenticare che l'auto ha quattro porte e si tuffa nello spazio tra i sedili anteriori per prendere posto accanto a suo padre senza dargli il tempo di scansarsi. La botta sulla spalla fa male. Buon segno: l'arto è sensibile, dunque recuperabile.

"Saranno state le due."

"Quando è arrivato?"

"Un'ora prima, direi. Dormivi già."

"Perché non mi hai chiamato?"

"Non ha voluto."

"Chi?"

"Lui. Ha detto che se avesse dei figli non permetterebbe a nessuno di svegliarli nel cuore della notte."

"Ma..."

"È andata bene, dovresti essere contento."

"E i cattivi?"

"Hanno avuto paura e si sono arresi."

"Allora torna presto..."

"Lo sai che non è lui a decidere."

"Non ha detto altro?"

"Che è contento di te, che sei un ottimo soldato. Poi mi ha fatto gli auguri, ha chiesto com'è andata la festa. Ed io mi sono scusato. Avevi ragione: non è arrabbiato."

Fronte aggrottata, il sonno spazzato via dall'amarezza e dall'irritazione che cercano un pretesto per uscire allo scoperto, Théo fissa il cruscotto come se il tachimetro e il contagiri fossero rulli di carta millimetrata e le lancette i pennini della macchina della verità. È chiaro che il tracciato non lo convince: "Strano..."

"Cosa?"

"Viene a trovarmi e non mi parla, se ne va senza salutare..."

"Voleva essere gentile. Dormivi così bene... E poi ti saluto io da parte sua."

"Sì, ma..."

"Che c'è, non mi credi? Perché dovrei raccontarti delle balle?"

"Non so... Per convincermi che non gli è successo niente, per farmi contento, perché è il mio compleanno..."

Cédric si sforza di suonare irritato: "Il tuo compleanno era ieri. E le favole si raccontano ai bambini."

Una volta avrebbe lasciato stare, ma il Théo del D-Day non ha paura né del buio né dei pipistrelli né di suo padre: "Infatti", ribatte, e il resto - *allora perché ci provi?* - è sottinteso.

"Così non ti fidi di me. Dovrei mandarti a letto subito e lasciarti senza cena domani"; la minaccia risuona nel silenzio perché Cédric la fa seguire da una pausa, nel rispetto dei tempi drammatici studiati prima di addormentarsi. Interpretazione convincente, a giudicare dal lavorio nervoso delle mascelle percepibile sotto le guance di Théo. Non rimane che far scattare la trappola: "Invece ti darò una possibilità. Quanto sei disposto a spendere per una prova?"

"Prova?"

"La prova che è stato qui, che gli ho parlato. Ti costerà qualcosa, ma almeno sarai sicuro."

"Io non ho soldi..."

"Non ce n'è bisogno: mi restituirai i soldatini."

"I soldatini?" Ieri mattina era stato così felice nel rivederli esattamente dove li aveva lasciati la notte precedente, sul pavimento del garage e in fila per due uno di fronte all'altro, che nei pochi minuti in cui era potuto stare da solo con papà, prima della festa, non aveva parlato d'altro, certo che, dopo essere rientrati sani e salvi, attendessero l'ispezione di Pierre. Per questo li aveva spostati solo un attimo prima che Cédric parcheggiasse l'auto e poi li aveva sistemati sul sedile posteriore; in piedi, appoggiati allo schienale, così non sarebbero stati colti di sorpresa dall'arrivo del loro capitano. Che fare? Lui o i suoi amici? La certezza pagata a caro prezzo o il dubbio?

"Dimenticavo: puoi stare tranquillo perché hai la garanzia soddisfatto o rimborsato."

"Che vuol dire?"

"Ricordi l'aspirapolvere che la mamma ha comprato su internet, quello che avrebbe dovuto fare tutto da solo? Non funzionava, così l'abbiamo rispedito e ci siamo fatti restituire i soldi. Qui è lo stesso: se la prova non ti convince, puoi tenere i soldatini. Meglio di così..." Forse basterebbe, ma Cédric non intende correre rischi, così gli agita davanti un'esca impossibile da ignorare, pena la perdita dell'autostima: "Però nessuno ti obbliga ad accettare, se non te la senti."

Replica istantanea, come previsto: "Va bene, ci sto."

"Allora stringimi la mano. Tra uomini si fa così, non c'è bisogno di firme. Andiamo."

"Dove?"

"Nel mio studio. Voglio mostrarti la prova prima di dormire, così vai a scuola tranquillo ed io mi riprendo i soldatini. Penso che li terrò nel cassetto del comodino."

Nello sguardo di Théo si legge un'agitazione febbrile. Ha fatto male i conti? È ancora in tempo per cambiare idea, dire a papà che gli crede, comportarsi da bambino? O deve assumersi le proprie responsabilità? Pierre non avrebbe dubbi. E nemmeno Théo, che si gira per lanciare uno sguardo ai paracadutisti - l'ultimo? - mentre richiude lo sportello dell'auto: "Andiamo."

33. 7 GIUGNO 2014, ORE 3:28

"Ma come...?" Il monitor acceso, unica sorgente di luce dello studio, è il faro di un piccolo navigatore con gli occhi sbarrati e le labbra socchiuse, combattuto fra la gioia e il rimorso. Forse Théo comincia a chiedersi se vale davvero la pena di varcare i confini della notte per avventurarsi su isole conosciute solo agli adulti, di battersi con tanta determinazione per il lasciapassare ambito da quando la sua vita è diventata troppo complessa per chiuderla entro l'angolo retto tracciato dalle lancette dall'orologione appeso al muro della cucina: le 9, ora di dormire, domani c'è la scuola. Non è pronto ad ammetterlo, ci mancherebbe, ma l'ipotesi che mamma e papà abbiano ragione a mandarlo a letto presto deve apparirgli meno assurda del solito perché nella dimensione buia in cui vorrebbe spingersi accadono fatti perfino più inspiegabili del tradimento ordito da Ney-Zet, il migliore amico di Gyorx, mentre l'Imperatore della Galassia perduta preparava l'assalto all'avamposto di Kradabash. Il sollievo è tangibile, ma anche il dispetto e la vergogna: come si giustificherà quando Pierre verrà a sapere che ha sacrificato i suoi soldati perché non si fidava del papà? Si sentirà dire che è un bambino capriccioso, viziato? "È lui... Proprio lui."

Per Cédric è il momento della rivincita. Ne ha il diritto. Il dovere, anzi. Mentre parla, prova l'esperienza inedita di un déjà vu che invece di dissolversi diventa più nitido: "Te l'avevo detto, no?"

"No!", protesta Théo.

"Sì invece."

"Non è vero! Come facevo a sapere che gli hai scattato una foto? Perché non me l'hai mostrata subito?"

"Perché non mi credevi, quindi avevi bisogno di una lezione. Che ne dici adesso?"

"Di cosa?"

"Sei convinto o no?"

"Chi è l'altro?", la tattica di sempre, una domanda invece della risposta. Come diceva Kipling? *Se saprai affrontare il trionfo e il disastro, e trattare questi due impostori allo stesso modo,...* Traguardo remoto, per Théo.

"Si chiama Roger, è un suo amico. Ha avuto lui l'idea della foto."

"Una volta mi ha parlato di Roger. Allora è vero che sembra un ragazzino, come me."

"Molto più alto di te. Però è giovane, questo sì."

"È simpatico?"

"Abbastanza. E sveglio, anche se parla poco. Credo sia timido. Oppure ha paura. Sai com'è fatto Pierre: lo sgrida, lo chiama bimbo per farlo arrabbiare..."

"Perché la foto è così brutta? Tutta grigia, con quelle macchie..."

Provaci tu se ne sei capace, gli piacerebbe ribattere, ma non lo farebbe nemmeno se potesse perché teme che a Théo basti un'ora di apprendistato davanti al monitor per cavarsela meglio di lui. E poi lo sfondo non è male per un quarantaquattrenne che fino a due giorni fa ignorava l'esistenza di uno strumento chiamato timbro clone, e figurarsi se sapeva come usarlo. "Devo aver combinato un pasticcio quando ho scaricato la foto dal telefonino. Avevo fretta perché ti avevo lasciato da solo in garage. Ma che t'importa se non si vedono l'auto e l'armadietto? Quello che conta è Pierre, no?"

"Non ha la faccia nera come le altre volte."

"Non ne ha più bisogno. Missione compiuta."

"Sorridono..."

"Sono contenti. Hanno fatto il loro dovere e sono andati a trovare due amici che compiono gli anni. Se vuoi, ti stampo la foto. Intanto vai a prendere i soldatini."

"Te li devo portare qui?", nella domanda c'è un'afflizione che stringe il cuore, ma non è il momento di lasciarsi intenerire.

"Fai presto, dobbiamo andare a dormire. E quando torni bussa due volte: mi chiudo dentro perché la stampante è rumorosa."

Quante cose da fare. La prima gliela ricorda lo sferragliare dei cilindri che sputano il foglio, depositandolo sul vassoio di plastica. Inviare una mail a Jeremy per ringraziarlo della foto - senza fornire dettagli sull'uso che ne ha fatto, ovvio - e raccontargli come alcune coincidenze sono diventate settant'anni di domande senza risposte. Roger ha il diritto di sapere chi era il maggiore Roach. Di sorridere all'idea che il ruvido abbraccio con un ciclista francese ha lasciato un segno così profondo da durare due generazioni e da depositarsi sul polso di Cédric come un'orma sulla sabbia - della Normandia, evidentemente - rimasta quasi intatta dopo migliaia di maree.

Poi ci sono i compiti del tempo libero, i weekend che Cédric sa già come occupare. Sylvie e Théo andranno in centro da soli, se vorranno. Lui rimarrà a casa e accenderà il computer per trascrivere ciò che è accaduto a un ferroviere coraggioso, alla sua famiglia, ai suoi amici, e pazienza se non troverà un editore interessato a pubblicare quelle memorie perché nelle librerie i racconti di guerra sono fin troppo numerosi. Una copia ci vuole, da rileggere di tanto in tanto al posto dell'originale che custodirà nei cassetti dello studio, dentro una busta di plastica per proteggerlo dalla polvere, dalla luce e dalle dita, e da stampare per mostrarla a Théo quando sarà più grande.

Terza voce del promemoria: il notaio. Non sa com'è andata, bisogna informarlo e trasmettergli la scansione della foto di suo zio con papà.

Infine Sylvie, e qui la faccenda si complica. Come affrontare l'argomento delle vacanze estive e convincerla che c'è una destinazione più attraente della Corsica? "Il proprietario dell'orologio avrebbe voluto che arrivasse a sua moglie. Lei non c'è più, però... Mi sento in dovere... Solo una visita al cimitero, un saluto di pochi minuti, poi facciamo i turisti. Liverpool non è male, tu e Théo non ci siete mai stati; anzi non siete mai stati in Inghilterra. Potremmo approfittarne per visitare Londra... Tra i low cost e i last minute non spenderemmo neanche tanto..." "Non sarà una scusa per andare alla partita?", chiederà. E lui: "Per carità, mi basta la Tv...", possibilmente senza impallidire e tenendo per sé la constatazione che c'è una bella differenza tra ascoltare You'll Never Walk Alone in salotto e cantarla allo stadio. Ci sarebbe riuscito ventisei anni fa se avesse avuto al polso un orologio con le ali? Gli piace crederlo. In fondo avrebbe già dovuto essere con lui, dono di un papà orgoglioso al figlio neodiplomato. E se Théo si accorgerà che il nome sulla lapide, Jane, è lo stesso dell'orologio? "In Inghilterra è molto comune", risponderà per evitare spiegazioni troppo difficili.

Toc-toc: Théo è di ritorno, viso funereo, le dita che frugano nelle tasche della tuta.

"Tieni la foto. E quelli portali in camera tua."

"Quelli?"

"I paracadutisti. Hanno bisogno di riposo anche loro."

"Avevi detto..."

"Ho cambiato idea. Puoi tenerli."

"Sul serio...?"

"... se prometti che d'ora in poi crederai a quello che ti

dico."

Tutto qui?, sembrano chiedergli gli occhi annebbiati sotto le palpebre sempre più pesanti: "Va bene..."

"Di': giuro."

"Giuro."

"A letto."

Può andarci pure lui, adesso che ha trovato il regalo giusto per Théo. Il mini-pallone da basket con la radiosveglia non gli è piaciuto granché, a giudicare dalla faccia mentre apriva il pacchetto dei genitori. E nemmeno il videogame del basket, la lavagnetta magnetica, la t-shirt color verde evidenziatore con il suo nome, l'automobilina radiocomandata. Tutto dimenticato sulla cassapanca fra le scatole, la carta colorata, i nastri, le etichette dei negozi, i biglietti d'auguri. Théo era convinto di meritare di meglio e aveva ragione. Non è mica un bambino.

34. 7 GIUGNO 2014, ORE 7:09

"Che stai facendo? Sono le sette passate!"

Il mal di pancia funziona sempre. La testa no. La mamma si preoccupa, una volta voleva portarmi all'ospedale. La pancia fa meno paura e poi so cosa dire: troppo gelato alla festa. Mi crederà di sicuro, come poteva tenermi d'occhio con tutto quello che aveva da fare? L'ultimo jolly l'ho usato in dicembre e secondo me non se ne ricorda più. Un paio di volte ogni anno scolastico: finora è andata bene perché non mi ammalo mai sul serio. Che problema c'è se faccio due assenze in nove mesi? Meglio dormire a casa che sul banco di scuola o fare la figura del morto vivente come Jennifer, che mi prende in giro perché vado a letto presto e lei mai prima di mezzanotte, ma dalle otto alle dieci non è capace di fare neanche un'addizione.

Certo che ho sonno, però mica sono stordito come pensa papà. Non c'era bisogno di passare alle sei e mezzo per ripetermi di non dire niente alla mamma. Cosa crede? Che sono così cretino da raccontarle che sono stato sveglio fino alle quattro, dopo le sgridate che mi sono preso in questi giorni? Non vado a scuola e basta. Da solo tutta la mattina, la signora Yvonne verrà a darmi un'occhiata ogni tanto e quando non potrà passare mi telefonerà; poi tre o quattro chiamate dalla mamma e un paio da papà. Il resto libertà completa o quasi. Niente computer perché se si accorgono che l'ho usato un'altra volta senza dirgli niente chissà cosa succede, né merendine o bibite perché altrimenti la storia del mal di pancia non regge. Pazienza: a qualcosa bisogna rinunciare.

Adesso chiamo la mamma e glielo dico. A voce bassa come se facessi fatica a parlare, ma senza esagerare. E seduto sul letto perché se mi vede disteso si spaventa. Mentre se sto seduto ha l'impressione che ho provato ad alzarmi, dunque non sto troppo male, solo maluccio, però è meglio lasciarmi a casa per precauzione. Precauzione: mi piace quella parola, è magica. Da quando l'ho imparata la uso spesso perché ho capito che serve per evitare le scocciature, anche se una volta papà si è messo a ridere e ha detto che gli spinaci non sono pericolosi, quindi si possono mangiare senza prendere precauzioni.

Il problema è Pierre. Che succede se torna e mi trova qui? Comincerebbe a fare domande: "Perché non sei andato a scuola? Perché fai il contrario di quello che ti dico? Perché racconti delle bugie?" Che gli risponderei? Che ho paura di addormentarmi in classe e di prendere un richiamo dalla maestra? Che se la mamma viene a sapere della notte quasi in bianco si arrabbia e mi tiene senza merendine per una settimana dopo aver litigato con papà perché mi lascia fare tutto quello che voglio? Mi sembra di sentirlo: "Credevi che bastasse essere coraggiosi una volta? Troppo facile." Non servirebbe nemmeno ricordargli che mi sono alzato di notte per aiutarlo. "Hai eseguito gli ordini, punto e basta." Dirgli la verità? Ci mancherebbe altro. Non capirebbe e forse mi ordinerebbe di andare a scuola da solo, cinque chilometri a piedi giù per la collina.

Correrò il rischio. D'altra parte che posso fare se mi ascoltano solo quando gli fa comodo? Tra un minuto, quando la mamma verrà in camera e inventerò la storia del mal di pancia, al massimo brontolerà che avrebbe dovuto fare attenzione perché lo sa che davanti al gelato perdo la testa e non sono capace di fermarmi, ma come avrebbe fatto con tutta la gente che c'era, possibile che debba pensare lei a tutto: le solite storie, ma non si chiederà nemmeno se è vero. Perché si fida di me, direbbe Pierre per farmi sentire in colpa. Balle. Secondo me perché è più facile credere al mal di pancia che all'altra cosa.

Somigliava alla gomitata di Patrick, in allenamento. Quella volta mi mancava il fiato ma mi ero ripreso in fretta. Invece ieri era un fastidio più che un male vero, però non andava via. Era così dalla mattina. Anzi dalla notte, da quando c'eravamo salutati. Non erano le convulsioni, le avrei riconosciute. Era un peso che non capivo se spingeva da fuori o da dentro lo stomaco, invece la testa era leggera: non riuscivo a stare attento, i pensieri mi scappavano e volavano via. Non guardavo quando c'erano i giochi di prestigio, non avevo voglia di mangiare - il gelato non l'ho toccato, altro che indigestione - scappavo ogni dieci minuti con la scusa che dovevo fare la pipì e non vedevo l'ora che la festa finisse, così nessuno avrebbe più chiesto dov'ero e sarei potuto starmene in garage da solo.

Con chi potevo parlarne? Solo papà, ma quando mi sono alzato era già andato dalla nonna e dopo pranzo siamo rimasti soli troppo poco perché si è chiuso nel suo studio, e durante la festa era sempre con qualcuno. Mi aveva promesso che avremmo aspettato insieme, questo sì. Però volevo chiedergli perché i suoi amici erano tornati e lui no, come faceva a essere sicuro, e se era sicuro perché non sapeva a che ora sarebbe arrivato? Più il tempo passava e più il peso aumentava: cominciavo a pensare che in realtà non sapesse niente nemmeno papà. Sarebbe stato meglio il mal di pancia, quello vero.

Perché l'hanno mandato via proprio il giorno della festa? L'ho sempre saputo che prima o poi gli avrebbero dato una missione, ma la storia dei cannoni l'ho imparata solo giovedì. Quando gli ho detto che avevo paura si è messo a ridere: "A me non può succedere niente." Allora mi sono arrabbiato perché lo capisco quando mi raccontano delle balle, come quando Sébastien giurava di non aver preso la mia penna, io non gli ho creduto e infatti gliel'ho trovata nella tasca del k-way. Ormai lo so che differenza c'è tra le guerre vere e quelle di Gyorx, tra i soldatini di papà e i giocattoli. Per tranquillizzarmi si è inventato una storiella da bambini: "I cattivi non sanno come si diventa coraggiosi. Se la faranno addosso per la paura e dovranno mollare i fucili per cambiarsi le mutande, così per noi sarà tutto facile." Voleva farmi ridere ma non c'è riuscito.

Cosa gli era successo? È stato il compleanno più brutto della mia vita, contare i minuti e chiedermi quando sarebbero andati via tutti invece di divertirmi. Quindi oggi ho ragione a...

Un momento. Questa sì che è un'idea! Potrei andarci, a scuola. Così la prossima volta non avrà nulla da rimproverarmi e sarà costretto ad ascoltare. Se la maestra mi sgrida perché non sto attento, la storia del mal di pancia la tiro fuori con lei. A papà conviene fare finta di niente perché se si scopre cos'è successo è il primo a mettersi nei guai. E la mamma penserà che in fondo mi sono comportato bene perché sono andato a scuola anche se non me la sentivo. Geniale. Un piano perfetto, come il suo. Peccato che non lo vedrò se passa di qui questa mattina. Gli lascerò un biglietto in garage. Se voleva parlare con me, avrebbe dovuto farlo la notte scorsa, lo sa che vado a scuola.

Certo che sarebbe stato divertente. Aspettare che uscissero tutti, accendere la Tv per essere sicuro che nessuno mi sentisse, chiudermi in camera, saltare sul letto e urlare con le braccia alzate come quando vinco al minibasket, anzi di più, come papà quella volta del gol di Gerard - o Gerrard? - all'ultimo minuto, che la mamma si è spaventata perché credeva che si fosse fatto male. Poi staccare il poster di Sam-

Sam Youny dalla porta, prendere la foto dal cassetto, metterci un po' di scotch negli angoli e incollarla in alto, in modo da vederla anche quando sono disteso a letto. Certo che è brutta. Povero papà: non è capace nemmeno con il telefonino, eppure è facile. Avrebbe dovuto chiamarmi come la volta che ha fermato quel giapponese perché non aveva capito come funziona l'autoscatto. Meglio non ricordarglielo, però, altrimenti si arrabbia. E poi è stato gentile, mi ha lasciato i soldatini. Chissà perché. Forse gli bastava dimostrare che aveva ragione lui, gli piace da matti aver ragione.

Anche a Pierre. Ma questa volta ho ragione io. E quando ci rivediamo glielo dico, poco ma sicuro. Tutto gli dico. Che ci sono rimasto male, che ieri notte avrebbe dovuto svegliarmi, che la mia festa è stata uno schifo perché avevo paura e quindi oggi avrei fatto bene a prendermi un giorno di vacanza per urlare e ridere da solo, che sono andato a scuola solo per farlo contento anche se non me ne fregava niente della maestra e del compito di francese, e se prova a interrompermi perché non gli piace sentire queste cose parlo più forte, è lo stesso se poi mi punisce perché lui è un ufficiale ed io un soldato semplice. Sei tornato, il resto non conta.

"E allora? Devo buttarti giù dal letto io?"

"Uffa mamma, ho capito! Adesso mi vesto."

RINGRAZIAMENTI

Nelle pagine seguenti c'è una lista dei libri e dei siti internet che ho consultato con maggiore frequenza per dare uno sfondo storico plausibile al racconto. Il lettore vi troverà informazioni dettagliate sui fatti come si sono svolti realmente e in particolare sull'assalto di Merville, sullo sbarco in Normandia, sull'assedio di Caen, sulla Resistenza francese, sulla vita quotidiana e il calcio nel Regno Unito durante la guerra. Citare gli autori è il minimo che possa fare per ringraziarli.

Un ringraziamento doppio va a Francesco Di Cintio, storico e collaboratore del Museo dell'Aviotrasportata britannica a Duxford. Gli devo non solo la registrazione di una lunga intervista a due veterani del Nono Battaglione, ma anche l'accompagnamento appassionato e competente nel mondo dei Para.

Per la rilettura del manoscritto mi sono affidato ad Andrea Aloi, amico e giornalista con cui ho trascorso diversi anni nella redazione del Guerin Sportivo. Il suo incoraggiamento è stato prezioso.

Colgo l'occasione per ricordare la bella iniziativa promossa dal Museo della Batteria di Merville in collaborazione con il gruppo France 44. La marcia del 2012 accanto a un gruppo di "Para" vestiti e armati come nel 1944 è stata un'esperienza unica ed emozionante.

Infine, ma sarebbe meglio dire soprattutto, ci sono i protagonisti autentici: i caduti, i commilitoni che tornano in Normandia tutti gli anni per ricordarne il sacrificio e quelli che non possono più farlo perché nel frattempo li hanno raggiunti nel Paradiso degli eroi. Il "grazie" più commosso e questo libro sono dedicati a loro e ai francesi che non hanno mai smesso di credere nella libertà.

Marco Strazzi

BIBLIOGRAFIA

Testimonianze

Francesco Di Cintio: intervista a Gordon Newton e Geoffrey Pattinson, veterani del Nono Battaglione.

Pubblicazioni

Stephen E. Ambrose: **Pegasus Bridge - D-Day: The daring British airborne raid**, Pocket Books (Gran Bretagna), 2003.

Neil Barber: **The day the Devils dropped in - The 9th Parachute Battalion in Normandy**, Pen & Sword Aviation (Gran Bretagna), 2007.

Antony Beevor: **D-Day - The battle for Normandy**, Penguin (Gran Bretagna), 2009.

Georges Bernages: **La nuit des Paras**, Hors série Historica, Heimdal (Francia), 2002.

Georges Bernages: **Les Paras du Jour J**, Hors série Historica, Heimdal (Francia), 2002.

Jean Bouchery, Philippe Charbonnier: **D-Day Paratroopers - The British, the Canadians, the French**, Histoire & Collections (Francia), 2012.

Thomas Koenig, Adrian van der Meijden: **On his Majesty's service - Watch, Wrist, Waterproof**, Horological Journal (Gran Bretagna), agosto 2008.

Olivier Richard: **Paras Britanniques - Les unités, l'équipement et les opérations des "Red Devils"**, E-T-A-I (Francia), 2010.

Anton Rippon: **Gas masks and goal posts - Football in Britain during WW2**, Sutton Ltd. (Gran Bretagna), 2007.

Carl Shilleto: **Merville battery and the Dives bridges**, Pen & Sword Military (Gran Bretagna), 2011.

Michael Strong: **Sid's war**, M. Strong (Gran Bretagna), 2012.

Stuart Tootal: **The manner of men - 9 Para's heroic D-Day mission**, John Murray (Gran Bretagna), 2013.

Maureen Waller: **A family in wartime - How WW2 shaped the lives of a generation**, IWM-Conway (Gran Bretagna), 2012.

Herbert D. Ziman: **Instructions for British servicemen in France 1944**, Bodleian Library, University of Oxford (Gran Bretagna), 1995.

Siti internet

www.**6juin1944.com** (sbarco in Normandia, in inglese)

www.**abmc.gov/cemeteries/cemeteries** (Commissione Americana dei Monumenti di Guerra, in inglese)

www.**batterie-merville.com** (Museo della Batteria di Merville, in francese e inglese)

www.**bbc.co.uk/ww2peopleswar** (archivio BBC, testimonianze di guerra, in inglese)

www.**cwgc.org** (Commissione del Commonwealth per le tombe di guerra, in inglese)

www.**dday-overlord.com** (sbarco e battaglia di Normandia, in francese)

www.**education.gouv.fr** (Ministero francese dell'Educazione, in francese)

www.**france.44.free.fr** (ricostruzione storica, in francese)

www.**genuki.org.uk/big/paras** (Cimiteri di guerra britannici in Francia, in inglese)

www.**ildday.it** (il primo museo italiano sul D-Day, in italiano)

www.**iwm.org.uk** (sito del Museo Imperiale della Guerra, in inglese)

www.**mehstg.co.uk** (storia del Tottenham Hotspur, in inglese)

www.**memorial-caen.fr** (Memoriale di Caen, in francese e inglese)

www.**memorial-pegasus.org** (Museo dell'Aviotrasportata britannica in Normandia, in francese, inglese, italiano e olandese)

www.**paradata.org.uk** (Museo dell'Aviotrasportata britannica, in inglese)

www.**pegasusarchive.org** (Aviotrasportata 1940-1945, in inglese)

www.**sgmcaen.free.fr** (vita a Caen durante la battaglia di Normandia, in francese)

www.**soccer-history.co.uk** (storia del calcio, in inglese)

www.**tottenham-summerhillroad.com** (storia del quartiere di Tottenham, in inglese)

www.**ville-caen.fr** (Comune di Caen, in francese)

Documentari

Andrew Bampfield, Kim Bour, Richard Dale, Pamela Gordon, Sally Weale: **D-Day 6.6.1944**, BBC (Gran Bretagna), 2004

Jean-Michel Vecchiet: **Ils étaient les premiers**, Prismedia (Francia), 2013

L'AUTORE

Nato nel 1958, Marco Strazzi approda alla narrativa dopo vent'anni di giornalismo sportivo e otto nella comunicazione legata all'industria orologiera. Da reporter, ha seguito i maggiori eventi internazionali di calcio e tennis. Da storico dell'orologeria, ha pubblicato i volumi "Lancette & C.", enciclopedia dell'orologio da polso, "Rolex dalla A alla Z", monografia sulla marca più famosa del mondo, e "The Museum Collection", sulle 100 pietre miliari dell'orologeria del Novecento. Vive con la famiglia a Lugano (Svizzera).

http://marcostrazzi.blogspot.ch/
https://www.facebook.com/Orologio.con.le.ali